午后三点，
阳光洒满茶几

瞿 然 编著

中国华侨出版社

图书在版编目（CIP）数据

午后三点，阳光洒满茶几 / 瞿然编著 . –– 北京：
中国华侨出版社，2015.12
ISBN 978-7-5113-5855-4

Ⅰ . ①午⋯　Ⅱ . ①瞿⋯　Ⅲ . ①散文集–中国–当代
Ⅳ . ① I267

中国版本图书馆 CIP 数据核字 (2015) 第 318611 号

●午后三点，阳光洒满茶几

编　　著 / 瞿　然
责任编辑 / 文　喆
封面设计 / 三　石
经　　销 / 新华书店
开　　本 / 710 毫米 ×1000 毫米　1/16　印张 20.375　字数 283 千字
印　　刷 / 三河市金轩印务有限公司
版　　次 / 2016 年 5 月第 1 版　2016 年 5 月第 1 次印刷
书　　号 / ISBN 978-7-5113-5855-4
定　　价 / 38.80 元

中国华侨出版社　北京市朝阳区静安里 26 号通成达大厦 3 层　　邮编 100028
法律顾问：陈鹰律师事务所
编辑部：（010）64443056　　64443979
发行部：（010）64443051　　64439708
网　址：www.oveaschin.com
E-mail：oveaschin@sina.com

前言
PREFACE

　　我有一个朋友，她是个很平常的女子，普通到不能再普通，行走在大街上已被人潮淹没，说了两三句话便会露出本性的浅薄，但她却是一个快乐的女子，天天笑颜如花，羡煞旁人。她说，她要做一朵向阳的花。

　　再回过头去看大多数人的生活，仿佛都是冷清而且淡薄情义的。一年四季，寒冷与温暖俱在，但为什么有些人的生命里填满了灰色？

　　人都会成长，时间是人最好的良药。不知不觉，我们开始感叹时光流逝，容颜老去。在人生的舞台上，许多人陆续离开我们，接下来的舞步飞扬，是一个人的勇敢与坚强。即使，舞台上的戏份清冷，但有观众总比没有观众好些，我们没有办法不感谢一切的人与物，因为他们见证了我们一直以来的成长。

　　我们祝福所有人，能幸福的都要幸福，能笑的都要笑，也接受所有人的祝福。

　　在很多人的眼中，最美丽的花仿佛总在别人手中，最幸福的微笑仿佛总挂在别人脸上，最幸福的日子仿佛总在别人的日志里。他们一次次或痛苦或兴奋地选择过后，生活留给他们的往往只是羡慕嫉妒恨。因此，还是收回四处打量的目光吧。

　　其实，生活给了我们所有。但是，我们没办法撇开郁闷，单独去选择开

心和幸福。所以，一旦做出选择，除了享受幸福，还要做好应对偶然不开心不快乐的心理准备。很多时候，日子就这样不动声色地消失着，我们终会发现，一切没有什么不同。而我们，也只是会安静地走过而已！

一花一世界，每个人手中的花都有各自的芬芳和美丽，只是这份美丽，需要用爱去滋润，用心去欣赏。

很多事，很多人，会在岁月里流失，散开，各安天涯。那么，如果可以，让我们做一朵向往阳光的花。

我们想温暖很多人，想让很多人看见希望，更快乐、更轻松地行走在人生的路上，多一些感悟，少一些悲伤，多一些光明，少一些黑暗，多一些快乐，少一些悲伤，于是就整理收集了这些文字。

如果这本书能带给你们阳光，记得要给我们一句问候，告诉我们，你心里有了一丝阳光。这是我们今后最大的幸福。

目录

第一辑
快要看见黑夜的光

害怕黑夜，站在灯下看着洋娃娃
百褶裙上的皱纹，寂静开出了花儿
折一架纸飞机，眼前浮现的明媚
是他的阳光，带着画儿送小诗
黑夜突然不怕了，带着梦儿去飞翔

走得太远，忘得太快

因为太注重得失，所以才会失去更多。

——《糖包语录》

走了许久的路，走到脚底痛疼。

孤独的夜看同样孤独的人写同样孤独的诗，溶解了所有隐藏在白天后的忧伤。

看完一本杂志，腰酸背痛依旧躺在床上打开了电脑，看着源源不绝的邮件，还有很多需要处理的事，头突然痛了起来。窗外下雨，手指冰凉，听着一首比一首悲伤的歌曲，终于忍不住这阵空，仿佛听见心里那哀鸣。

我开始惧怕陌生人，开始排挤陌生人，面对陌生人的种种言语，这当中需要的解释和语言都让我无比疲累。一切的一切如此，人事还是那样子。我经过那些人，我故意不去看他们的脸，假装看不见任何人，记不得任何人，可还嬉皮笑脸地跟许多的人打交道，吵架，说道理，显露一些小聪明。变得很烦躁，一些小事让我们不快，因为要隐藏那些忧伤，因为要假装很快乐。

但我不是一个人生活了，不可以躲开这些事，这些人，不可像以前一样，倘若不开心便一个人出走，走到自己累死。我知道他们都是关心我的，一直如此，担心我被人骗，教训我平时那些坏习惯。只是我提不起心情，提不起兴致，做一切事都觉得心无法呼吸。我说，我讨厌商业，讨厌与人交汇了。嗯，生存呢？

倘若我不这样我还可怎么样。Z说，我们今天所吃的、所享受的生活是建立在牺牲一部分人的利益上来完整的，能够每天吃白米饭，有两三个小菜，夜宵弄份酒糟，打个鸡蛋，这种生活这么好，你还想怎么样！听到这样反复的问话时，我无语。

我明白，我提不起精神不是因为物质，吃好，住好，穿好，不就是人一生追求的东西么？我还有什么欲望满足不了？你问我，我也不知道。只是每每想起那些事，那些人，我的情感与梦想，还有理智之间的战争，心就像被一片片碎掉了，要么我反抗这命，要么我习惯它，可不管如何都会有矛盾。我想不通的是矛盾，困扰着我的也是矛盾，过的日子更是矛盾。

总在该聪明的时候笨，该笨的时候聪明，仍然烦嚣呢。

此时，我开始对那些让我记挂的人有了一丝厌倦，厌倦了像是没完没了的重复，哀伤，想起，埋葬。我看天空，也没有给我答案。喜欢看天空的人是在找他自己，我也喜欢看天空，我还没找到我自己。这生，这痛，这难，我懂么？我懂么？

又是江南的冬天，似乎整个江南在我印象中只是残留了冬天的痕迹，那些人，那些事，仿佛很久很久失去了联系，隔了整个世纪。是我又走快了吗？时间确实是个很好的东西，我尝到了它的沧桑，也知道它能抚平一切的伤，昨日的昨日，剩下淡淡忧愁。

与人之间的交流很让人疲累，与人之间的是非更是让人疲累，当朋友说出那一句：恭喜你回到人间的时候，我会心一笑，然后黯然。没有了激情，没有了当初的不安，一切的定局显然让人走入了另外一个迷圈里，是又开始

习惯逃离人群后的疲累。

迷迷糊糊接到朋友的来电，不知道说了什么，犹如睡梦中回了话。醒来时突然一惊，这些日子以来竟然就这么过去，接下来呢？那么接下来要发生什么呢？

我告诉很多人我不在乎，我无所谓，任人笑骂。

是无可奈何吧，朋友说我。

说什么呢？该抱怨什么呢？该在乎什么呢？我有什么呢？那样又有什么用？很多问题已经问到我自己都不愿意去回答了，很多人事经过了路过了也就罢了。放下执着，无需执着，不用执着，先是无奈于这样的继续，后来我们都要学会荣辱不惊。

时而温情

我有时遗憾过去如风，却终究不愿再回到过去。

——《糖包语录》

在挂电话的时候，父亲说："你要小心点身体，毕竟那么大没有过过这么冷的冬天，你必定是不习惯的。"

然后，母亲同样叮嘱："一个人在外面要小心。"

外婆接着说："你不用担心我，你自己一个人要小心呀。"

我眼眶没有湿润，只是心里微微一颤。

对于别人微不足道的温暖，是我梦寐以求的东西。它来得太轻易，又遗失得太快。

我跟 Z 说外婆骨质增生等的事时，我知道我是无人可说话了，所以这些秘密都和盘托出。可是 Z 告诉我一个已知的事实，他问我，我外婆多少岁了后，告诉我，那也是快要大去的人了。

我一怔，似乎我从来没想过要这么快就离别，这么快他们都不能陪伴着我，不能等我回家时看一眼，不能在原地等着我，看着我了，没有了他们问我什么时候回家，那是多寂寞的事。

突然很想哭，可是眼泪终究没有落下来，我已经很坚强，不再是那个一

听说谁要离开我，不要我就泪流满面的小孩子了，我还很任性，还很固执地选择走自己的路。可是他们，都老去了，等我长大的时候，他们都选择了离开我。

我不敢想象这样的一天到来时，我会多么的痛苦，又是怎样承受，只是不敢回去了。我不敢回去面对那样的悲凉，在现实里被折磨得面目全非的感情，还有进退两难的亲人们。我知道我无法选择，即便我口气硬，言语态度不好。

想一个人在这里看着他们家人团聚，想一个人在这里看着热闹烟火然后独自忧伤，想一个人在这里看着手机发呆，翻过一个又一个的号码，最终谁都没有打。就这样过一个年，就这样走一段路，我不想家，我只想那些在那个家的人。

我跟姐说，我没有家，那个家从来不是我们的。

我不在乎最后谁拥有了它，谁要夺取它，可是，那是父亲的命根子，没有了它，我们连最后的家都没有了，最后可以怀念童年的地方都遗失了。

计较太多，不值得。我却有时愿意去钻那牛角尖，愿意让自己难受些，即便这些都是现实里最平常不过的事。

父亲，母亲，都让我多存点钱，好为家里，好为自己。

我反驳，你们就知道钱，太在意表面的得失了，然后挂了电话。每次都这样，其实我也厌倦了。

这么些年来，我为钱做了什么事情么？我以为没有的，可是我一直在这个圈圈里，走不出来。工作，飘，工作，再飘。见证了许多不愿意经历的是是非非，路过了许多可有可无的人，还是那一抹忧伤，挥之不去。

其实我应该问我自己，除了钱，我还可以追求什么，一如当年壮志凌云。梦想着流浪，梦想着自由，梦想着心灵的平静。

有人说，女子的宁静是由心而发的。

我想，我需要一个宁静的环境，需要一个宁静的人。我想去很多的地方，可我不清楚这为洗净心灵才选择去还是为了其他，我问自己，是要做个思想的苦行，还是要继续寻求自己所谓的幸福青鸟，而最终只有思想在回答我。

Z 给我倒了杯苦莲茶，Z 说它苦，我说它不苦。

想起苦丁，想起家乡那不知名的茶叶，想起了以往失眠时泡的浓茶，手写的小诗，都遗失了吧。习惯，还有人事。

我跟朋友坦白唯一的一次自杀，只是因为理想与现实的冲突，失去了信心和勇气，所以想不开了，到底没死成。他们终究还是以为我有那么痴情，会为所谓的爱情而自寻短见。却不知道，这么多年来，我一直的挣扎是我的已知和未知。现实我知道，可我不现实我也知道。我该放下吧，可我拿起过吗？

一个人唱两个人的戏

> 风吹过，扬起沙尘，拂动过人心，最后，什么都没带走，也什么都没留下。
>
> ——《糖包语录》

我抬头在天空里寻找一个人的影子，让我不忧伤的故事，它下起雨来，又是绵延不绝的小雨。我带着外婆的小红帽，伸出手来，看见手里被冻伤的口子，你不懂，那是我的忧伤。与世隔绝后，我的心还能活多久，你不知道，那是我的孤寂。

我穿着黑色的大衣，黑色的裤子，还有黑色的鞋子，走在黑色的夜里，等不到那一丝温暖。故事一百步走完，一百步里前面太荒芜，我找不到我的灯，看不到光明，我站在这里，没有人知道这里留下了我的什么。悄悄地，悄悄地，被时间带走。可是我冷了，累了，疼了，还哭了，我的船儿呢？我的灯呢？我找不到回去的路了，我走不下去了。

我还要站在这里么？我还要继续等待么？等到那一天我变成了石头，等到哪一天黑暗被劈开，我还会是我吗？

An 说，倘若你五年前不现实，你早就是我的了。

我说，我现实的是寻求灵性的超脱，而非金钱。

是么，答完 An 的话我问自己。所谓灵性，什么时候让我看得这么重了呢？

想起了什么呢？我不愿意去提起，也不愿意去忘记。倘若你知道心空是什么滋味，那么你也愿意让自己受伤也不放下。那是我的构思，我的哀伤。只是故事太早结束，画面没完成就把颜料遗弃。我心里，始终只是一抹忧伤。

身体上的折磨，心灵上的折磨，说不清是心累了，还是身体累了。熬夜，坚持熬夜，反复想，坚持反复想。偏偏要虚伪地告知全天下，我很好，好得非常好。

有时候想抽烟，怕抽出了寂寞，想喝酒，怕酒喝出了惆怅，最为现实的是味觉对烟敏感，胃觉对酒敏感，可是两者我都不惧。没有烟瘾，寂寞的时候却构思自己抽烟的样子。没有酒瘾，偏要折腾自己的胃，导致它生不如死。害我身体的是我自己，害我心的还是我自己。我想让谁担心呢？其实我不知道，真的不知道。

这是堕落么？可连堕落我也只能构思，现实里滴酒不沾，烟火不会。不是为了爱心，是我的心空了。

聪明的时候想自我欺骗都不可以，愚笨的时候想被欺骗都不可以，除了偶尔胃疼告诉我还存在，除了偶尔心寒告诉我现实，否则我无法知道我还活着。

温暖与残酷俱在，那些人都遗失了，找不到了，我在乎的，一直都在乎。然而我手里，承载着的除了我的心事，别无其他。

牙痛之后

> 我们自身的各种毛病就像是小蛀牙一样，刚开始很好补救，时间长了，它会伤害到本质，那时候，没有成全，只有毁灭。我希望你们能明白我所说的。
>
> ——《糖包语录》

常听人说，牙疼不是病，痛起来不要命。

那时候年轻，那时候轻狂，总觉得自己能熬过连着一夜的胃疼，还能捧着酒杯子跟人谈笑风生，看起来就跟没事儿的人一样。所以，牙齿疼，就让它疼吧；总会过去的，这本来是让自己在遇到一些不如意的事情后，能够释然的话，也成了对待自己身体的一个安慰。

我想，我如此淡定除了因为自己不够爱惜自己，还有的就是我没有经历过，所以觉得可以侥幸。

当牙齿给我发出第一个警告时，我并没有在意，只不过是个小蛀牙，它既不疼也不会让我吃不了饭，我甚至还可以冷热酸甜，想吃就吃。

我相信不止我一个人如此，我们身上大大小小的毛病就如同这一颗蛀牙一样，刚开始的时候，都只有那么一点点。或许，它仅仅只是个牙菌斑，甚至我们觉得它并不影响整体。在我看来，这个小蛀牙不会再恶化了，直到某一天，我咬了一块小西瓜，碰到了牙神经，一阵刺疼过去后，我才发现，这颗蛀牙已经废了。

此时，因为一阵刺痛过去后，我只要不用这颗牙吃东西，我就不会有任何的感觉，我还是没有放在心上。每次不是被网上五花八门的治疗牙齿所需要的费用过千上万所吓住，便是被小诊所里那些人张开大口的狰狞吓住。

是的，这颗蛀牙已经成为了我的秘密，我不愿意与人分享它，不愿意让人家知道这长得挺清秀的一女娃儿，咋还有一颗烂掉的牙齿呢？所以我不会在人家的眼前张大个口告诉他：来，看看我的这颗蛀牙，是小时候吃多了甜的东西造成的。哦，还有，小时候我还老偷懒不刷牙，等等。

这颗蛀牙，一拖，就是好几年，然后瓦解。

这颗蛀牙再也没有疼过，因此我也逐渐忘记了蛀牙的事；我以为，我只要认真刷牙，饭后喝水漱口，我的牙齿就不会再恶化，我还不怎么吃糖了。

可是，另外一颗一直没什么表现的蛀牙，突然有一天以极为壮烈的方式告诉我，我这一口牙再不好好保护，迟早有一天会全盘覆没的。嗯，是的，它开始疼了。

第一天只是隐约地疼，我去药店买了药，坑人的是这药吃下去后，开始阵痛。此时，我还是没有想到要去看牙医，我上网查了百度，用了 N 种方法止疼。花椒、云南白药、芬必得，止一会儿疼后，我就告诉自己，嗯，过去了。

然后，牙疼是反复发作的。芬必得吃了三天以后，已经失去了效果，这颗牙似乎在以剧烈的方式告诉我，它好，我便好，它若不好，我就会更疼。所以，它非要让我白天疼得不愿意说话，晚上根本无法入睡。偶尔短暂的平静，换来更为剧烈的痛楚。你想象不到，原来牙疼，是连着耳朵、额头、大脑的。这让一向耐疼的我，也毫无办法。

终于，在万分忍受不了的一天早上，我去看了牙医。幸而，这颗疼过的牙我还能存留下来。只是另外一颗不碰就不疼的牙，被我遗忘了许久后，已经完全不能保留了。

治疗牙齿的过程是十分漫长的，虽然每次的会诊只有半个小时不到，这颗疼的牙需要打麻药、开髓、杀神经、保守治疗数次、消炎、止疼之后，才能填补。它让我吃了几天的消炎药，十分苦，只是在喉咙里停留了数秒，便满嘴都是苦的味道。还因为塞在牙洞里的药物，我吃什么东西都会有一股药味。这颗牙，最终以它特有的方式保全了自己，至于那颗始终不痛不痒的牙，我下了决心拔掉，以绝后患。

拔牙的过程也是十分难熬的，打麻药虽然能够让它麻痹一时，知道不会疼，可是看到拔牙工具的时候，我还是吓到了，生怕医生的不小心，我一张嘴就毁掉了。所幸，医生技术精湛，牙齿一分钟便拔了下来。看到盘子里的废了的牙，我心生忧伤，如果我能不偷那么点懒，不那么无所谓蛀牙，它理应是我身体里的一部分，陪我到老的。可是，现在，它跟我分离了。

牙齿拔了之后，也是一个极为痛苦的过程，在此之前，医生已经告诉过我会有那么一点点疼。可是麻药过了之后，那一点点疼真心让我流出了眼泪，想要撞墙，艰难熬过了几个小时。

在治疗蛀牙的时候，因为已经痛过，所以我几乎跟我认识的朋友们都说了一次，一定要好好保护牙齿，有蛀牙一定要治疗，不要等到它疼。说的时候，也许大伙儿会觉得这是一个笑话，可是，我由衷地希望身边的朋友不要经历牙疼。

简单来说，牙疼，就是一种让人想要撞墙的疼。我可以忍受彻夜的胃疼，可以忍受摔倒后血肉模糊的疼，这都不可以跟牙疼相提并论。目前为止，我还不知道有什么比吃不香，睡不好还要忍受连着耳朵、额头的牙疼，更能让我醒悟吃得好睡得好，很幸福。

这次牙疼的警告，让我体会到，无论是身体的小毛病还是品行上的小毛病，我们都不能任由它自由发展，防患于未然，永远是最好的解决办法。有些痛，是不需要去经历的，还是可以避免的。

所以亲爱的朋友们，好好爱护你们的身体，好好保护你们的牙齿，这样，吃嘛嘛香。不要等到你的牙齿，你的身体给你发出了警告，你才去注意它。有时候，它给你发出的警告，是很容易就被忽略掉的。

千万别因为只是一个小毛病，所以不去理会。

我想说的，除了牙齿，还有自身。

你，是更愿意去经历，还是更愿意防患于未然呢？

最后，我还想说，如果有时间，没有蛀牙的可以去洗洗牙，有蛀牙的赶紧去治疗。身体各种小毛病需谨慎，能调理的好好调理，喝酒的少喝一点，抽烟的少抽一点，健康才是硬道理。放纵身体跟放纵灵魂，任意一个的后果都不是你能用正面去承担的。

别了秋风，不知何年

> 有些孤独，即使在喧闹的人群中，朋友的狂欢中，QQ声断不绝耳的提示中，始终都在。
>
> ——《糖包语录》

最近，杭州雨水天气，每天踏着雨水来去，泥泞里看不穿人事，朦朦胧胧。

又是开始忘却新人新事，开始变淡心境，笑骂自然。心里一片清冷，冷暖自知，但该自足了。安，很好，确实很好。

失却灵感，鲜少再动笔。只是偶尔想起那些事，那些人，不曾知道是否认真过，不曾知道离开后是否惆怅过。只是突然又无可避免地看穿了某些人，某些事。

朋友在面包与爱情面前犹豫不决，我潜意识里让她选择面包，告诉她，跟一个没有未来的人在一起是没有未来的。无心拆散鸳鸯，无心过问世事，但一切都自然就这样了。那是事实，不怪谁。倘若是我，一定会像徐志摩一样，选择一个与我灵魂契合的人，只是这个灵魂不是陆小曼式的花天酒地，而是在"采菊东篱下，悠然见南山"的情境中觅得了闲适淡远；在"明月松间照，清泉石上流"的优美意境中找到了精神归宿；在月下荷塘的美景中偷得了片刻的宁静和欢愉；在烟雾之中、星点之下、月影之侧的空中楼阁构建了自己的精神家园。不知道是谁说的，隐，这是我们永不过时的传说。何必争，何必斗，何必烦。

也许这也是一种逃避，避开人世间种种尘埃。定心未够，避也避不开，终究缠绕在命运里。

最近仿佛天气燥人，连人都开始燥人。

爱情这个话题越是不明白了，两个人的事旁人无法预知，两个人的争吵旁人无法参与。

被打断的思想，朋友在争吵，事实上我从不愿意参与到这些争吵当中，不管谁对谁错，只是时间久了，争吵多了，便忍不住出言。但到最后方发现这些出言是毫无必要的，因为他们总是吵了好，好了吵。是否爱情都要如此折磨人，如此反复不断地争执？我开始惧怕这样的爱情，两个人最终的结果是争吵，这是很恐怖的。不管会否好，而这些碎片不一定在以后能收拾得起来，伤痕累累之后谁记得要一起永远？

伤过，恨过，也错过了。

是我想不明白，也许是太习惯一个人处于一个人的世界里。无法融入这些爱恨情仇，不管是故意，还是无意，到底如此了。

爱也伤人，恨也伤人。

世间上种种情爱是非，都是一场梦，留不住，无非最后落空。所有感觉都未必是存在的，这些我们看到的，经历着的，也许就是一场虚化。悲伤，痛苦，快乐，欢喜都只是一时的感觉，不会永恒。钻石与黑炭没有区别，生存死灭，息息相关，是万物自然之轮回，无需执着。拿起了要懂得放下，放下了还要懂得心安理得。

我愿载尘在归途

　　残忍的是，我们已经记不起曾经深谈，不知道何时起没有了共

同话题。

——《糖包语录》

　　明明是归人，却如同过客。

　　家里的狗狗见到我很是雀跃，叫喊个不停，后来我才知道这个小狗狗是想跟我亲热，它不会咬人的。但是因为它非常脏的原因，我不愿意理会它，甚至恐吓它，倘若它敢走近一步，我便打它。这个恐吓加上行为终于令它只敢远远看着我，跟着我，却不敢走上前来跟我撒娇，对于这个结果我很是满意。

　　父亲没有太多的表情，笑也是淡淡的，带着哀愁，言语也是淡淡的，也带着哀愁。只是偶尔提及一些话，我不愿意听便反驳了，事后又懊悔于那样的不耐烦，事实上我开始对很多的人都不耐烦，也包括那些看着我长大的人们。我很愧疚这样的发泄，却又阻挡不了这样的爆发，回家的这几天也是总是忙，忙着跟这个那个见面，忙着看这个那个，还忙着这个那个，这些事都让我很是烦躁，这些烦躁却无可避免地发泄到我最亲的人身上。我知道他们不会介意，甚至不容易记起，因为那样过后他们还是不停地叮嘱着。

　　事实上父亲很喜欢喝王老吉，却一直不舍得买，3块5一瓶的王老吉我甚至不稀罕于它，可是父亲因为这 3 块 5 而心疼上一会儿。因为父亲喜欢喝，我偶尔会以买吃的出去买一两瓶给他，每次他其实都喝得很开心，却又会自言自语地说喝这个没什么用。他不喝酒，不抽烟，不赌博，不嫖娼，甚至不知道自得其乐，一辈子就那样匆忙而缓慢地过去了，匆忙的是快乐太少，缓慢是痛苦太多。对他好的方式我一直无法拿捏，只是偶尔买个东西哄哄他，他对于他儿女买的东西坚信是上档次的东西，并且会为此开心好一会儿，喜笑颜开。我知道，这是他接受我们心意的一种方式。他不愿意让我们为难，不愿意让我们麻烦，可是他老了，也不得不向我们开口了。例如为了某些现实里的事。以前他只是会提醒我们，却从不要求，而今，他已无力再去为自己的生活而奋斗什么了，所以他只能跟我们开口了。我对于这样的父亲感到很无力，无力挽救时间的离去，因为时间终究会带走他们，带着这些看着我长大的人们。

父亲以为我会在家里住很多天，他告诉我第二天会开始冷了，然后准备烧水，我告诉他不用这么麻烦，因为我第二天就会出市，父亲明显的失望让我很难过，我想是我太残酷，刚刚回来便告知他这个。面对别离，我们都得需要一些时间来平衡它。

第二天，我提及要与他拍照，他欣然答应，并一直询问我穿什么衣服好看，拍得好些。我开始愧疚，倘若知道离别是这么快，我怎么可能一直不理会他与我的谈话呢？很多时候我都忘记了要好好与他聊聊，好好与大家说说，我一直以为还有很多时间，还有很多的机会，树欲静而风不止，子欲孝而亲不在，我明白这个道理，关键时刻我却忘记了要珍惜。这一次的别离，我们都不知道要多久之后才能相见了。原来时间真的是不知不觉中过去的，我们以为的很远，永远没有多远，只是霎那间。

拍照的时候父亲像个小孩子，一直不停地问怎么拍才是好看的，他很少拍照片，因为他觉得那样浪费很多钱，所以每次我们哪怕用手机给他拍他也会很高兴，但是，他绝对不会是摄影师的料，最后我们决定在楼顶，然后父亲表情是想笑的，可他到底忘记了怎么样开怀大笑。看着父亲貌似木然的笑容，我想起了很多年前父亲的夜半哭泣，不知道现在他是否还会一样？我还是笑着帮父亲拍了几张照片，并且合影了一张，那是这么多年来对于父亲的最直接的认可，我想，是我懂事了一点点。

父亲没有送我们，我要走的时候父亲问我有没有零钱，因为每次的送行都是父亲给的车费，要不就是我没有多少钱，要不就是生怕我零钱不够，掏出整百的会被人瞧上，导致无妄之灾等，但是这一次我幸好准备了零钱，父亲听说，还是失望了一下下。也许，我是明白了这种失望，我们的拒绝会让他深感无力。

这一刻，我不得不承认，父亲老了。

临走前，父亲还不停地叮嘱着，一个人在外面要小心啊，钱财不要外露，证件要带好，要准备零钱，不要跟陌生人搭话，不要让别人那么靠近，那些骗子的手段，等等，这时候他是一个父亲了，一个对着要远行的儿女无奈地叮嘱。他是寂寞的，可是他从未让我们为此而担心着，人长大了后都要如此么？听着父亲的叮嘱，我还是笑着告诉他，你别担心了，要知道你女儿我是什么样的人呀，我不骗别人就好了，别人还敢骗我么？！

这些话，我无数次地说过，他们的叮嘱，也是无数次地说。带着父亲的担心，我走出了家门，以过客的身份路过了这个生我育我的家乡。

窗外的天又黑了，小雨点打在窗口的感觉有点寂静。那些清洁工人开始扫街，又是一天了。该投入到新的时间去了。

我有心事寄莲花

时间是一味良药，在一定的机缘中勘破前尘，释怀过去。

——《糖包语录》

是迷茫吗？我开始不确定未来会发生什么样的事，留在那里等待一个终点，记忆是否会缠绵至死。只是，看着这些事，这些人，我又再次心生疲累，满眼的血丝告诉自己，其实已然疲累。

有个美女问道，为什么你总是喜欢写上那些很无奈的文字。诧然，因为自己一直不觉得，那原本就是无奈，人生在我心里就是无奈的，太自然而然到自己也没察觉了。嗯，有人问，就代表有人记得，哪怕日后死在了记忆里。会心一笑，发现阳光依旧很好。

想起某个人，某件事，然后打电话过去，对方正在打麻将，于是彻底给我浇了盆冷水，这一个转身不会再留恋。然后暗自庆幸，原来这分离是注定的，有不同的生活习惯，不同的人生价值，还有不同的路，即便那时候不察觉，某一天也会爆发的。而我始终惋惜，惋惜人情之薄，让我心生悲凉。

他不会知道这些，也不会在意这些，我那些骄傲，那些绝情，让我不会再继续喜欢他，从此，我们是正式别过了。而他，一开始就不会在意这些，

也许，只是一秒的情动，之后我对他而言只是个陌生人，他对我而言，也不过如此。

我们都清楚，说是等时间安排，倒不如说，我们之间不可能。

我相信爱情来得太快会迷失自己，太不真实，又期望能早一刻知道结果，不用在记忆里缠绵，若有若无，只对着一些过去发呆。对于结果，虽然总是希望，却又不敢奢望，总觉得等待是漫长的事，可过去了又情愿停留在当时，一切都不知道，一切都还是朦胧中。

有人跟我说，人生真正的悲剧不是小孩害怕黑暗，而是成人害怕光明。

也许是我骨子里就藏着悲观与哀伤，所以直至后来，那些很是明亮的话都让我觉得忧伤，如同这句。

恰好此时，小科发来信息说，我是他一辈子最好的朋友。

很感动于这样的说话，一辈子，嗯，朋友可以是一辈子的，比爱情保质期更长久些。爱情有那么多的确定不确定，两个不相识的人彼此相知相恋，然后再陌生。但友情不会。就算长久不联系，偶尔的问候也是温暖的。但爱情长久不联系之后，偶尔的问候显然可笑。嗯，就让我们做一辈子的好朋友，甚至相交知己。

总有戏份不及演

　　我感谢所有伤害过我的人，让我在成长中学会了善待自己，在失去中懂得了执着不如放下。

——《糖包语录》

　　一子错，满盘皆落索。

　　花期未过，早已凋萎了青春。

　　曾经的曾经有多远？还记得那些事，那些人，始终错开的时光和遇见，一直缠绕。忘不掉，在突然的时候想起，会有突然的决定。太快，却等着太漫长。

　　在丽江，一个我曾在家里梦想着的地方，如同梦想着西藏。只是这刻，兴致全无。

　　我想回去了，想起了家，我未曾为亲爱的他们做过任何事，这一刻的愧疚直指主题，令人痛心不已。也许，出现了太多事，太多人，看透不看透都无所谓了。有些人，有些事，一转身，一辈子，走了那么远，离开得不够彻底，反反复复。回去的路也很漫长吧，望不到尽头，走不过荆棘，找不到曾让自己感动的人事。

　　跟朋友说，我想走回头路了。她问，我是否可以放得下我所谓的梦想时，我想不起那个梦想了。

因为什么，可以说什么，我完全不知道。

我从未想过要干涉什么，从未想过要在意什么，这一刻，为何看不开？其实无关我，无关事，只是人在，烦扰不断。我可以做到事不关己高高挂起，做不到完全没有看法，不去自以为是。我想做的事太多，不想做的事也太多。嗯，早就该戒掉酒了，如同戒掉糖果零食一样，久而久之，自然而然地成为一个新的习惯。

没有人强逼我走这一步，我是自愿的，一如当初。错过的，我不会惋惜，只是祝福。其实我很好，一个人笑，一个人闹，一个人哭，一个人对着天空不说话，还一个人醉生梦死。没有目的，没有期望。这样就好。

这是个告别，路过某某的城市，不再提及某某，想起某某的名字，不再记恨和感动。该放手了，不管是我爱的，还是爱我的，一切回到从前。不可能的永远不变，早就变却。风有风命，云有云命。早就知道的后续强求不来我要的结局，我会回去的，那个回去不是为了任何人，任何事。到了一定的时候，遇到一定的时机。嗯，我明白，我懂，我能回去当初，不曾提起，无从放下。

故事未及上演，提前下场，戏份已完。

我只是想那些亲爱的人了，在某个角落里的亲人。不曾多问候，心里记挂一直如是。只有这些关系未变，沧海桑田，那些容颜早就老却，物是人非事事休。

我梦见了少时，还梦见了生离死别。需要多少勇气去承受那些正在发生的，未发生的，我无从所知，如同未来。只在当时，只恨当时。没有什么好的，没有什么坏的，浮生若梦。

忧伤么？不然，淡淡心事，淡淡怀念，还淡淡哀愁。变也好，不变也好，处变不惊。为了找到自己，走了那么远，原来自己一直在原地等着，我视而不见。

说这些，也只是当时。

第二辑
我把悲伤藏在影子里

如果有一天，我不再提及。

如果有一天，我不再铭刻。

如果有一天，我不再悲伤。

无需再隐藏，无需再行走。

那么是我在告诉你，我会好好的。

沧海难过，蝴蝶早飞

蜕变的过程，是自我挣扎，也是自我成全。

——《糖包语录》

黑色的生命，演着红的色彩，苍白内里。

QQ上的沉寂，过渡了某个过程，十二个月，一年已经过去。

我还停留在一月份，时间过去得不知不觉，容颜未变，心已沧桑。关于我的，无关我的，又再次显得不重要，无所谓了。对于任何人，任何物。

许久不见消息的朋友发来信息告知，他已回家，要我好好保重。一句简单的问候，一句简单的叮咛，让沉寂已久的手机露出些许生机，我突然感动了。想起以往总是肆无忌惮地否定关于白杨的一切，言语上无穷无尽的打击，尽管一直认为他可以开得起玩笑，但我保不定他听到那些话会否不舒服，因此看到这些话时心生惭愧。到最后总是这些曾被我深深误解过的人给予问候，还记得有过这么一个人。那些说话好听的，信誓旦旦的，了无声息。

太华丽的故事总是落幕得太早，遗失得太彻底。

还太烦嚣，明知言多必失，却止不住地说。明明已经不爱说话，却假装很喜欢喧哗。人生于夹缝中自缚，求之不得，失之惋惜，想开了，一切皆是虚幻，真又如何，虚又如何。只要你们愿意相信。

　　又下了几天的雨，日子依旧平平淡淡，悄无声息。只是改变了一些习惯，想要买零食的时候找不到自己想吃的，登录QQ找不到想说话的人，想提及的事，又逐渐回到原点。总有些时候不想理会任何人，任何事，只求一刻安静，不是厌倦了，不是忘记了。一切都会过去，多么经典的句子。

　　听闻不少的故事，那些人，那些言语，超出意料之外，说不清是为了什么而感伤，只是到这一刻，真真假假，虚虚实实，让人惋惜，失却心情。仿佛戏剧闹剧，演完落幕，没有掌声，没有鲜花，有的只是知情者的嘘唏。有些人天生就是戏才，无需剧本，无需排练，直接上演。我虽想置身事外，却无奈融入了，不能如一地沉默。我想步步为营，只是无法忍耐对于某些人事的主观看法。某人说，我这样子介入对我并无好结果，最终导致两人都恨我及误会。而我对于某人所说的误会深感无奈，无从解释。我是戏外人，有属于自己的戏份，只是这场戏与我无关，说穿了，始终是某人一个人的自演自导。算是见识一场，突然想起了师父曾说过的一句话，要做一个骗子，首先要有气场，骗过了自己，才能骗过别人。有些人，有些事，只适合路过。看穿了，看透了，一文不值。只是很多的人已经不愿意提及。

　　人很多时候总会被表面的东西所迷惑，有人喜欢被忽悠，还有人喜欢忽悠人。

　　更可笑的是，我以为看到的这一切都是无法评论是非功过的。对人不对事不可，对事不对人又无法让自己心里舒坦，这个矛盾与我的孽根性不能相融。当然这样的迷惑至此释然，不管功过如何，每个人都是在走自己的路，总有一天各不相干。花开欣赏，花落欣赏。既听了真，何尝怕了假？

让人不快的都是些小事

其实浩瀚时空，我们能留下的，实在少之又少。

——《糖包语录》

有时候，有些人，有些事，不管你如何中立的角度来看，你都学不会一种宽容。

这几天学得最快的是吵架，每天重复一个人的名字，重复一些事，不是因为感觉美好，甚至提不上感觉的人事而反复这样的日子，贴切来说就应该如同看着电视剧情发展，看到奸角发挥得太精致时总忍不住气愤一番，与周围讨论剧情，发表个人之意见。

不能不说这也是一种自以为是，很多时候我们无可避免。虽然这仅仅是个过程而已，但谁可以保证这一场戏看过后人心里不留下那几个疙瘩？这样的剧情发生在人的身上时，谁又可以保证这场噩梦过后，身心都能调养过来？

能在这场戏里穿插自如，谈笑风生背后，是一种怎么样的提炼？我无从所知，只知道自己无法做到视而不见，听而不闻，更加无法做到淡然。抱怨，气愤之后，继续人生，继续一天与一天。

中国的语言真的很动听，尤其是谎言和刻意的甜言蜜语。有些人为了目的可以不顾一切，甚至不择手段，还可以什么话都说得出来。可以说未尝不是一种真实，这样的真实到最后人无法找到一个合适的词去形容它，甚至，无法对此做出公正的评介。

于是，我只能任由自己讨厌某些人事，厌倦某些人事。也许是演戏的人觉得看官不够回味加重了戏份，这一刻哭着，下一秒笑容灿烂，演技太好，演到最后连他自己都分不出真假。有时候看着这样的人不知道是应该无可奈何，哭笑不得，还是七窍八窍生了烟，疲累之极。也许演戏的还未尽兴，然而台下的我们已经无心继续欣赏。

真话与假话本来就是一线之差，把这个度拿捏得太狠，太聪明的人计算了太久，假装了烦嚣了继续了，反复不断地轰轰烈烈，起起落落。原本平淡的生活总容易被那些言语惹出许多层波浪，泛起涟漪，徒增烦恼。

让人不快的都是些小事，面对这一层层不可深究的小事情，我开始不快。有时候你讨厌一个人会讨厌得很彻底，把人，把一切都否定掉，听对方说的话一句都听不进去，就算略带善意的言语也会可笑一番。我不是轻易对人有那种极致感觉的人，也不是轻易就发脾气记恨在心的人，很多时候人经历和接受一些事情就像你吃饭一样，同样的话同样的情景同样地发生时等于吃多了，容易导致消化不良。

再新奇也有不新鲜的一天，有些人想一直维持那种被推崇被关注，名利双收的感觉，却一直以善为名，摆出鞠躬尽瘁死而后已的态度，让天下人以为他为苍生付出甚多的样子，却忽略了最根本的事，人与人相处久了多少都会有点倪端。要么你就一直装下去，不给任何人看穿也不去演不同的戏，要么你就别在同一个人的面前说太多的话，做太多的事。因为人的本性是无法磨灭，要么改，要么装，一成不变必将走向极端。

有人叫我别与尘世斗争，那是必然，也是种文化。我哑口无言，突然醒

觉这段时间自己就像祥林嫂一样，不断重复抱怨说话同一件事。该是远观的

别近看，听了传说别去追根问底，只有这样那些曾经的美丽才算是新奇。

　　这何尝不是一种执着？我知道凡事若只看一面太主观，也知道功过相抵，

看剧情的时候仍是忍不住偏向，直接影响了很多态度，对于这种熟悉的疲累，

我欲罢不能，也许，离开也是一种方法。顺其自然。

心性在夹缝中流动

若能现世安稳，谁愿颠沛流离。

——《糖包语录》

面对这些人生夹缝无法释然成不了大事，但我不是成大事的人，也没有那样的野心。至于那些梦，曾经过去的那些期望，则死在记忆里，想不起，提不了，放不下。这样的逃避我再次反复，害怕人言，害怕自己被引导，分不出真假，而那些真假即便分得清楚实际上对自己也没有多大的用处。

听一个人讲了很多话，挂断，接，挂断，接，再挂断。一种偏见让我执着一段，却无意更改，说起来可笑，已经是被动了，或者说从来没有主动权。于是，又彻底引出了我的懒惰。最终那个人的话还是让我原本很坚定的立场给改变了一点，怀疑自己太片面地去分析一些事，一些人了。我承认，是我太容易被人言所动，可人言很多时候是无从深究的，即便有蛛丝马迹，有时候我们情愿相信耳朵所听见的，眼睛所看见的。这世界上最大的误会往往是因为我们容易被眼前的东西，所听所闻所误导。

同样，如果我无法分清这是事实还是误会的时候，我选择相信之前。再者，远离。

我从不是那种能拒绝诱惑的人，哪怕飞蛾扑火，万劫不复，在诱惑面前

我会不顾一切。

人生在梦想以及现实中挣扎能让人产生绝望的感觉，曾经不想重提的感觉，此刻重新感受一番，毫无滋味。处于夹缝，进退两难，避之不及。也是借口，也是事实，也是一种可进可退，差的只是一个决心。决心，又该是什么呢？我心里没底，没有预算。我善于理论，不善于实际行动，也是一种无所谓所误。

很多时候我喜欢迷路，毫无目的地迷失在一个又一个的城市，走过一条又一条陌生从未知悉的小道，看陌生的人，听陌生的歌，沉醉在陌生的环境里。构思一场与自己没有关系的生离死别，爱恨情仇。

更多的时候喜欢坐上陌生的公交车，路过一片又一片的景色，发现一个又一个的惊喜。例如杭州，很多的惊喜，很多的美是从公交车里路过的。我曾徒步走过一桥，听着钱塘江震耳欲聋的呼啸，在恐高症里晕晕地自得其乐，用了 40 分钟感受了钱塘江。于是，那成为我对钱塘江唯一的记忆。此后，我再也不曾涉足那个地方，只肯在公交车里看着它，偶尔忧伤，偶尔浅尝空气中带着它的味道。还徒步走过断桥、音乐喷泉、柳浪闻莺、苏堤、虎跑，半个西湖。转不出她的精致，吟唱那句：欲把西湖比西子，淡妆浓抹总相宜。想起文人苏东坡、白居易，还想起传说中的许仙、白娘子。每每路过雷峰塔，黯然一番，整个西湖边销魂。这座城市留下我太多的怀念，也曾对景伤情。

从丽江回到杭州后，我带着小包大包坐在公交车上绕着西湖转了一圈，看着路上的风景，发现西湖很美，超出以往的记忆。想起 2009 年那一次离开，也以为会很久再会的，还带起了不少人的离愁别绪。可惜，最终没有再联系辉哥哥那些人，最终又失散在时光里，也许以后再也不会有见面的一天，但我会永远记得那天我们拿着几罐啤酒在西湖边等日出，尽管最终并没有出现传说中的日出。还会记得临别前一天，某某及某某在西湖边错把月季当玫瑰，最后污染了西湖水，那些花瓣在西湖飘荡，最终被清场。笑过闹过，还惺惺相惜过，就算一刻也曾绽放过美丽。很快，樱花就要开了，三月迎来了春意。转眼间，又是一年。人面全非。

我还遗失了很多，想起很久以前的人事。恰恰，在那不久之后都陆续联系。例如安森，例如某天的遇见。然后继续无语，继续沉默，仿佛从未出现过，发生过。一直很安静，无风无浪。

想起丽江临别那晚上，一个人坐在净土客栈的火塘里，寂静的声音穿过脑海，反复不断的问题以及回忆，难以抉择。是去掉目的性，还是将目的摆正，我无从下手。突然想起师父与师姐的那些说话，带着目的，往往走不到目的地，总会有偏差。

最后让我决定留的是一阵风，我走出门口时，想起某天于苏堤那晚，与朋友的彻夜深谈。我张开手心，让微风轻轻拂过，笑着看见手里什么都没有，那时候什么都不怕了。那时候的自信，那时候的风轻云淡，那时候的淡然笑容告诉我，没有什么可怕的。

别害怕天晴

活在过去，就失了当下。

——《糖包语录》

迷糊中醒来，外婆的电话急促而来，按掉，继续，按掉，继续。打过去，通话中，继续。

几乎带着一丝火气接听的电话，例行公事地回答问题，老人家的惧怕，外婆的想象力很好，她居然能想到我被别人绑架了，电话都不能打也不敢接，不敢说话了。

想想，在昆明的时候还跟他们发了信息，现在也才一个星期不到。最近，确实疏于理会他们，正确来说，是没心情，没心事，没感觉。

挂掉电话后，一丝愧疚涌然而生。我年轻，一年不算什么，但对于老人家们来说，一年一年又一年，没几个一年了。心里一酸，倘若以后我承受那些别离的时候，我会多后悔今天的态度呢？

责怪自己的自私之余，却又无可奈何，每个人都得继续走完人生，步入新的旅程，告别一些人，一些事，发现自己再也回不去了。

然后，姐姐的电话。依旧是那些人，那些事，纷争不断。我不知道该笑，还是该气，更多的则是反复不断的无奈。我开始中立地去看待这些人事的时候，笑容里能透出糖来，证明我长大了的时候，我怀念过去的横冲直撞，年轻得不知天高地厚的自己来。

听说，我们当时的那些笑容，那些低声下气，换不来某些人的一丝诚意，甚是可悲。依旧是某人的作风，听到这些，我无话可说了。又是无可救药的人啊，利益面前没有亲情可言，连外公都变得陌生了，我又能要求什么呢？我们不想否认债务，但确实没有打算按数"还"给他们。那是他们的亲生骨肉呀，需要这么计较么？！而且，还是为了一个如此不堪的儿子。我想客观地去看待他们，却始终只有一个结论，利欲熏心。太正常，却也太无奈。

还听说外婆的脚一天不如一天了，病也越是厉害。在生命面前，他们居然还有心情讨论钱的事，我算是无语了。一条命啊，他们都不能善待一下么。

某人一年给了外婆外公800块。我听了他们炫耀的这个数字，我突然悲哀。一年，我们兄弟姐妹花在外公外婆、表弟表妹身上的钱就不只这个数，却从未听到他们如此炫耀，是可笑，还是悲哀？那个时代，那种思想，导致如今，我甚至连同情都学不会了。可是，他们是我亲爱的人。我无可计较，如今也无可说了。

晚上，还接到朋友的信息。说起一些依旧是让人气愤的事，无语，甚感无力。

人，纷争不断。

我清我静，显然冷血了些。任由之吧，有时候有些气愤，有些抱不平，有些观点，证明我还年轻。不是么？同情那些人，可怜那些人，为了小事而伤害别人的人。

一切都会好的。

别害怕天晴。

无病爱呻吟

若惧怕未来，今日又怎样过？

——《糖包语录》

杭州这几天沉寂在一片清冷中，迎来了风雨，仿若遥远家乡中的寒冬，春天悄然而至。

连续几个晚上，出门时只是阴暗一片，待到再回住处的路上突然的阵雨，夹带行雷闪电。我没有带伞，任由雨水滴下，衣领，衣袖，鞋子，溅起一片片水花，路上的人匆匆而过，我仍是不紧不慢地漫步雨中，不一会儿头发上的水珠开始连成线条，眼睛被雨水淋得睁不开。

除了冷，还有种仿若回到小时候的错觉。

这是第三次淋雨了，走到门口时一笑，头开始有些晕，一两声小咳嗽告诉我这一次又感冒了。一周年，距离第一次踏足西湖已经一周年了，原来时间不知不觉中过去了一年，有些感伤，有些疤痕已经淡去，事情也不再提及，而杭州的天依旧是那样的阴冷。

去年的这个时候，也是这番小病不断，大病不找，却终日晕晕沉沉。

坐在电脑旁，看了一小会儿，好友发来信息却置之不理，躺下，坐起来，走动，反复继续数次后，无力再挣扎。手便又停在键盘上了，发现自己失去灵感，刚刚还在脑子里转动的思绪漂浮不定，瞬间即逝。手机不适时地响了起来，看了看，是某人，大概又是想解释一通了吧，想说什么，想解释什么都是重复的那些言语，于是我关掉手机，不想让人打扰此刻的清静。

对着电脑发呆一个下午，一个晚上，又对着晚上发呆。这样的日子过了一天又一天，找不到终点，也找不到重点，听不进人言，一天一个月一年。浪费时间，浪费生命，双重失重。

想起书上说，七秒钟可以爱上一个人，一个小时可以确定一辈子。

同样，一秒钟可以否定一个人，一分钟可以否定一种坚持。我不是想再去坚持那些无所谓的感觉，暧昧或是缠绵，最终都不是我要的。

惧怕人言，因为太容易相信，就当一切是多想，路过了错过了也就算了。

两个截然不同的自己每天对戏

我那么恐惧它会让我改变，却在不知觉中让恐惧改变了我。

——《糖包语录》

其实很多时候惧怕一个人，会乱想很多事情，想到不想再想，空白一片。谈不上寂寞，谈不上孤独。这时候我会毫无边际地说很多话，连自己都不知道什么意思的话。

两个截然不同的自己每天对戏，看戏，嬉哈中大起大落，发现心里空无一物。尤其最近，对于很多事开始选择缄口不言，但心里有个疙瘩，挥之不去的那些感觉让我无法安静。也终于明白某些话，当初是我太盲目所致。

有些人只是传说，不该近看，我不说某些话，是因为我知道很多人人事无法分清。但有人仍旧不甘心，装神弄鬼，巧舌生花。

傍晚路过那些人，看着他们听到我说电话时的惊讶，讶异于这个女子的口不择言和表里不一。我笑笑，突然走了神，讲着电话，灵魂飘荡，无法专一。

想起某个不爱却爱着自己的人，自那一次拒绝他没有再来过信息，包括节日。若不是手机里仍然保存了一个号码，几乎要忘记出现过这么一个人，他的自我折磨于我，成为此刻的借口。

但他知道，我知道，事实不如此。决心忘记彼此，不过问，不出现，甚至不去关注，这是他对我的一种尊重。只是偶尔发现少了点什么，又说不出来是什么，无关爱情。

有些决定很突然，只是一霎那，容不得一丝犹豫。不想继续暧昧，该是决定的时候我会很果断。就算伤的是自己，就算这是一种错过，只可以说两个人没有足够的缘分。既然是没有缘分的两个人，无所谓挂念，还有相见不如怀念。

记得曾对某人说过这么一句话：你要我快乐，但你离开之后叫我怎么快乐？

之后，生活依旧是生活，偶然会怀念起那些小单纯，曾以为很深刻的感觉了无踪影，以为的永远竟然已经过去，没有太多的快乐，也没有不快乐。

翻开空间里的留言，那些曾经在论坛里的，QQ 里的惺惺相惜，还找到某年某月某日某人在空间里的文，心里淡淡地欣喜。

曾经的论坛，曾经的那些人，还有曾经的自己。

那些所谓的假如成立，我们终究成为了陌生人。

2008 年夏我去了上海，路过那个城市，转了一圈，始终没有勇气给那些曾经要个会面，一切已然结束，不复当年。其实，就这样就好，庆幸那段日子有你们陪着，虽然已经各安天涯。我已经不想去要那个答案了，很多的人很多的事就让它过去。有惋惜，有庆幸，也有必然。

从昆明至杭州的火车上，有个女孩说，物质这样东西有时候比感情来得巩固，起码还看得着，摸得着，用得着，比起爱情更能让人有安全感。听到这些话，我不否定也不赞同，对于物质与情感，谁轻谁重，追究起来难以抉择。信誓旦旦，转眼便陌生了所有，金玉其外，却也活得疲累。

人越简单便越快乐，我们早就知道。感情是简单的，物质也是简单的，同样，

要很多的感情是不现实的，要很多的物质也是不现实的，所有的不现实加在一起便成为了复杂。看见的，看不见的，幸福无法定义，高兴就好。就像看完《蜗居》，我们同情于小贝的遭遇，惋惜海藻最后选择了成为宋思明的情妇时，现实里都会偏向海藻的路。

你不能永远都那么清醒地权衡心性和表面，看穿这一场阴谋，选择适合自己的路并且心安理得继续下去。有人随心，有人随金，还有人随便。

人一张嘴能吃就吃，一副皮囊能睡就睡，吃不了多少，也用不了多少，躺下了也不过两米地不到。目的性太强就往往忽略自己所拥有的，远观得不到。

对于金钱，对于情感，无谓强求。不管走的是那一条路，总有让你不后悔的一些经历。所有的不相关链接在一起，完整了人生。

花开两朵，各表一枝

但愿能尽人事，又能幸而知命。

——《糖包语录》

第一次见苏安，苏安便强制性地将手里的大中华塞到潇潇口里，浓重的烟味呛得她几乎呼吸不过来，那是她第一次知道烟的味道，辣辣的，呛，还有烟火味。

这让潇潇对烟的恐惧延至她 18 岁，也因此对苏安记忆尤深，直至很多年后潇潇还耿耿于怀。在潇潇印象中遇见苏安最好的事是一次跟苏安偷偷拿了大人们的创可贴给小草"疗伤"的时候，本来是该一只装的创可贴多了一个，而最坏的事是被苏安强制性地吸了人生中第一口烟，潇潇记忆中坏女人才会做的事，虽然那并非她所愿。

他们之间只上演了那么两件事，之后不久，潇潇跟苏安仿佛就没有了任何关联，甚至失去联系，忘记了彼此，没有了故事，也就不好也不坏了。那一年，潇潇 8 岁，苏安 10 岁。

对于苏安，遇见潇潇就像是必然，后来失散也是一种必然。

苏安是个坏小孩，至少他自己都那样觉得。家里条件优良，对于苏安是言听计从，只要苏安能想到的一切物质条件，他们都尽力给他张罗，唯一忘

记的是给予关怀和时间。第一次看见潇潇，苏安诧异于这个女孩的精巧，玲珑剔透，就像是易碎的玻璃娃娃。

但是太乖，不管见到任何人都不说话，不哭不笑不闹。

对于大人们如此，对于苏安如此。

于是苏安按捺不住，便偷偷地拿了父亲的大中华，把潇潇拉到角落里趁她不注意的时候点燃了烟，塞到潇潇嘴里，看着潇潇痛苦地咳嗽着，苏安有那么一霎不忍，但他只是哼了一声，把烟丢了，满心以为潇潇会痛哭流涕，结果潇潇什么都没有说，更没有流泪。

大人们并未察觉在这两个小孩子之间的那些小打小闹，也未追究他们之间发生了什么，但苏安自觉无趣，没有再理会潇潇，那一次之后他们碰了数次面，没有什么感觉或是故事，就算有，苏安也忘记了。

他们虽小就相识，但没有交集，算不上青梅竹马。

1

潇潇记忆中的妈妈是慈爱而怜悯的，记忆里的爸爸虽然沉默寡言，却总算是慈爱，家里纵使清贫却也其乐融融。

但 6 岁那一年因为潇潇的一次顽皮，在屋后的小河里玩耍不小心滑倒，被人救起了，潇潇妈妈却因为着急赶往医院看望而途中出了车祸，当场死亡。

之后，潇潇爸爸对潇潇更是沉默了，没有必要的言语从来不肯多说一句。那之后，潇潇也变得沉默寡言，不喜欢笑了，一下子仿若成长了许多年。

再大些，潇潇便明白了父亲对自己的恨，恨到不想说话，但他们终究是父女，割不断的血缘关系让他们不得不认命，并且朝夕相对。这样的局面一直维持到潇潇高中毕业，离开了那个小县城，去了一个大城市继续读书。

潇潇走的时候，潇潇爸爸把他一辈子的储蓄拿出来，递给潇潇并告诉潇潇里面的钱任由她支配，但是在潇潇读书期间他不会再给潇潇一分钱。那笔钱是潇潇妈妈的嫁妆，也是潇潇妈妈的遗愿。

这时候潇潇看到这个她叫了十几年爸爸的人老了许多，两鬓已然花白，神情说不出是一种释然，还是一种哀伤，复杂之极。明明在眼前，潇潇却觉得他们隔了整个世纪那么漫长，那么遥远。她再看了看本本，本本上面是一笔不小的数目，那是她长那么大见到最大的一笔钱。潇潇默言，点点头，什么也没有表示，提起行李头也不回地走了。

2

苏安的家境随着苏安的长大变得越来越好，对于苏安来说，这代表着他与爸爸一周一次的见面变成了一个月一次，更少机会能吃到妈妈亲手做的菜了。

苏安的奶奶对苏安的溺爱比苏安父母更甚，只是苏安从不领情。苏安并不觉得这有什么不妥，以为这一切都是必然的，应该的。苏安脾气不好经常对奶奶大吼大叫，苏安的奶奶却不以为然，她对于自己的付出自得其乐，并且认为她的孙子是最优秀，最疼她的。

他们不知道这样宠爱放纵一个小孩的结果便是让他学会做个传说中的坏小孩，于是，苏安从小到大都是令人头疼不已的小孩，逃课没有老师敢管，打架让人挂了彩从来没人去告状，一大群的人围绕在苏安的周围，只是苏安从来不觉得自己开心。他认为自己应该开心的，他有那么多让人羡慕的条件，不是么？可是他总感觉自己少了些什么，总开心不起来。

就这样一直混着，苏安 19 岁高中毕业，家里人终于决定要好好管管这个

小孩了，于是便将苏安送到了部队，想着三年的锻炼能让苏安终成大器，满心欢喜。可是苏安进部队没有一年，便被迫退伍，之后便进了父亲的公司，终日游手好闲，无事生非。

3

潇潇的大学生涯并不算顺利，总遇上一些意想不到的事情，却也转眼即逝。四年的大学生涯为潇潇换来一个凭证之后没有下文，之后，潇潇便开始了她的工作。潇潇不得不佩服她爸爸的神机妙算，那本本的数额到潇潇领到第一个月工资时已经是只有一位数了。

四年里潇潇没有回过家，没有给爸爸一个电话，只是偶尔写信，寥寥可数的几个字，告知他自己很好，成绩如何，勿忧。而潇潇的父亲只回了一封信，说自己已经辞掉工作，不能确定自己会在哪里，让潇潇不用再给他写信，也不用回去，等到一定的时候他会出现。

潇潇依旧倔强地认为自己写的信爸爸能看到，每年的中秋、新年都会给他写一封寥寥几句的书信。毕竟，他是她唯一的亲人了。

4

看着父亲生气的脸庞，苏安却没有表情地告诉父亲：我小的时候你们不管，现在管太迟了，我就是这个样子。

父亲一巴掌甩到苏安的脸上，5个手指印鲜红鲜红的，像极了鲜艳盛开的花朵，苏安口里吐出血丝，冷冷地看着父亲。这让他父亲惊觉，多年以来他与苏安产生的距离是无法弥补的了，对于这个孩子的亏欠让苏安父亲选择了沉默，他把苏安安排到自己的公司，挂名做一个头儿，可有可无。苏安气愤于这样的安排，无奈于父亲卡住了他的经济来源，他不得不向此低头。

5

潇潇再次回到了生她养她的小县城，没有看见父亲。他们曾经的家也已经尘埃遍地，闻不到人气，像是一夜消失了的人事，让潇潇甚感无助。

家里什么都没有少，少了的是父亲还有她妈妈的照片。潇潇费劲地收拾好屋子，从一个破旧的大信封中发现一个诧然的事实。那是一份 DNA 报告，日期为潇潇出生那一年。

上面标示，她叫了十几年的父亲并非她的亲生父亲。这一刻潇潇泪流满面，她不知道这个故事背后的真相，但那一霎，她明白了父亲对自己的深厚感情，以及一个男人大半生的隐忍。

6

苏安就那样混着，混了一年又一年，始终无所事事，无事生非。他父母本来就忙，疏于管制他的一切，他父亲跟他说，若他不去上班就没法从家里拿钱，于是苏安第一次乖乖地听话，去了公司上班。其实苏安也并不想逆父亲的话，只是一直以来，只有父母在发火时，苏安才会觉得自己对于这个家的唯一意义，总算是个能让人操心的孩子，还有人记得的孩子。苏安不善言语，没有他认为可以一辈子的朋友，吃喝玩乐后，苏安与自己对戏。

苏安还喜欢漂亮的女孩子，女朋友一个接着一个地换，只是他从来不明白爱情是什么，什么叫作爱情。他不齿于这种东西的存在，却又期盼这个奇迹的发生，至少这样能让他知道那些故事里的死去活来是怎么样的一种感觉。

7

那个发现让潇潇决定留在县城里等他，她固执地认为他会回去的，因为那个家是他曾经深爱的一个女子跟他共同的记忆所在。潇潇不明白现在她对于他是什么样的感觉，是依恋，还是亲情，或是其他。

她只知道她的生命里没有了他会是空白一片，那种空白是一件很恐怖的事情，这让潇潇无所适从。虽然自己一直以来都很独立，虽然他们之间自潇潇妈妈死后没有多少的交集，但他毕竟是潇潇生命里全部的记忆了。

也许，这是少女朦胧的爱情，爱上记忆里的一个人，更或许，这完全是一种构思。潇潇这样想着，她开始改变自己，时而温婉，时而疯狂，时而哀愁，时而理性，一张一张的面具，精巧无比。这让潇潇都几乎忘记自己是怎么样的人，忘记自己的本性。

8

苏安最近变得很安定，开始不闯祸，乖得不像是苏安。上班，下班，然后回家，把自己关在房子里，安静得让他年迈的奶奶觉得不安。她喜欢那个总是闯祸的苏安，总是对自己大声呼喝的苏安，那么朝气，那么无惧，仿佛永远都不会长大的孩子。

但苏安突然这么乖，变得这么宁静，她开始觉得自己老了，大限将至。她努力地想跟苏安说话，一句，两句，三句，她越说，苏安越烦，也开始不理会。她每每看着苏安，总带着一丝哀伤，最后，她选择了沉默以对苏安。

这样的沉默又让苏安有丝愧疚，他不是不懂奶奶对他的深厚感情和宠爱，他只是愿意活在自己的世界里，容不得别人踏入那片禁地。他开始厌倦之前的生活，吵吵闹闹，嚣张至极，始终未能让他开怀。他把他的不快顺便发泄给他的至亲，只觉得那是理所当然的，谁叫他是他们的儿子、孙儿呢？

9

潇潇的父亲一直没有回去，一天，两天，三天，一个月，两个月，三个月，然后一年。在等待的每一天都那么漫长，漫长到潇潇失去了信心，失去了目的。工作，生活，游离在那个小县城里，潇潇失却人生的导航。她至亲的人却不知所踪，甚至不知道还是否活着。

潇潇从不敢去想象他死去之后自己如何活着，她情愿选择他就那样永远不回来，等来等去等不到，也比起等到一个死别。起码，还可以等，还可以心存幻想，她想，父亲一定在某个地方安静地生活，安静地怀念母亲，还安静地祝福自己。想到这些，潇潇备感幸福，因为在这个世界上还有值得她记挂的人。

10

25岁那一年，苏安奶奶一睡不起，安详而了无声息的面容深深地刺痛了苏安心底最深的那一条神经线。他从不觉得奶奶对自己如此重要，生活少了一个人会那样寂寞，如果他早知道那些一直陪着他的人会这么快离开，他不会那么任性。苏安狠狠地刮了自己一巴掌，他不知道该用什么言语什么表情去表达自己心里深深的痛，只有那样他方觉自己安心些。

苏安父亲轻轻地按了他孩子的肩膀，说：你奶奶很爱你。苏安看着父亲，点点头，他突然明白了，其实奶奶从来没有怪过自己，因为她爱苏安的时候是那么快乐，那么幸福，不管苏安如何不理会她，她始终沉浸在自己的

幸福里。这些幸福苏安父亲曾经给过她，然后苏安。苏安突然明白了父母之间的爱，他们一直在为自己创造更好的条件，把自己认为最好的给了他。苏安自那之后算是彻底脱离了败家子的形象，开始负担起一个男人的责任与坚强。

11

25 岁那年，潇潇事业初有小成，像是一朵寂寞而骄傲绽放着的红玫瑰。岁月雕刻，精巧玲珑，身边围着一个又一个的男人。但潇潇从来不与他们深交，浅尝即止。潇潇还在担心自己的父亲，还在一直等着他。这样固执的守候终于迎来花的春天，他在潇潇 25 岁生日那天回到他们曾经朝夕相对的家里。什么都没有说，潇潇也什么都没有问，他淡淡地说了句：生日快乐。潇潇点点头，然后转身入厨房把弄好的饭菜端出来，他在收拾桌子，一切仿若平常，却又是很无常。

他甚至不问潇潇这些年过得如何，也不提关于潇潇身世的事。他们就那样一直相处着，不像父女，不是陌生人。但潇潇满足于这样的相处，比起失去他，潇潇情愿他什么都不解释，什么都不说。

12

再看见潇潇的时候，苏安在公司已经独当一面。父亲要他娶这个女人，他看着面熟，却总想不起在哪里见过面。对于他们的婚事，这个女人既不赞成，也不反对。他们开始交往，很奇怪的一种交往，奇怪到苏安想不起这是恋爱。他们每天例行公事地见面，吃饭，然后各自回家。

他赞赏于这个女人的容貌，却乏味这个女人的平淡，他尝试跟父亲提出异议，但一直很放纵他的父亲这一次怎么也不肯让步。自奶奶过世以后苏安第一次对着父亲大吼：你喜欢你娶！然后夺门而出。之后，苏安开始花天酒地，甚至很多时候当着潇潇的面跟别的女人调情。

但潇潇无动于衷，始终不肯开口提出退婚两字。苏安问潇潇：你不喜欢我为什么要拖着这婚事？潇潇只是冷淡地说了句：因为我爸要我嫁给你。苏安崩溃，他第一次在女人面前毫无办法，他甚至想打眼前的这个女人，看一看她是否永远都这样平静如水，什么都没有所谓。

苏安的无助还源自他对这个女人动了情，他甚至不知道怎么样就爱上了这个女子。他想，哪怕是恨，也要她对他有一丝感觉。

13

当他提出要潇潇嫁给苏安时，潇潇突然明白了自己的身世，也知道了苏安的身世。她没有反对这样的安排，她问他，他是不是很爱妈妈。他的回答很确定。潇潇笑了笑，没有说话。哪怕他从来就没有把自己当成女儿看，他养护她，只是为了母亲的遗愿而已。让她嫁给苏安，也是为了母亲的遗愿。他所做的一切都是为了自己的母亲，她不能怪他。再怎么样，他还是她的养父，还是她叫了十几年爸爸的人。

于是，潇潇任由安排地见了自己的亲生父亲，并且让他们安排了婚事，婚事如火如荼地安排着。

结局篇

他们结婚的那晚苏安与潇潇都听到从他们父亲房间里传来的争吵以及摔东西的声音，但苏安没有在意。他只注意他的新娘子有什么新的表情，害羞，

期待，或者其他。

潇潇什么话也没有说，只是头低着，不停地搅动两只手的手指。苏安有些兴奋，他看出了潇潇的一丝不安，他就站在床边看着潇潇，两手环在胸前，坏坏地笑着，那一晚苏安只是温柔地拥着潇潇入眠，他不想勉强潇潇，因为他爱她。

这让潇潇更是不安，因此他们两个都没有注意到从苏安父亲房里传来的那些话是关于他们的。潇潇是才想到的，可是她不愿意让苏安知道，她答应过自己亲生父亲不会告诉苏安，也答应过养父，关于自己的身世绝口不提。

只是他们没有想到的是苏安母亲会如此反对，那天晚上，苏安母亲知道了潇潇的身世，所以跟苏安父亲吵了起来。时隔多年，有些事还是很鲜活地活在某些人记忆里，不经意提起会让人歇斯底里。只是，大家都没想到，这一闹竟让苏安母亲一病不起。

潇潇是从他们结婚那一晚上发觉自己爱上苏安的，她逐渐逐渐地把关于苏安的片段清晰地印在了脑子里。因为她觉得苏安在骨子里跟她很相像，同样活在自己的世界里，同样深爱着那些看着自己长大的人，却又同样不知道如何去表达。只是，等不到苏安明白这样的爱，苏安就知道了一切。

苏安母亲最终以残忍的姿态告诉苏安一切的真相，告知苏安，他只是他们从孤儿院里领养的一个孩子，告诉苏安，潇潇是他以为是父亲的那个人在外面跟别人的爱情证据，告知苏安，这一切只是为了家族血统，告知苏安，潇潇曾经为了她养父的事情拒绝了很多男人的追求，她还想说什么，可是一口气在喉咙里卡住了，苏安叫来医生，却始终挽不回那满怀恨意的心，没能让她活过来。

葬礼上，潇潇尝试着握着苏安的手，可是苏安冷冷地抽出了自己的手，看也不看潇潇。苏安父亲，不，这时应该是潇潇的父亲看着这一切，老泪纵横。他不是不爱自己的妻子，也不是不爱潇潇母亲，只是他没有抗拒诱惑。他也爱苏安，也爱潇潇，他害怕他爱的人离他而去。而此时此刻，他尽管家财万贯，应有尽有，却深感无力。

苏安准备离开那个家的时候，潇潇拦住了他。苏安狠狠地看着潇潇，几乎要动起手来，只是潇潇也无惧于这样的恨意。她让苏安还了欠她父亲的，还了欠她的。谁也不知道他们之间到底协议了什么，只是苏安突然不提走了，不提起他们之前所发生过的任何事了，依旧很安静地生活着。只是跟潇潇始终冷淡。对潇潇父亲，养育了自己二十多年的养父，也保持了一定的距离。

苏安不是不爱他们，只是他不知道自己可以以什么身份去爱，以什么姿态去爱，所以他选择沉默。就算他察觉自己只是一颗棋子也从未恨过他们，他只是恨潇潇，恨潇潇从来没有爱过他。

两年后，苏安还是离开了，离开得很彻底，没有人知道他怎么离开又是为什么离开的。潇潇的养父随之也离开了，一如他沉默地来，沉默地去。剩下潇潇与她的亲生父亲相依为命，苦苦撑着苏家。看着潇潇日渐消瘦，苏父很是心疼，却没有什么可以劝慰的。苏安走后的半年潇潇生了一个男孩，名为苏恩赐。

十年后，苏安回到那个小县城，路过他曾经的家，却不肯相见。

再十年，一个跟他很相像名叫苏恩赐的男孩找到他并告诉他，他母亲终身等着一个叫作苏安的男人，等着他的回家，等着他发现她在角落里爱着他。

苏安泪流满面。

而潇潇永远的微笑刻在石碑里，得以永恒。

苏安走后半年，潇潇生下苏恩赐，却不幸落下后遗症——产后抑郁症。

所幸潇潇大多数时候是正常的，以至于连苏恩赐都不知道自己母亲十几年来活得那么辛苦，她一直帮苏父管理公司，对自己也一直慈祥，她以生命去爱苏安，也以生命去爱着苏恩赐，因为她为他们而活着。她那么努力地想活着，却始终等不到苏安的回头，于是在一个夜色清凉的晚上，她趁大家没有注意，跳楼自杀了。她还留下了一封遗书说，对不起，最终还是没有坚持下去，她说她累了，要休息了。那一年，苏恩赐19岁。

潇潇曾对苏恩赐说过，他是自己爱情的证据。

往事碎片

若爱，是因为寂寞而存在，那么爱又让寂寞更寂寞。

——《糖包语录》

这些天总是有许多零碎的片段闪烁在脑海里，一片一片，却无法伸手捉住。我总想留住些什么，一切却犹如空气般划过，甚至看不出痕迹。只是心里，残留了当时的一点点若有若无的记忆，挥之不去。连带着这心情就如这般天气，变化多端，时而隐忧，时而空白。

我不料想这样的言语会使得自己变得如此敏感而不锐利，也不曾料想会置于今日之地。只是这已经是事实了，不管我愿意不愿意走下去，觉不觉得这生活有没有意思，如果我不愿意动，不愿意去尝试，只卡在自己设计的圈圈里的话，那么唯一的可能就是被生活磨碎。

很多时候觉得身体跟灵魂是分开的，走着走着就忘记了要去哪，要干什么，甚至连开口说话都可以卡住话题，就像电脑突然死机，无法正常对着周围的人事反应，一天就那样过去，不可惜也没有什么可以兴奋。人越大越孤单，没有什么事可以令人倍感新鲜，那些新奇终于回归了平淡。

小时候那么容易满足的我们，直到长大以后才发现一张纸公仔永远无法满足人心的需求，一个糖果换不来开怀的一笑。得到的越多，人便越不容易

满足，世界越小，人越容易快乐。

想起朋友说那句话：青春是一道明媚的忧伤，还想起了所谓的青春，让我无言以对。走过了那时候的朦胧，踏过青春的尾巴，周边人事换了几番，时光是无论我们如何拽着，祈求，勉强都无法留下的东西，而属于时间的痕迹却深深地印在了脑海里。陌生知会陌生成了熟悉，然后熟悉分开了熟悉，变得陌生，学晓了诸多感慨，遗憾于儿时那些快乐怎么就这么快遗失了。成长需要代价，明白了这个道理，我只能在某些特定的时候独自怀念那个挂着两条鼻涕虫的脏小孩，并为她默然奠祭。如同歌儿所唱的一样："太阳下山明朝依旧爬上来，花儿谢了明年还是一样的开，我的青春一去无影踪，我的青春小鸟一去不回来。"我该庆幸，我终于明白了"青春"这两个字，也终于遗失了它。

虽然对于我那时候来说，它不明媚，所到之处都是阴霾，看不见太阳陪我走过，长长的影子拖延在远处，遍地忧伤，收拾不起的碎片。可是，它曾清澈如水，单纯得透明，留下了许多值得纪念的人事，还绽放了许多张笑颜。

很多时候不愿意被看透，这是我的孤芳自赏，有时候谁也不愿意理，有时候又依赖于人的只言片语，更多的时候觉得一个人也蛮好的。Ansen说："为什么要让自己那么辛苦啊，你又何苦自欺欺人，我不想你这样子委屈自己。"

我无言以对，我从不觉得沉默，脱离人是人非是辛苦的事，反而与人之间的种种争执会让我心生疲累。可是，我不得不承认自己的自欺欺人，惧怕一个人的生活，却继续一个人的生活，这当中自然有这当中的道理，却又验证了我的懦弱，没有安全感。

我不愿意在爱情里一败涂地，却在人生里一塌糊涂。生活就像一张网，铺天盖地让你无处可逃，网住了自己，也网住了别人。这样何尝是一种委屈，只是一种习惯，或是自然。

又开始选择对于某些事某些人沉默，我烦嚣的时候是我的言语，我更烦嚣的时候是我的沉默，只是沉默接近了安定。倘若一个人让我已经无话可说，也无所谓继续不继续，只是淡了。无法继续喧哗，也不要说出一句让我心凉的话，这是我的骄傲，也是我的任性。所谓心凉，就是淡了，所谓淡了，就是在我有点点小感冒的时候对方翻了个白眼，觉得这是小事。

我也明白，要一个人小心翼翼地去维护一个敏感而脆弱的内心，一次新鲜，两次无味，三次厌倦。既然如此，接下来就没有所谓的故事了。无从开始，也无从结束。被爱是幸福的，去爱也是幸福的，与其要求被动，不如化为主动。被爱的幸福随时都有可能丢失，而去爱则在心中，在心中的总是幸福些的。

没有人会像你自己全心全意去爱一件事，一个人，一种物品那样小心翼翼呵护着。我期望的幸福是你在我眼里的时候我也在你眼里，亲情如此，友情如此，爱情也如此。如果这当中只能选择单方面，那我情愿你在我眼里。

而记住，深刻，遗忘都是必然，从喜欢，到爱，从爱，淡化到喜欢，再从喜欢到没有了感觉，也是必然。没有绝对的变，也没有绝对的不变，唯一变的也是变。我如此，你如此，他如此，我们没有办法选择身心如何发展。无法控制的，还有感觉，一时之意。变化多端的除了天气，还有世事人心。

我一直是个孤僻的人，不爱说话，尽管现在更多的时候可以妙语生花，言之不尽，但我心里明白这份孤僻深入骨髓。也许沉默是世界最恐怖的语言，因为不知道，让人摸不透。因为言多必失。尝试了很长一段时间闭口不言，

也尝试了很长一段时间源源不绝地说话后，到了现在这个不好也不坏的样子。

我还是怀念那时候，怀念小小的时候，坐在门前看着天空的孩子。那时候，我只是把故事当成生活来看，不似如今，把生活当成了故事。

我只在乎我在乎的人的认同，可以不在乎全世界人事变迁。可我在乎的人，越长大，越少了。其实，只要大家快乐就好，快乐的方式不重要。就如一首歌里唱的：就像一场梦总要醒来，只是梦里多了一次感慨。

总有阴天时

这个世界上能成就艺术的东西是孤独，能成就孤独的则是生命中那些沉重的经历。

——《糖包语录》

有些小失落，有些小无助，对于未来，仍旧一样，看不见乌云后面的太阳明媚。

生活不是这么简单的事，有些人，有些事，一直在告诉我这样的事实。其实也很简单，是我们要求太多，未得，故而变得复杂和戏剧化。我，一如往日，风平浪静，万般隐忧却无法改之分毫，所有的问题始终缠绕着一个极为简单的问题在转，只是这些事情如墨遇到水，黑白不分。

我们唯一的方法还是等，等到有答案有将来的一天，这样漫无目的地等待其实是一件让人极为不安的事情，可是除了顺其自然，等这一切的坏事过去，我不知道还能有什么办法去代替别人疼痛或是堕落。

一个人无法选择他的出身，这无法选择还连接着许多的后续，很多人很努力地想要在这个世界上谋求一片天地，看得到的明艳，拽着梦想不放，却最终败给了现实，明明知道万劫不复，始终无法摆脱命运的怪圈。也许以后有人会说，这些苦难是成功的必须，可是，平平安安不好么？平平淡淡不好么？

要知道这些疼痛，不只他一个人在承受，还有爱护着他的人。

有时候无能为力比亲临其境更为让人难过。

故事能让人变得复杂，信仰则能让人变得单纯，一个有故事又有信仰的人，若是选择一条不归路是极其惋惜的事。想到这个继续有着的可能，让人只想逃避，不想去面对。

然而，再怎么不想面对，它还是发生了。

顺应天命是一种消极的办法，看着这些事情发生只会感叹并没有任何用处。牛奶会有的，面包也会有的，一切都会过去的。不轻言放弃希望，阴天过去就是艳阳天。

愚人节后的第二天，着实地被自己愚弄了一把。

早上先是把手机遗落在屋里，走了一段路其实已经发觉，只是懒得回去拿。中午，于批发市场走马观花地走了很久，想买一件旗袍，正确来说是便宜的旗袍。但找了很久，价钱实在不是令我满意，便想回去第一家买第一件，但等到我决定好的时候，那家就下班了，小小失落。再后来，在店里上网，把钥匙拿出来，把 U 盾插在电脑里，想在网上买些东西，想起手机未带。这还不是最娱乐的，一个小时后，走出店门，锁了其中一把锁，才想起钥匙没有放进来。懊悔，愚人节后的娱乐 。其实这也不是第一次，但，这一次稍微不好运些，求助无门。

结果是，这会儿待在网吧里，看着 QQ 上在线少得可怜的闪烁，发现时间才凌晨 2：02，离早上还远得很。

嗯，看电视去。下次一定要记得带钥匙。

这个事情告诉我，遇到不可解决的事情时最好的办法是等这件事过去。遇到逆境，最好的办法是等着时间过去。

第三辑
我愿载尘在归途

下午4点钟

狐狸等不到小王子

幸福了1个小时

她知道小王子已经回去看他的玫瑰花

狐狸自此独自行走，忘记了小王子

独饮独唱

　　深夜，清晨，我之烦嚣是我言语的开始。

——《糖包语录》

　　悲伤的时候一个人独唱独吟，还对酒当歌，是独孤的事。但人生有些时候必须习惯这些孤独，习惯后并学着欣赏。

　　很久很久没有这么早就起床了，早上，安静而祥和。世事无争，繁花似锦，如驹过瞬。想起年幼时，惊觉，失去的不仅仅是年华而已。

　　尝试不让自己在这种孤寂里暗自吟唱风霜，感怀悲伤，但越惊觉，越不能做到。就算是一种无病呻吟。

　　对敌人仁慈，是对自己的残忍，但有种残忍，是对自己的放纵。纵情声色，不管是年华，还是身体，都无法承受这样的一种轻狂，我深知结局，却无法安放灵魂的影子。

　　理智告诉我不可以如此，身体却违反了这惯例。喝过酒，忘记过彼此，看透过对方，换来一地碎片，怎么拾也拼不完整这图案。

　　他们说，想要一个纯粹而简单的另一半。这样想的人，首先他们就是不简单的，无可否认。简单的人遇见不简单的事，终有一天会变得不简单。

　　生活是经历，经历便是人生，人生，换来什么？我很认真去思考答案，只是看得太透，伤得越深，越不在意输赢，输掉得越多。被人伤，或是去伤害别人，都觉得没有什么大不了了。这一切风轻云淡背后，其实就是一潭死水，经不起故事的折腾。

慢性自杀可以分很多种，有一种叫作非主流，明知疼痛却非要让自己不得安生。其实我很看不起这种非主流，肆意伤害自己身体，伤害自己灵魂的做法。但有时候我不得不承认，自己也在做类似于这样的傻事，虽然我已经不肯轻易伤害自己，不肯让自己疼痛了。可是偶尔，我也会做出让自己都失望的事来，这种自我折磨从不间断。

整个世界都一样，鲜花过后是孤独，孤独是盛放灵魂的容器。

尝试过努力投心公益，去换来心灵的安乐，只是疑惑重了之后无法让自己在做人做事之间选一平衡，因眼睛所看而执迷不悔，换来轻笑。成长一次，蜕皮一次，疼痛一次。

亦尝试让自己更为冷漠些，始终做不到视而不见听而不闻，如此徒增感慨。那些人，那些事，看清楚了，没有可以稀罕的。却，无法放过自己。

其实我想要的生活很简单，大家都平平安安，健健康康，快快乐乐，还有，普普通通。

可是最近，发生了太多我们无法自控的事情。或许说，不仅仅是最近，而是一直。

每每遇到这种状况，我便想换个形象示人，总以为这样便能有一番新貌，可心里是明白这种自欺欺人的。我忘记了很多人，也忘记了很多事，因此填不满我的前半生。三分之一，或是更多的人生就此浪费，我无法惋惜，无法让自己更上进些，因为已然失去了目的。是过早习惯平淡，还有无所事事了吧。

我还相信很多很多的事，很多很多的传说，尽管这些相信会让我体无完肤，

万劫不复。也或许，是这种与现实矛盾挣扎的存在让我继续存在，直到灰飞烟灭。可不管怎么样，成人需要成人的童话，相信这童话会让心灵开出一朵灿烂的花儿。

事实上，我不得不承认自己一直在追求一种愉悦与痛苦并存的人生，也一直明白心灵安静对于自己的重要性。就如此刻，昨天的阴雨连绵，却迎来了晴空。

闲言

刻意忘记，总是适得其反。

——《糖包语录》

1

有时候我们情愿相信，刻意删除一个人的号码，换掉一身铅华，便会回到最初，可以不去爱一个人，可以不去想一个人。然后，可以告诉自己已经忘记了那些事，那些人。

可是，越想忘记，便越记得。

而越想记得的事，偏偏就忘记了。

2

最近，总觉不得时间在过去，一天及一天，然后一个人。从今天拖到明天，然后继续明天的事情，快得毫无痕迹，通常无法察觉日子一天一天走得远了。想起以往每年今天，总是很模糊，以月来计算也没有个大概。其实心里害怕这种日子，太过于平淡，也太容易消磨。想不起该想的人，也想不起不该想的人。曾经的刻骨铭心，淡然无味。

很多人已经不再联系了，虽然一直没有忘记。

3

朋友说，很羡慕如我般生活方式，天大的事也能看得很开。

也有人说，这是一种无奈。

其实，不管是理应羡慕，还是应当无奈，很多事，原本就这样而已。

开心也好，不开心也好，爱也罢，恨也罢，不能自控。

只是执着，徒增了诸多烦恼。

来来去去，人生大半已经过去。接下来要发生什么，就让它发生。

时而不如意

因为太想捉住反而失去，实在平常得很。

——《糖包语录》

继续埋藏，很深很深，深到一片空白。不需要人懂。

这几天很多事情又陆续浮出记忆表面，包括遗忘的，未曾遗忘的，以为已经淡然的。这种伤害存在过，深刻过，现在，又落在另外一个我亲爱的人身上。我无力安慰，无力反击，无力作对。一天一天过去，越接近结果，越害怕失去，越害怕失去，越恐惧，越空白。

这个可能会带来什么后果，我清楚，却不知道自己会以什么心态去接受。该以什么状态生活着，连续地失意。这些生活，鲜少关于自己的不快，我已经学会不会为自己不快乐了。只是，我们那么努力地生存着，却始终摆不脱命运的怪圈。

我始终未曾开口，在等一个结果。明天，是第四天了吧，还是第五天？

这些天，这些人，早看透的，未能释然的。最后我选择沉默，只说，一切都会安好的。算不算一种自欺欺人呢？就算事情解决，但隔阂已经很深了，未来，等待我们的是什么？

良言一句三冬暖，出口伤人六月寒。有时候原谅一个陌生人比原谅一个

至亲的人要容易很多。让我们无能为力的,除了现实,还有人。

天作孽犹可活,自作孽不可活。

不管站在同情或是可恨的角度,我都过不去。

因为,已经发生的,已经说过的,已经听过的。人言,人事,人非,可笑,亦可悲。

已知的比起未知的要更折磨人,等待比起接受要令人不安,而失去的比起未得更为坦然。面对事情很简单,简单到令人措手不及,因为我们不得不面对,即使做的一切只为了逃避及逃离。但存在就是真理。清楚必要,不代表没有任何感觉。

心,难以活跃,接近死亡的状态。逐渐地类似平静,预知麻木。有绝望,方有希望。可是若让你选择,你一定也情愿乐多于苦。悲观么?可以怎么去安慰?不是我们足够坚强,而是我们反抗不得的命运。钱丢了可以再赚,人丢了呢?感情遗失了呢?心碎了呢?不是所有的努力都会有回报,不是所有的继续都会有结果,还必须努力,必须继续。

这些早已经不是什么大不了的事,痛到不去痛,恨到不去恨。已经习惯,习惯这种反复不断,习惯彼此伤害。

只是,与任何人无关了。

我们努力维护的那片暖,藏在月亮后面,月亮后面我们只看见永远的黑暗。我们要学会深藏,对人对事,最好埋在地球中心,永远学不会破晓,不需要明白人是人非。

心如蒙尘埃，不能顺记

偶尔，我也会是个安静到让人不知晓存在的路人甲。

——《糖包语录》

有时候觉得我们的人生就像一场噩梦，总是一次一次地陷入困境走不出来。一个与一个人为的灾难让我们显得狼狈不堪，说是命运弄人好些，还是自作自受好些呢？

不管怎么样的过程，事实已经如此，再怎么追究怎么过问，解决问题是最为重要的。

听闻那些亲人们的反映，我并不生气，只是丝丝无奈。这比我们预想中的要相差更远，更冷淡些，这些亲戚关系分文不值。也是，这原本就与他们无关，不是么？我反而担心不知道父亲听到这些如何接受，如何抉择，我们又将如何面对以后的种种问题。

这个残局，更多的是让我们无能为力而又最简单的事。寄希望于亲人都不可，何况与朋友之间，更甚的是我原本就没有什么可以许诺的资本。这让我惧怕，也让我无法不现实些。

逃避了这么多，直至有些问题不得不去面对，也许这也是种成长。虽然问题很简单，只是我们偏偏缺少的东西。之前某人留下的坏印象，以及这些

亲人司空见惯的冷漠，我们能承受，也是一直如此的。是我们太简单，以为凭一点点情意可以解决问题，结果只是让人心更伤更冷。

我们都在努力地找出口，可惜现在仍旧是黑暗，看不见光点。算是问题么？算是无法解决的事么？我不知道，也不清楚，在这几天，几天之后的路如何走才是正确。更令我恐惧的是我此刻比我想象中要平静，要麻木些。虽然很烦闷，该说的说了，不该说的一直闷着，而前路依旧渺茫。

想起妈，想起哥，想起弟，想起爸，想起姐，倘若没有梦想，或许我们早该平平淡淡地过了吧，不用落得今日留人话柄，白眼相对。我还想问自己是否会心疼于今天的局面，让我们都历经一番心理斗争的局面，可却无法有个答案。有些习惯，有些麻木，心里却像少了什么，隐隐作痛。直到现在，我连出卖自己的机会都没了。

就连该先解决哪一个问题，我们都无法做主，前后不得，夹缝之中，寸步难行。寻找个人幸福，寻找个人灵魂，寻找一切自己想要得到的东西，再次显得不重要，生不重，死也不重。越像行尸走肉了，无法思考，无法沉静，无法安宁，只能听天由命。如果这一次我们真过不去，散了的是一个本来就残破的家庭，该爱该恨该淡，谁又能主导心情。

记得那日在苏堤，我跟师父说我并不打算结婚的时候，师父说，女人最终都需要一个肩膀依靠的。我其实很想告诉他，在这现实里，我早就没有资格去依靠谁，我们连亲情都无法维系，又该如何去维系爱情？不止爱情会让人迷茫，亲情也会让人痛不欲生。

那时候我还以为可以一直保存心里那片净土，可以继续修炼，可以忘记很多很多事，可以对任何事说无所谓。然而，我们太天真，始终无法如上一代一样隔岸观火。我们也无权去怨恨谁，只能怪自己，怎么就走到了这一步。

我很愧疚，曾经的不努力，曾经的太任性，曾经的漂泊。

若我们都是捡来的多好，若我们都是孤儿多好，这种关系至少可以选择逃避，无需面对。人与人间的关系如茶，淡而无味，浓而苦，热了烫，冷了心凉。

现在，我们算是在等待一个奇迹吧，倘若老天有眼。有些问题是逃避不了的，我们比想象中坚强，不会让眼泪掉下来。

我要靠自己努力站起来，不管如何，为了什么原因。今天的今天既然无法更改，那我唯有赌以后，也不得不去赌这个以后。我很冷静，虽然我还没有计划。但也很郁闷，郁闷的是有了决定之后，理性和感性间的冲突。这个教训对某某而言，对我而言，对家庭而言，都是损失惨重的。

这时落井下石的人，我会记住，但我不会恨。

这时候选择冷漠的人，我也会记住，但我不会怨。

我会对他们更冷漠，会漠视他们。这种不是报复，而是为了逃避，逃避他们给我们带来过的伤害。不曾怨恨过，所以不需原谅。以后，我会当他们没有存在过我心里。对不起，我无法继续以那种热忱对他们，努力讨好过，但换来的还是冷漠。小孩子的糖果会化，热情也不可能对冷漠持久。

奶酪的感慨

权当是非如忌妒，口如蜜，腹如剑。

——《糖包语录》

高明的人从来不会把他的喜好表露于面，想做老大，还会推却几番，让人觉得他无心争夺。但要么你一直隐藏，要么一直以真面目待人，否则，始终会有露馅的一天。日子久了，时间长了，面具撕破了。

我深信人与人之间都是平等的，不管做多做少，只要开心快乐就好。只是现在看来情况不乐观，如一潭深水。有人在我面前搭了戏台，非要演。有人留在这里看戏，自得其乐。还有人在这里演戏到身心疲累。我想我学得最多的，是不信任和虚伪，还有阳奉阴违。我还是我，只不过，你若假的我何以为真，你若真的我何以为假。曹雪芹说的，假作真时真亦假。

我只是不屑。不屑在这些小地方还可以滋生这么多是是非非可看戏。

每一个都有一双眼睛，不一定用心去看了。可否定，我亦不需争执什么。所以，我会继续沉默，继续深藏。关你何事。歌词也有唱：沉默不是代表我的错。不过倘若你认为我错了，就当我错了，那是你的自由。

最近，某某一直在研究一句话：谁动了我的奶酪。研究到最后，某某觉得自己就是奶酪。

那一年，笑颜如花

不是我学不会放开，而是我学不懂遗忘。

——《糖包语录》

那一年，笑颜如花，阳光下我看见你笑得很美。

其实，我很怀念小时候，单纯而又快乐的日子，沉浸在自己的幻想里，不让人入侵。不爱说话，现在看来那些表情都是傻气的，不怕出丑，总是相信人与人都是善良和快乐的，看见别人的灾难，会伤心难过落泪。爱和恨分得很清楚，相信我不走到尽头，就没有世界的尽头。

今天，妈妈的一席话让我感慨万千。其实一切都过去了，她对我深深地愧疚却让我现在难过。结束时，她让我好好照顾自己，好好生活的时候，我几乎忍不住。小时候期待的温暖，在长大后变得很心痛，是我想得太多吧。眼前又浮现了去年冬天回家的种种，爸爸的苍老，外公外婆的忧伤，妈妈的笑容。坐在哥哥的摩托车后面，搂着哥哥的腰时，万千感慨。这是我要的温暖之一，在经历这么多风雨之后，我深信我们都学会了很多，亦包括心痛。我不愿意活在记忆里守着我的奶酪，一成不变。却始终太感慨，时常想起他们。

父亲出了些小事，我问他为什么不告诉我的时候，他说，这种小事，又不是什么大不了的，没有必要。

身为一个女儿不能侍奉双亲，这是一种不孝。虽然自己一直是无能为力的，但是我自己选的路导致这种无能为力，不是么。他们又问及我的归期，我说，我不知道。为什么不知道，不知道为什么。

最近，一片空白。写不出，想不到，熬不起。

很多事情被提起了，很多人被记得了，还有很多人被选择遗失在人群里。怕不被确定，怕不被肯定，我明白亦清楚。是无聊得很平淡，亦平淡得很无聊，所以有些人的生活要调剂。而我，无法让自己有安全感，经不起等待。

昨天听一男的跟一女的说：等我赚了1000万，我娶你。

女子没有说话，之后我没有留意。

但若有人跟我说这样的话，我会选择离开他。因为爱情没有条件，喜欢了就是喜欢了，不喜欢亦是不喜欢了。我想问他，若你赚不到1000万，是否你就不爱你眼前这个女子？但最终我都没有问，置之不理。

曾经有人跟我说过，他努力赚钱，就是为了到江南找我。我为这句话小小感动了一下子，然后发现对方可以很久不联系我，可以对着别人说爱她。

其实爱情是什么，什么是爱情，我想不到。两个人一起一辈子，是很遥远的事情，需要很多的条件。

N问，那么你的择偶条件是什么？

我真的不知道，也无法去雕刻那么一个所深爱的男子。

也许，在没有条件下的条件，凭着感觉走，是最难的事。

X说，你脸上刻着字：条件不好，生人勿近。

我笑了一笑，什么样的条件才算好？我有自知之明，在别人的条件里，我还够不着。

微弱的怜悯

　　小时候总奢想着能改变世界，长大后才发现，能不被这世界改变已是艰难。

——《糖包语录》

　　它萎缩在客栈的路口右边，灰褐色的羽毛如泥土般，一不小心就会被忽略。但我是看见了它，小小的，无论它怎么飞都飞不起来的样子。我蹲下来，把它捡起来，放在手心中间，它瑟瑟发抖，也许是害怕，也许是淋了雨。

　　我不知道它从哪里来，要去向哪里，只见它口里有些许干枯的血迹，眼睛还未张开，羽毛都未长完整。甚至，我都不知道它是什么鸟。

　　我想喂它吃些东西，却束手无策，仿佛它就要在我眼前死去。它的心脏正对着我的手心，我感觉到它还跳动的，看着它，那么脆弱，那么渺小。我喂它吃面包，它不肯张开嘴，我能感觉到它最深的恐惧，然而在生命面前很多时候我们是无能为力。我怎么帮它，怎么帮自己？此刻，对于生命，有那么丝丝迷茫。

　　最后，我把它放在后院的长椅上，还放了些它怎么都不肯吃的面包碎屑，然后离开，心生诸多感慨。我不清楚此刻我心里是什么感觉，又应该是怎么看待这小生命。这是食物链上的一环，何止对这小小鸟我们残忍，对很多很

多的生命，我们都是残忍的。

与异类之间的争夺，与同类之间的斗争，与物质之间的关系，大概是人比生死还看不透的东西。

生命有价么？常闻许多人说，生命无价，而最容易被践踏的偏偏又是生命。被忽略，被无视，生命是什么？心脏的跳动？非凡的意义？还是……但生命确实无法给它一个价值。

比如说人与人之间的交易，用物质，用金钱界定的价值。

又比如有生命的东西用于买卖，用于维持人的生命。

我突然想起关于吸血鬼的一部电影：嗜血破晓。电影里说，在若干年后的某一天，整个世界只剩下百分之五不到的人类，整个世界被吸血鬼所控制。而剩余的人类作为食物供吸血鬼食用……如果人变成食物会怎么样呢？大概我们是无法想象的。我们总觉得除了人以外的生物的生死都不值得动容，甚至连人的生死都不值得动容。

生死循环。

继续，如下。倘若你死了，或是任何一个人死了，我不知道我会怎么样。小时候那些大人们一提要离开或是要死，我总是要流眼泪的。但现在，一提到死我只是难过。我不喜欢看着别人死，也不想别人看着我死，死，很遥远也很近的事。

排遣

一个谎言说得久了，便连自己都会相信。

——《糖包语录》

有时候我会活在自己的世界里，小心翼翼地维护着这个小小角落，以一种看似寂寞的方式去排遣时间。就如现在，躲在房间里，不肯出门，即使晒晒太阳也备感疲累。

想起听过的那些传说，解甲归故里，悠然见南山的境界，很是淡然的生活，令我无限向往。可惜我始终不够勇气，即使逃离大城市的喧闹，还是往了另外一个繁华走去。北京，上海，深圳，三个大城市始终没有留住我的心，它如同风筝，不缺飞翔的翅膀，最后线却牢牢握在命运的另一端，脱离不了，亦始终无法自由飞翔。

反复挣扎和妥协的结果是让我避开人潮，躲在角落里，甚至不愿意看人的生死离别之事。但我本是红尘中的一粒沙，任我如何避世，终有自己的劫数。刻意去营造些安静气氛，也不过是这烦嚣盛世里的自我安慰之举。

小周走的那一天我没有去送她，昨天她过来，我也没有好好跟她谈谈，心里是落寞的。现在，小乔也离开一段时间，也许等她回来，很多局面就不一样了，但这两天因为胃不舒服和头晕，我甚至不去理会这些。今天我继续

待在房间里，醒来时太阳已经升得老高老高，对面客栈传来一阵阵杂音，我
看了看狼狈不堪的自己，还有狼狈不堪的房间，只是两天就觉得世界已经颠转，
头晕欲裂。

开了电脑，看着无关自己、无关生活、无关工作的网页，然后合上电脑，
继续睡去，睡醒，楼下开始飘来香味，准备开饭，振作起来，对着镜子练习
了好一会儿态度，下去装了不少的饭菜，满满一大碗，确实是大碗的碗，又
坐在床上。几乎有那么一恍然，就以为自己被世界遗忘。其实被遗忘了还好，
就怕被深记，反而忘记了该记得的。

有时候我会想着一睡不醒，长生梦中，转而一惊觉，其实现在我也不是
完全把这世事当梦了么？似梦非梦，非虚非实。想这些的时候我会对自己说，
你始终属于自己。不觉，口里发出一声轻叹，无关悲喜。

还有，昨天和今天我挂了妈三个还是四个还是五个，或是更多的电话？
大多数时间都是在睡觉，我懒起来是连人都不愿意理会的，我很明白这种懒惰，
鲜少觉得有更改的必要。这也是我劣根性之一。

其实低调是一件好事，少却很多麻烦，我经常会想将空间或是其他的关
于我心情或是心性的东西关掉，如同给心上一把锁。始终舍不得拒人千里之外，
尤其是潜在的那个人，也许某一天那个人就出现。无需想象得我太好或是太坏，
待我如小孩般单纯，至少眼里是清澈的。这奢求到最后其实已经不重要，孤
芳自赏未尝不是一件快事。因此我明白了不是所有人在一起都有机会弹奏"笑
傲江湖"的，有些缘分就那么莫名其妙。

乍惊，发现自己没有想要分享的快乐或是忧伤，甚至是非了。心如死水，
波澜不惊。但怀疑，这是真的么？虽然还没有办法去看清这一迷惑，然而暴
风雨来之前通常很安静，有多安静，就有多猛烈。用这个比喻来形容现在我

的心情是不恰当的，却自己都无法清楚这一迷惑。也许，这就是出世之前的牵挂。

我照着镜子，看着这张顶多算是不惊吓的脸蛋，眼睛其实连自己都看不到光彩了，还勉强张得很大。心里那种感觉越来越浓，却怎么都捉不住。捉不住想捉住的东西时，人是否会无助伤神呢？而我任由这种感觉腐蚀着几乎麻木的心，总是不明了。

熟悉而又遥远。

有时候怀疑自己想捉着的这种感觉就是孤单寂寞，现在看来不是，因为我已经不害怕甚至喜欢上一个人生活了，而孤单寂寞通常只是在人群里才会有的淡淡痕迹。以为哀怨，似乎没有什么缘由，没有什么事值得我如此。以为伤心，而心不够痛。总之，这不是一种快乐便是，也许，是我很熟悉的感觉。

很多事，一旦明了，就会缺少一角。

第四辑
流年不乱，浮生有情

就算再快乐

都会走到限期

就算再悲伤

都会有过去的时候

迎来离别

尘缘

　　　缘生则聚，缘灭则散。佛学里提示我们，爱情的聚散是一种缘
生缘灭。

——《糖包语录》

　　那时候很喜欢一首歌，歌词中间穿插了一句这样的话：天荒地老，最好忘记，笑也轻微，痛也轻微。

　　其实随缘，其实如云若水。

　　不知道为什么爱情会让人如此执迷不悔，如苦中作乐。昨天，于浪费一生品酒，其实也是胡乱喝酒。叶一新酿了几种酒，其中一种叫作一见钟情，入口时甜蜜不已，一会儿便觉苦了，吞下时更苦，但回味是苦中带甜的。比起黯然销魂，比起醉生梦死，这一见钟情更让人感慨。我跟叶一说了句：这酒，得而未得，失而未失。问叶一，为什么叫一见钟情，叶一答：与糯米酒相似，缠缠绵绵，香糯黏滑，似一见钟情后。一见钟情，苦中作乐。

　　之后我继续黯然销魂，比起38号，我更喜欢浪费一生的黯然销魂，少了些苦涩，还有我现在不谈孤独，不去38号已很久。

　　来丽江虽然短短的两个月，很多事情就已经变得面目全非，有些措手不及，还来不及便遗失了。其实我很冷静，想过很多，然后做了唯一的决定，却并不难过或是痛苦。只是自然而然，因为缘生就注定有缘灭的一天。

送别小周，小周让我别送她去车站，怕忍不住会哭泣，上车时依依不舍，终究离开。很多人是留不住的，聚散无常，世事无常。但我们要用平常心去看待这些无常，还有接受无常。

不管友情还是爱情，甚至是亲情。

看完《佛曰彼岸花》，关于爱情看得如此通透，原来，相见不如相忘。因为执着，所以会有怨恨。

妄念而生

忧郁、倔强和骄傲，或许，我也曾被此蒙蔽心眼。

——《糖包语录》

有，还是没有？

佛法云，凡所有相皆是虚妄。有，还是没有，是虚，还是实？

顺治曾与玉林国师有一段对话，顺治问玉林国师：楞严经中，有所谓七处征心，问心在哪里？在七处还是非七处？国师当时答曰：觅心了不可得。顺治问：修道之人还有否喜怒哀乐？国师反问：什么叫喜怒哀乐？顺治又问：山河大地从妄念而生，妄念若息，山河大地还有无？玉林说：如人梦中醒，梦中之事，有还是无？

凡事不可执着，心生妄念，不管是道教思想还是佛教的禅理，都告诉我们无需刻意为之，自有缘际会。很多时候我们无法放下世情，偏执一端，一味沉迷六欲，并生七情，因为得不到所以苦苦纠缠，今天爱了，明天散了，欢喜了，厌倦了，又各自恨着。但凡所有爱恨，都会随着时间而变淡，最后全无。你说，这些会变的是真的还是假的？是该悲还是该欢喜？缘带他来又带他走，我随缘而至又离开了，这些，都是很自然的，我该为此而忧伤不快，还是欢喜继续？也是会过去的。那些来了又去的所谓情感令人欢喜悲伤，感动慨叹，挣扎爱恨之中却不得安生。可是爱情一转眼就是陌生人了，亲情也未必耐得住永无止境的种种折磨，没有相知相惜的友情很多时候都是淡然无味的，太注重过程或是结果，都会让人自缚其中。

我曾经张开手，问师父，我手里是有还是没有，风吹过，柔软之间仿若捉住了什么，又仿若失去了什么。师父一笑，他道我明了。其实不是，两点之间的距离虽然说是最短，但最远的却仍然是说话与实践之间。所以我也会时常犯已知的错误，走了歪路。

有时候我会为自己做过的事，走过的路而耿耿于怀，然后会在适当的时候有人告诉我无需介怀这些，走错了，走歪了，再重走就是了，人总会学着在错误中、失败中成长、总结。

然而痛苦是人生一堂很重要的课，深痛能让人释怀。爱了，也淡了，恨了，也淡了，没有什么大不了。如果还觉得无奈，还觉得痛苦，是自己在折磨自己。而看淡却非无情，只是换一种方式看世界，换一种方式去让自己坦然。有时候我们会因为痛苦而学着看破，因为看破而学着放下，又会因为放下而参透，之后彻悟。风有风命，云有云命，总归是要去的去，要来的来。

J说，你空间里有种忧郁的倔强，依然是那么孤傲。

忧郁、倔强和骄傲，或许，我也曾被此蒙蔽心眼。

信仰

也许走过总会有痕迹，只是不知这痕迹，会在谁的脑海里经过。

——《糖包语录》

毁掉一个人的信仰跟毁掉他的生命同等，我深信，在这个世界上会有这么一群人，努力地活着是为了更美好的阳光，无关权益，无人事纷争。

他们说我现在的生活方式很落魄潦倒，并没有为将来打算过。我无可反驳，事实上这样的话于我耳中，并不少听。每次我都告诉他们，我快乐就好，高兴就好，怎么样过活是我自己的事情。有人深感赞同，又有人甚是不屑，但关于我，关于他们，生活该继续的继续，日子该过的过，没有多大波澜。

我想要很简单的生活，做简单的人，却往往让事情复杂起来。我不知道是否所有的人都跟我一样，简单的时候可以为了一颗糖欢畅，复杂的时候不管身边的人做了对我如何如何好的事情，我都可以视而不见。是人性如此，还是在现实生活中无可避免的误差。

我知道，说那些话的人是为我好。然而，我并不苟同。

没有争斗之心，没有成功的欲望，这种日子是否就叫做作堕落？没有打算，是否就没有将来？可是过去是什么，现在是什么，将来又是什么？我不看重的东西，别人看得很重，而我看重的，在别人眼里不值一提。世界上有那么多的人选择在权势里钩心斗角，金钱堆里迷失自我，或是情感里痛苦不已，为何不能选择一条新的路，纵然前面都走不到自己想要的圈圈去，再走便是了。

为何要强逼自己去选择一条自己不喜欢的路来走，如果我现在要离开人世，我想我最遗憾的事情不是自己做过什么，没有金钱，权势，爱情，而是我是否做了自己想做的事，过了自己想过的生活。不是责任不重要，不是生活不重要，可人终究各有各的宿命。

风是风，云是云，何必强迫自己去将它们混为一谈？自己的人生没有任何人有资格去评论对或是错，我们以为会活很久，下一秒，也许我就不在了。

是有，还是没有，是虚还是实，曾经发生过的是存在还是不存在。不管答案如何，都不是唯一的。例如曾经发生过的事情或许存在你记忆了，也看不到了。现在正在发生的，每一分每一秒，都刚刚过去了。

已经过去了的不重要，正在发生的正在准备过去，没有发生的谁也不知道会是什么因果。我为寻一因缘而结下因缘，又因一因缘而得到今天的因果。是悲是喜，是甜是苦，都是过去或者会过去的。

我不是太幼稚，是我清楚，肉眼所见，耳所听闻，没有什么东西是我真正拥有的。只有所谓的心，虽不能全然把握，但它至少还是自己，而灵魂，始终独一无二。

它是看不到却能感觉得到的，人做那么多事情，折腾这么复杂，始终也不过求个心满意足。是你所看到的，所接触到的，暂时属于你的虚无，还是你能感觉到的，有所领会的虚无？用那些会消失的虚无是否就真能填满内心的空虚呢？人是否有了很多的钱财，坐拥高位，才会有安全感？在摇摇欲坠

中体验快感，患得欲失，这就是你想要的生活吗？

至少，这不是我想要或是想过的生活。也许终有一天我也要如此过活，在那一天没有来临之前，因果也没熟透，现在还是现在。内心里的相信，是一种信仰。

且听风吟

人生如戏，亦有不同。

——《糖包语录》

人生如戏，戏如人生。但你不可以入戏，不能始终如一地活在你构思的情节里，自生自灭，自娱自乐。

所有的恩怨不明，爱恨相交，生死离别，总是一瞬间，稍纵即逝。终抵不过平凡普通的淡然生活，简单快乐着。华言仍然在说，繁花依旧如锦绣，只是来了又去的人们面上并无多大区别。

翻阅起深藏在记忆里的种种，那些出现过的人，开始模糊，不管是人或是事的本来面目。是否我已经开始老了，因为我已经开始怀念过去，迫不及待与很多人告别。于昨天，又若今日。重叠在一起的不仅仅是记忆，还有正在发生的。

天气转晴，前几天那些阴霾一扫而去，夜悄然而至，暗黄的灯光下扑朔迷离。我曾经说过，要于这里等你，终究失散，等不及了，就要离开。我在这里等来了很多人，始终不是你，没有失望，没有期待，就这样送别了一个又一个，然后让别人送别我。离开丽江，又要重新生活，重新认识许多的人，还要重新定义很多的人生观。也许兜了一圈，我又会回到最初那里，看人世

变迁，宛然一笑。亦也许，此一别，我们的人生便分开两个世界，彼此看不到，也感觉不着，与爱情无关。我曾经在一个戏台上搭演了无数次，也在戏台下看了无数次，终于离别。

S说，结识了新朋友，也别忘记跟老朋友联系，因为世界是圆的，保不定某一天你又转回去了。

于是我翻开手机里的号码，一个个，一次次，还是匆忙掠过。曾经要好的，现在要好的，终有一天都成为了过去。也终有一天转着转着，我们就相遇了。忘了联系不代表忘记，许久不打招呼，不代表已经淡漠。只是很多人不联系就忘记了，不打招呼就陌生了。日复一日，年又一年。

开始准备归程，4月、5月、6月和7月，此时离上一次回家已经有大半年，却仿若很遥远之前。从杭州到丽江，外公说，你是不是要将整个中国跑遍方可安定。我笑语，其实不然，不必整个中国，但有些地方不可错过，是以后。也许某一天我有足够的勇气背着一个背包就上路，无需下文。亦有可能死在路上，迷失在世界的尽头。仿佛离别，是我们相识以来的主题。我不知道云南与广东之间的距离，只觉得省内省外，只要不归家，一样是在异地。可预见，不可遇见，所以我选择在外，无距离之别。

去年的雨季，是在北京度过，整天漫无目的地坐在客厅的沙发里，听雨声，看窗外面的四合院。今年，在云南丽江，从工作的地方看向外面，正好有一棵柳树，这边的屋子大多都会漏雨，毕竟都是老房子了。然后，今天也是下了一场很大的阵雨，凌晨的行雷闪电，中午时分的太阳，和下午的阵雨，雨季的天气让人揣摸不透。于是在雨季，我开始怀念北京，大晴的天，突然而至的雨水。

人变得懒惰，一天一天地拖着，又这样过了数天。

还想起一个叫作风吟的酒吧，里面有一幅墙画，画着开得正灿烂的向日葵。

我是为了那幅画坐在那里很久，然后到散场。一直在低声说着：且听风吟。

未转弯已遇见的美好

> 从前想方设法把岁数数大，如今捏着日子把岁数数小。
>
> ——《糖包语录》

4 月底，告别杭州，提起行李，从凤凰而至，终于第二次踏足丽江。那时，开始送别很多人，路过许多事，亦注定我们都不属于丽江，而我一开始就是准备做个过客。

从红尘净土，到 we 摄影，两个不同的截然，让我感慨也怀念。很多人，很多事，我想我不会忘记。虽然，这时候我即将踏上归程，然后准备更远的流浪。期望那么一天肯放下所有，只背起一个背包便开始旅行。但不管我在哪里，我曾经在丽江等过你，还送别过你，那些我怀念的。其实我记得，从未遗忘。

离开前一晚，独自一个人在丽江的街道上徘徊数回，不想让人打扰。然后到朋友的酒吧上网，接着谈天论地。弹古琴的老师说，他以为我会跟他联系，但结果到我离开丽江，一直未能应允承诺。我喜欢古琴，喜欢很多未接触过的东西，所以那天跟他说，我要学古琴。然后漂泊，又注定了与琴无缘。古琴老师还说，没关系，等你下次来我再教你。我笑一笑，我说，我来的时候你未必在丽江呢。最后他说，也是，这个事随缘，如果我来的时候刚巧碰到他在，他定会教我。其实还是很开心于这样的承诺，这样的遇见。就如他说的，随缘吧。

后来，布子先生和几个朋友在喝伏加特，叫上我，我喝了几杯后，偷偷换了杯子里的酒，改成苏打水，他们未发现。并非我没有酒兴或是不肯喝酒，只是，不想在离开前还进一次医院，虽然我很多时候在玩儿命。弹古琴的 San 说，他不觉得女子喝酒是件坏事，反而遇到知己可以多喝几杯。他觉得我和其他女子不一样的是，可以俗气，也可清雅，可入世，也可出世。只是缺乏一些沉淀，未够安静。我笑了一笑，不全然对，但有些是其他人看不到的。

后来谈及之前同我一起去过那边的一个人，布子先生说他太有目的性，他不喜欢这种人。其实我又何尝喜欢，谈不上讨厌罢了。目的性太重或是太明显，都让我觉得相处疲累。但我很感谢布子先生给我的警示，看人我一向难以看透。

第二天，再次去布子那边时，他老婆说他是活在童话世界里的，我突然想起他跟我说过的话，想将纳西文化传扬丽江，甚至中国的想法，在丽江做个纯纳西文化的院子。我甚有感慨。在丽江三个多月，真正接触纳西文化的时候并不多，应该说算是零头。从东巴文字，到纳西人的生活，我又接触有多少呢？如同布子他们所说，纳西文化，其实是一种生活。这种生活是简单而快乐的。

经常看见纳西的老奶奶坐在古道上的沿街，一坐就一个下午，神情怡然。这，也许也是一种生活，一种文化吧。想来外面的人纷纷扰扰，争争夺夺，怪不得那么多的人向往丽江。

我说我要离开丽江时，有人问我觉不觉得丽江的生活是在浪费人生，浪费时间？我不语，其实就算浪费，也是一种生活不是么？如叶一的浪费一生中提及的理念，浪费也是一种生活。美中不足的是，这里有时候会有很多事，

所以我更多时候喜欢束河多些，简单并柔软。

有些遗憾，我虽不想生事，但终究被涉及一些不情愿的事件和别人的纷争去。

但不管如何，告别了之后，这些就成了别人的故事。

第五辑
我有心事绽放如花

大人的世界总是很枯燥

我其实还没有长大

爱任性、倔强

天上的星星那么多

还天真想去摘

谎言

> 我的心也许是一座孤岛，上面仍有花有草，不至于荒芜；但有些人的心，却是一座荒岛，囚困余生。
>
> ——《糖包语录》

我知道我想追求的其实是一种过分的自由，但没有人知道这种自由背后，是我难以言语的忧伤和无奈。有人羡慕，有人无语，我却始终如故。

某年，某人许我承诺，我相信了，一败涂地。

某年，我许某人承诺，他也相信了，未能如一。

小虫曾经说过，我在喜欢你的时候确实是喜欢的。我深记，未遗忘，很多人，很多事。结局不华丽，故事不完满，最终失散在时光里，时过境迁。一日，一个月，一年，于是我们逐渐习惯没有对方的日子，在自己的生活圈子里演着好或不好。

我想，我很好，不想吵，不想闹，不想哭，还不想解释。

燕子姐曾经评价我，聪明的时候比很多人都聪明，单纯的时候如同小孩。

我知道，其实我不够好，不够美丽，不够聪明，还不够体贴。我愿意相信的时候，哪怕是任何一个人的话，我都甘心被欺骗。但我不愿意相信的时候，哪怕说得再动听，我仍旧怀疑。

曾经，我相信会有一个人愿意与我天长地久，相信会碰到童话里的王子。直至那么一天，突然会发觉原来所有的童话都是欺骗小孩子用的，所谓的天长地久，不过一个转身，谁的沧海桑田，让我感怀至今。我不期待爱情了，虽然我仍相信。我慢慢学着去看别人的故事，唯独，不敢提起自己的故事。

其实想说，我很好，真的很好。不能哭，不能闹，不能计较。

不开心的时候去喝酒，非醉不可，买醉，为一夜遗忘。开心时也去喝酒，为得尽兴江湖。没有什么心情时，还可以去喝酒，为了解闷，幻想江湖，一斤牛肉，一斤酒，喝到醉死，吃到撑死。喝了酒，所有的快乐成为感伤，想要任性些，无需顾及许多，假装也要很快乐。眼里心事太多，便容不得周围，我清楚我的任性有多任性，任性是任性，不是无理取闹。

开始醉生梦死，自吟自唱。明白周围有人暧昧，有人有目的，还有人无所谓。看哭的人笑了，看笑的人哭了，快乐，还是忧伤。心情一般，感觉一般，生活一般，心经不起波澜。师父说，不想说话时最好沉默，不能说话时最好沉默。总之，沉默是我现在的心情，很是一般。难以快乐，难以悲伤，只是忧郁。有些人，你不说话他会懂你，有些人，你说了很多他反而不懂。更多的人是说与不说，他始终不懂。

他们说，你是个善良的姑娘。我说，我只是懒。善良与懒之间，其实很多时候很接近。

我可以对陌生的人露出笑容，以表友好，还可以对熟悉的人露出一副不以为然的神情，说不客气的话，做不客气的事。我有多尊重，就与他有多少距离。我以为人人都会懂，其实不是。我会懒得计较某人骂过，挑衅过，侮辱过，是因为不值得我不开心，还懒得去记得。心有多远，距离就有多远，走不到，看不见，摸不着，凡所虚拟，流言，终究过去。

说了太多谎言，会连自己都相信。幻想太多美好，会被生活磨碎。

我的童话，爱情缺席。

谁还在说为你，只为你做这件事。

我怕我甘心这样子，悄无声息。我怕你太懂，看穿我心事。我还怕，孩子的天空开始蒙上灰色，不再相信。我比别人更需要安全感，因为我比别人更舍得放弃。

灯色昏黄，酒在愁肠。秋风微凉，心比风寒。

独白

真正喜欢的东西，不应该让它妥协太多。

——《糖包语录》

每次感冒都持续很久，很长一段时间提不起精神。会想一个人躲起来，不想见任何人，不想理会任何人。这种情况周而复始，不断地发生着。

就算发病，我都情愿病得一塌糊涂，不似这刻般清醒，难以言喻。

丽江的天气反复不定，如同一个人的心情，时而晴，时而雨，时而阴云不断。这样的天气也让我无法把握心情和态度，仅为这一点便可以开始自己的小忧伤。

小树给我发了一张向日葵的照片，让我心生感动。人在脆弱的时候容易忧伤，也容易被感动，虽然都是一些小事情。我看着那幅向日葵的照片，没有任何时候比得这刻清醒。但是，眼睛却模糊了，耳朵却听不清了，步子还有些摇摆了。有时候心清，可是你身体不由你控制。心性的流动缓慢，似小溪流水般飘过思想的际边，想不起，提不起很多事，很多人。无需刻意。

阿愈昨天喝了很多酒，大概醉了。不似以往的他，也许每个人看起来都没有什么事，但心里都装着故事。不提，不代表没有发生过。

我感慨了一小下，入睡，梦见大片的向日葵。是的，我开始喜欢向日葵，

一种会让我感动的花朵。倘若有一天，我有属于自己的小天地时，我一定要在那里种满这种花儿，到花开的时候站在那里傻傻地笑着。如果你愿意分享，无需说话，就这样陪着，看着，感动着。小科说，这个梦想很简单。嗯，越简单越好，越是这样，就容易快乐。就像个孩子，寄望得到糖果一样，简单快乐着。满足了，心就飞翔起来，笑得如月亮般清静。

假若，我不再怀念，假若，我不再感伤，是否就失去了灵感。

假若，我不再爱了，假若，我不再恨了，是否就已经遗忘了。

想漫步在雨里，在悬崖边翘望，很多时候我只活在自己的世界里，容不得丝毫杂质。也许是害怕，也许是逃避。

与师父通了一个电话，师父让我有什么说什么，我说我没有事。他不追究，只是交代我好好生活，好好过日子。我淡然一笑，师父还是那么了解我，不需要我说话便清楚我又再次想不开。虽然我什么都不说。其实也是，正和邪往往有些交恶，我反而喜欢介于正邪之间的人。也许以外表来说，师父确实不能算上让人欣赏的，但他的才气、邪气，仿若我理想中的父亲。所以我才会如此依赖吧，这种依赖未必能让世俗理解，想起当初我们萍水相逢，他对我就已如同父亲般照顾着我。是我当时年幼，若我没有选择离开，也许今天是另外一般样子。我时常怀念与这些长辈们的对话和夜谈，举杯请酒之间建立的深厚情谊，容忍我年少轻狂，却也让我放纵了这份轻狂的日子。虽然一切都难以回到过去，但我相信，始终有一天我们会再次聚集在一起，备感珍惜

老刘说，想起他们这些老人便回去再聚一聚，喝酒谈天说地，声音中带着沙哑和咳嗽。我突然怀念，多是些小事情。有些人，终会有一天等不及。我感怀，亦无奈，也许这些都是必须的。相识于陌生时，初见已晚。听闻，

迟叔叔因为糖尿病已经回去青海，手机掉了，暂时与很多人失去了联系，我想，我只能在心里默默祝福平安。不管如何，平安就好。我会想起，曾经有那么一个长辈，在我失意时开解过我，告诉我，这仅仅是一个过程。无论人生如何多灾难，都有它必须存在的意义。还曾经，当我是女儿般纵容过。很感谢。但碍于世俗的很多眼光，我们终究不能如亲人般继续相处。我知道他们是为我好，不想让我背负太多，所以最后都将那份关心变成淡然的问候，但那些对酒当歌的日子，我们不会忘记。那个轻狂的女子，在那个古朴的小镇，与一群避世的老人，酒肉人生。之后，就算再碰到这么宽容的一群人，也未必有当时心情了。我不遗憾，因为都会过去。

如果的事

别人理解不理解，终有我态度。

——《糖包语录》

"如果你早知道他不爱你，你还会这样吗？"

"如果你早知道他会这样对你，你还会继续吗？"

么么对着镜子里的自己不停地问，镜子里的么么突然右边嘴唇往上扬，两眼也由左至右上挑，深深呼吸，然后闭上眼睛。拳头握紧，指甲深深地陷入掌心，青筋在白色略带透明的皮肤上显得特别细小而又明显。就这样停顿了半刻，么么睁开眼来，细长的手指覆盖住镜子里的半边脸，轻轻地说："我恨你。"就像对着情人般，语气温柔，一如既往。她还是笑了，因为她要去看他们的戏。

"你很爱他么？""你到底爱他什么？""不是你的就不是你的！""我就是不让你们在一起！""放手吧！"

"对不起。""这不是我要的结果！""我也很难过很痛苦，你不知道！""你们从来就没为我想过！"

么么看着他们在说话，听着，就是不想理会。两男三女，只为解决一男一女的事情在这里耗着。

这是小孩子玩闹家家么？还是在抢糖果？小的不懂事，大的也不懂事。么么想大笑，可她只能微笑。他就不会这样，他……么么突然一惊，自己想到那个他了。埋在她心里的他，永远不可能让人知道的他。么么心情不好，他们却不知道，不仅仅是因为眼前的战争。

"你们吵吧，吵完了再叫我进来！"么么生气地说，只是她表面仍旧很平静，平静得看不出涟漪。

么么走出他们吵架的房间，他们搭好的戏台，坐到了角落里。目光空洞。么么知道，不管她再谈多少次恋爱，遇见多少人，都大多是如此的结局的。只要对方有一丝犹豫，么么就会下定决心放弃继续的可能。只与时间有关，因为么么心里的人。可是么么也知道，她永远不会跟心里的人在一起，那个可能性为负。她开始发抖，害怕失去。她害怕失去自己，失去对于人性的某些好感。

罢，么么摇摇头，决定不再想。其实这样也好，不至于日子太无聊。

呵呵，浅浅地笑了声，么么决定上去看看他们吵得如何。轻轻描了眼，么么看见里面尽管很安静，却是战火一触即发。看见另外一个男孩在那无所适从，么么想，这本与他无关的，于是么么找了借口："那个某某，你可以出来陪我散散心么？"只是这个借口真的很烂，反而让么么卷入战争。女孩扯住么么的衣服，把么么推在椅子里，挡在了门口。其实么么也不是很抗拒在那里听他们的说话，只是，觉得很虚伪，那个对么么说爱的男生，还有自己。看着女孩，么么突然有种怜悯。

女孩见么么一直没有开口，想动手打她。两个男生制止了。

这时候么么很想抱着她，告诉她说，XX，哭吧，我知道你不是这样的。可惜，么么不是男儿身，也可惜，她们彼此是敌对的，对于么么来说不是，

对于另外的人来说是的。

每个女孩都希望在她发完脾气，还很难过的时候，有个怀抱围绕着她，轻轻拍着她的背，对她说：XX，哭吧，我知道你不是这样的。

么么知道她一定不会回手的，因为她从来打不赢。这不是女孩的错。所以么么站起来，不动。

两个男生分开了么么跟女孩，让么么先行出去。后来那个所谓的么么男朋友出来了："走，我们吃饭去！"

男人真无情，么么心里想。她没有回头看那女孩，也不想回头。么么知道，这场戏很快落幕。关于她的部分。

么么笑着问他："你就这样丢下她不理？""她太过分了。"……接着，又是么么早就听过的故事。关于他们的零零碎碎。女孩辜负了眼前的人，喜欢上另外的男孩。情人节那天，这个人明明知道这些，他还给女孩送了花。这些可信么？么么从来不说她的怀疑，早知道答案的问题不需要问的。

"我选择了你，我就会一辈子跟你在一起！""我们会幸福很久很久的！""执子之手，与子偕老！"最后一句是么么的引用。那个他老是说不出整句话，可么么很记得，那句话出自诗经。

死生契阔，与子成说。执子之手，与子偕老。

于嗟阔兮，不我活兮。于嗟洵兮，不我信兮。

一个确定，不需要誓言。往往誓言是因为不确定才说的话，这点么么很明白。她明白么？他明白么？突然很疲倦，不是，应该是一直很疲倦。当你面对某些已经有了免疫力的誓言，还要装作很幸福的样子，说很幸福的话，构思很幸福的故事，明明在成全却没有人领情的时候，比演戏的还疲累。她不明白，她当初只是想看戏而已，怎么把自己也卷入了进去。么么恨的，是自己。

跟朋友告别后，么么觉得自己的将来没有一丝光点。她跟朋友说，跟所有的人说，她很幸福，因为他。其实么么知道，要不停地说他如何如何好，如何如何地对自己好，么么才不会去想结束故事。就算没有结局，但么么并不想那么快就让他们演完。因为什么呢？么么不知道。

有时候，么么直直地看着他的眼，只是在他眼里，么么看见一个像她而又不像她的女子。这，也仅仅是他构思的故事。以无情假装有情的人很多，么么从来不去想他们会有多假，多虚伪。也许有一天，么么终究要面对这样的画面，看尽眼前这个说爱她的异性。只是若能让自己简单时最好简单些，就算很愚蠢。

"我发抖的时候，你在哪里？我不想继续的时候，你在哪里？我难过，我伤心的时候，你又在哪里？"胡乱写着纸条，听着悠扬而略带伤感的曲子，又这样过了好几天。一个人是无法走两个人的路的，尤其这两个人都互不相爱。

"你来吧，她想见你。"他说。

"哦。"潜藏在内心的气愤像是火山爆发一样，快要把么么给膨胀裂开。这事跟她有关系么？她不想站在任何人的边上，不想招惹任何人，说到底，这谎言，唯一算不上恶意的只有她。么么知道，快结束了。她打电话跟朋友说，她知道她要失去某些东西了。可她没说，失去的不是爱情，而是对一个人的信任。麻木的信任，尽管她一直不爱他，也一直知道他在哄她，可是那信任是她的东西，原原本本从她心灵上抽离出来的东西。她无法要求他怎么做，也无法要求自己不生气。她开始恨他，没有爱的恨。当然，没有爱的恨是不比有爱的恨更恐怖的，只是更为绝而已。

又是一样的言语，又是一样的嘴脸。

还有一样的谎言。自然，又是另外的一种戏法。么么并不想看。

"哎哟，好可爱哦！""你看她写得多好！""他不爱你！""你爱他么？""你不爱他！""他跟谁在一起都行，就是不能跟你一起！"

"你们见也见了，我还要回去上班呢！""别闹了，我承认我对不起你！"

"别急嘛，你先走好了，我们跟她好好谈谈！""又没有人不让你走呀！""对嘛！""你如果爱他，那天你就会挡在他面前，不让XX打他了！""你并不爱他！""你很虚伪！"

么么突然不气了，重重地拍了桌子。嗯，有时候让自己放松下，让别人愉快也是件好事。他们既然想看到她生气的样子，那么就让他们看到吧，如果这样可以结束的话。没有人有资格用强迫的手段决定任何人的命运，可世界上就是有那么多卑鄙的人。可么么没想到，会是几个她认为是孩子的人。孩子不都应该是天使么？不一定，有些孩子注定就是地狱里来的。如同自己。

"……"持续的口头战争。

"你说吧，我想知道你的决定是什么！"么么很平静地看着他。

"我，很对不起。"

"说吧。我有自己的生活，我不怪你。"可是会恨你，连同这些孩子，或许，会……么么想。

"她都自然这么说了，你就说呗！"

"我对不起你！""这些天我，我觉得我们不合适！""我有给过你机会的！"

谢谢了，么么在内心说。如果不经过一些残忍的事，也许有些人就不会知道有些故事，可以如此开始，如此结束。有些毒，也可以解毒治病。

不哭，不哭。么么是个好孩子，么么是属于自己的。

可是么么，他们辜负的是她心意而非她情意。有些事情，么么早就知道了。

"你应该有话跟我说。"

"说什么，说我跟她和好的事情么？"

"呵呵，这与我没关系。"

"我该说的都说了，我无话可说了。"

"你欠我一句，我不喜欢你。"

"我说过，我曾经说的都是真的。对你的感觉也是真的。"

"真不真，假不假，你知，我知，天知，地知。"

"你怎么这么不可理喻，你有没有为我想过？我也很痛苦你们又有谁知道！"

"可惜我不是你，我怎知你痛。可惜你不是我，你又怎知我痛。"

么么与他的对话在分手之后的好几天内都是如此重复着。他痛的只为自己，么么痛的却是人性。

"他不值的。"

"我知道，我也不为他。"

"说谎。"

"呵呵。"是真的，么么心里有一个他。至于那个他，他永远不会知道，么么把他藏得多深，深到么么以为自己不认识这个人了。

"忘了他吧。"

"我以为人都是善良的，即便他们要和好，要继续，要伤害我都无所谓。可是，我看错了。"

"忘了他吧！"

数年后，么么死了。

有人在她日记里发现这么一段话：

有些爱情确实与爱情无关。例如你爱他，他不爱你，他爱你，你不爱他
的一对，也有各有所爱，却一直以为对方爱自己的一对，还有相爱的一对。
或许他会爱上我，或许我会爱上他，这相爱的两个人最后都不会在一起。因
为我不想失去他，所以我一定不会让他知道我爱过他，也不会发生故事。么
么是地狱里来的孩子，么么爱上的人注定是天使，所以么么注定仰视着天使，
然后跟着魔鬼打交道。最后，么么跟人打交道。然而有些时候，人不如魔鬼。
那么天使呢？天使又是什么样子呢？么么想，等么么死了之后就知道了。

自我

有时候，活在自己的世界也不错。

——《糖包语录》

早上，掌柜阿斌问我昨晚喝了多少酒。我摇摇头，说没有，绝对没有。然后掌柜的说：还要骗我么？我可是有线人的。

我决意死口不认，well，其实已经很明显地被拆穿这谎言，我只是不想让大家担心，每次在外面喝酒他们都要担心上一会儿，明月那天非不我去喝酒时，我执意要去，其实真的没有喝醉。但那天起，我便不想让别人知道。

38号的黯然销魂果然销魂，昨晚睡得很好，没有半途醒过来，没有睡梦。没有喝酒的夜总要失眠，嗜梦，做了几天的噩梦，梦见死去的人还活着，梦见活着的人死了，还有恐怖的自己，心有余悸。我惧怕，但是不知道惧怕什么，我想象很多的乐子，最后都无法摆脱梦境。嗯，开始转入另外的状态，或许要勘破一些事，这是个过程。

酒，我是戒不掉了。假若生活再无让我想喝酒的人，那多么没趣。假若已经提不起酒兴，我想我已然麻木。就醉一场，如梦一场，趁着还有酒兴。

中秋，月圆，偏生感慨。已经多少年没有一家子完整地过这个节日了？忘记了，甚至忘记了最后一次是哪一次。这个中秋，要牵挂很多，提不起节

日的兴致，亦不想破坏别人的兴致。于是，该怎么样的怎么样吧。

*** 附 ***

我想知道，为什么太阳不会跟月亮去私奔。

我想知道，在月亮的另一边是天亮还是黑暗。

烟花在最灿烂的时候陨落，所以让人期待。而生命在最辉煌的时候逝去，所以值得怀念。

是否因为得不到，才倍觉珍贵。

是否因为已失去，所以才会懂得珍惜。

那么，生命又会不会这样，拥有时觉得生活疲累，事事不如意。而等到即将要逝去，才会觉得原来可贵。

现在开始，给自己写一封信，是否可以等到十年后开启？

现在开始，珍爱属于自己的所有，是否可以轰轰烈烈活一场？

现在开始，准备陨落，是否就值得期待？

纯粹

做一个纯粹的人，让别人怎么演就怎么看，怎么说就怎么听，

风过无痕，水落无声。不执着，不记恨。

——《糖包语录》

有时候女人化妆只是因为心情不好，例如我，不开心时就会想藏起来，戴一个看不穿表情的面具，做一个无心无肺的人。我知道，有些小忧郁一直潜伏在我心里，无时无刻，突然袭击。

魁哥说，他之所以把我当作朋友，是因为我有颗纯净的心灵，但也会有人把这当无知。我感动于这样的言语说穿我心事，很多时候很多人会将那些懒惰当成愚昧，其实我只是不想，有人认识我那么久，又何尝懂得？

丽江天气开始转凉，雨水缠绵，我想起幼时最喜欢在雨水下数燕子飞过，然后与自己对话，不觉孤单，但现在，越是人多，我就越觉孤独，这孤独让我开始藏匿，亦知道，越是藏匿自己，就越不开心，越不开心，就越难以简单。但有那么些天，我会惧怕阳光，惧怕温暖。

他们说我最近有心事，我没有反驳，没有告诉他们，这才是原本的我。只是很多时候想不起了，被遗忘了，终究是要回来的自己。

那天，Z说，要我给他一个机会的时候，我没有回话。这一次，我学会

狠心绝情，不理不睬。反而，过了一会儿想起，其实没有什么所谓的感情存在，
也未曾一起有过誓言什么的，所以也不用有什么交代。就这样在时光的轮回
里相互被遗忘，何尝不好？我始终是我，追求太过分的自由，和太自我的理想。

想不起太多的事，太多的人，迷迷糊糊，没有方向。总觉得明天还很远，
一眨眼，已经被替代。

开始变得很胆小，不是不相信，而是不可以让自己沉沦。师父问，你有什么，
又惧怕失去什么，我曾答得那样自信，现在，却又站在原地迷茫，不敢前进。
原来人长大了，束缚就多了。每次，他们跟我说，你会幸福的，我总是笑一笑。
其实，我想要的幸福很简单，只是不是所有的简单都容易做到。

不要太容易相信人，我常说，不是所有的人都值得相信。其实最容易相
信人的是我，不是么？即使被骗十次，仍旧会相信第十一次会碰到真的。也
许就是这些相信，让人觉得无知和幼稚。我还相信，只要你不想歪，任何事
情多是正面的。

于是某天，于后街酒吧，那个男人跟我说，你能让人感觉安静，你是我
的好妹妹的时候，我只是笑了一笑，而旁人就误会了。他这样说，我就这样
相信，未尝不好，为什么要想得太多？

曾经，因为某些流言蜚语，我任性地与师父争吵，怕旁人以不正常的关
系来冠于我们身上。就为证明一个清白，不相信世界上会有一个陌生人对我
如女儿般疼爱。其实多余，何必理会。别人可以不理解，只要当事人理解就
可以了。就如现在，是非从未停过，但终有一天会被新人新事压下去。没有
什么是不会过去的。太在意，反而被束缚其中。

流言并不可怕，可怕的是当你面对流言的时候未能以平常心去看待，反
而耿耿于怀。一个人说，你也跟着说，两个人说，第三个人也说了，变成了

所谓事实。若你越怕，它就越厉害，越不能接受，它就越显得强大。换一个态度对它，终究是会过去的事，何必为此劳心费力呢？好玩些，还可以给人种种假象，任由人们自我想象，自我构思，权当听了一回故事。

我终于明白，流言止于智者，古人早就告诉我们，那是何其智慧。

面具

你的世界，什么样子，别人看不到。

——《糖包语录》

我想拥有一颗纯净的心，还有一个干净的灵魂，不管世事变迁，人面全非，还懂得如何让周围的人都开心快乐。其实没那么伟大，其实没有那么勇敢，其实没有那么善良。我想追求的是一个完全没有杂质的灵魂，这样的梦想太奢侈。

很多时候，我情愿相信怎么说怎么听，怎么出现怎么看是唯一的事实。

而更多的时候，会让人误会这种随兴。例如，我对一个人好的时候会让旁人误会成别有他求或是别有他意。

关于这些文字，只是一种心情，但最终有些脱离了。我明白也清楚，不是我想要的结果。但凡与这有关，我倍觉难受。

关于心情，是逼不来的。到最后我都不愿意承认自己曾经写过。

关于功课，是我所选择的，无从后悔的。

我想，要有一天畅游。

我想，不让风筝飞太远。

如果只可以选择一个自由，我想让心情永远自由。

如果生命只剩下一晚，我希望它前所未有地绚炫烂，直至死亡。

如果可以，我愿意用一生的平淡去换这一秒。

关于这些，其实我不愿意承认我的不甘平淡。

最近，处于一种无法清醒的状态。每天，打开电脑，百度新闻，打开空间，查找新闻。每天，被不同的消息所误导。看一地的狼藉，心空空的，无法悲伤，无法气愤。幸而，多部分的人都是平安的。但我所担忧的，是后续。那些地方，变得不是我所熟悉的，那些人，变得也不是我熟悉的。又仿佛什么都没有变，我依旧在我的世界里醉生梦死，黯然销魂。

今天，火气有些大，莫名其妙地大。不想理会任何人，不想被任何人理会，只要一个小动作，便轻易挑起烦躁。

这是怎么了？

其实没那么轻佻，可说了轻佻的话。

其实没那么矫情，可做了矫情的事。

其实是个好孩子，其实要做个好孩子，怎么就忘记了，怎么可以忘记了。

最好醉一场，梦一场，也许，就忘记了。

如果可以，最好一梦千年，至死方止。

你不会知道我说对不起的心情，你不会知道我说谢谢的心情，因为我让全世界的人都误会了。

其实我爱过的我真我不爱，其实我没有问过自己的心，因为我懦弱。

但是，今天起，我会勇敢一点。

今天起，我会对自己坦诚一点。

今天起，我会爱自己多一点。

今天，该对你说的我都说了，但我们都回不到过去了。

今天，该给自己的交代我都给了，但未来，也许还会有一段时间是悲伤的。

有关，或是无关

自身的过错，只有自己去承担最为适当。

——《糖包语录》

一

就算不开心，你又能如何，还依旧要好好过，要好好活着吧。有时候想找些借口让自己堕落些，沉沦苦海，只是一转眼，便发现自己在无病呻吟，痛不像痛，苦不似苦，满怀忧伤，挥之不去。

那么近，那么远，一个触手就及，还是隔了整个世纪，笑容满面，依旧传奇。

理想啊理想，人啊人，我始终是分不清现实和梦想，究竟隔开多少距离。因为我始终无法确定什么才是理想，什么才是梦想，而理想与梦想，梦想与现实，又距离了多久。

一切仍然不紧不慢地进行中，该如何走的如何走了，该怎样继续的怎样继续了，有些人若无其事，有些人心事重重，时间就那样过去了，事情就那样发生了，我们毫无选择，没有权利说不，没有权利去说好，更是没有主导权。明知可为而不为，不可为而为之，那些矛盾，那些潜藏在思想深处的争执，就那样裸露出来，来不及深思，几乎就要被打倒。

越想深入追究，便越困住了自己，于是，走进了另外的迷圈，不能不说这是人性共有的矛盾，只看深浅。都想清清醒醒，却都迷迷糊糊，看不穿，猜不透，摸不着。更多的时候，我们是不愿意去看穿，不愿意去相信，不愿意去猜。人长大了，看似聪明了，然而，我们却让自己越来越多烦恼，越来越不开心。我们怀疑，我们确信，我们议论，我们争执，到最后给了我们一个怎么样的答案呢？

我不知道，只是脑子里不断地出现问号，不断地出现问题，而这些问号，这些问题，超出了我能解答的范围。于是，这些所谓成熟的思想，显然愚昧，而我，却一直被这种愚昧困着。走不出自己，看不穿他人。

嗯，习惯了，一切皆以成为习惯，没有人知道这样的习惯还要继续多久，还要坚持多久，还要演多久，到最后会有多累，但是，这习惯迫切让人学着成长，不管愿意不愿意。

二

爱情，谁留下来的亘古话题？

从古至今，是否能有那么一段佳话良缘可以诠释爱情最精确的标准？是牛郎织女的童话，还是梁祝化蝶的哀怨？

越是长大，我们就越不相信童话，越不能相信人言。

是人长大了变复杂了，还是这原本就该这样子走呢？

我知道黑色是黑色的样子，红色是红色的样子，白色是白色的样子，可是我希望黑色拥有白色的样子，白色拥有红色的样子，所以我相信黑色不代表黑暗，白色不代表光明，然而，事实上是所有我见过的路过的听过的说过的，都在告诉我那么一个事实，你想简单，但是你身边的人未必会给你简单，

你想复杂，人家往往没那么复杂，那个度难以拿捏，拿捏好了，步步为营，拿捏不好，草木皆兵，两者皆累。

瓦全玉碎皆伤身，完美主义玩不起，残缺主义欣赏不起，于是人重新面对了那样的局面，矛盾却又是事实之中。有人一度喜欢用放大镜把这些思想的问题放大，研究，不管是自己的还是别人的，到最后都没有一个结果，还是该继续的继续，该如何的如何。何况爱情。其实我们都一样，这貌似简单却又包含甚多的道理，有些人注定是要用一辈子去看穿它。如同爱情，恒久不变的话题，有人追求，有人遗弃，有人看穿，有人迷茫。当局者迷，局外者何尝清楚？

放下不容易，拿起也不容易。

当放不下，拿不起的时候，人面对的将是另外一个夹缝，左右不得，前后不得，只能听天由命。得之不全然是幸，失去不全然是祸，风有风命，云有云命，顺应天命，这是最不奈何的方法，也是此刻唯一能走的一着。

<h1 style="text-align:center">三</h1>

我安于现在，只是不安于命。

当我安于命的时候，我并不安于现状。

其实人人都很现实，人人都知道饭一定要吃，觉一定要睡，衣服一定要穿，面子一定要装，时间一直在过，这就是现实。同样，活不下去就死也是现实。过分留恋表面都会使得人失去对一些心底那一片柔软的向往，没有人能保证你有明天，昨天已经过去，所以我们都只可活在当下。有人拼搏，有人奋斗，自然还要有人无聊。

毫不怀疑，我在浪费时间，但时间除了浪费，还可有什么意义？少一个人对整个地球没有影响，少一个地球对整个宇宙没有任何影响，那么少一个宇宙呢？嗯，那与我无关。

这，也是现实。

伤逝

越是简单的道理，便越难使人明白。

——《糖包语录》

给心筑一道墙，画地为牢，允许我走不出去。

给心上一把锁，面朝黑暗，从此以后不相见。

不相思，就无需要相念。

计划一场旅行，想要各安天涯，以心为盟，以血为誓。

想一个人，一件事，在清晨，太阳出来以前。

忘记一个人，一件事，在清晨，太阳出来以后。

对风吟唱，以酒为歌，醉在茶里，让时间消逝打磨。

有人说，到了我们这 80 年代的爱情，可以称为伤逝。总是不停猜疑，不停考验，不停进退。

沉沦要结婚了，她告诉我她要嫁的只是一个很普通很平凡的农民人家，但对她很好。我说，我没有办法祝福不是为了爱情而在一起的婚姻。她说，爱情其实都是虚的东西，虽然他有点笨，但我还是喜欢，他都顺我。我也特别黏他。

我知道，她最终选择一种简单的生活，过简单的日子，沉淀一些简单的幸福。

因此，这还是值得祝福的。

曾经，我们都以为自己的将来是非比寻常的，包括另一半，必定不是常人能及。但多年以后，我们会发现原来幸福只是简单的生活，简单的满足，简单的日子，还有简单的自己和对方。只要想得多了，最后必定会被这些东西所烦绕，难以心安。

以前以为爱情这两个字可以超越时空，超越所有一切有或是没有的界限，直至多年以后回头，发现没人会在原地等你，那些曾经说过不会变的都改变了，一霎那间接受了，看开了，继续远离了。变是很自然的事，再单纯的小孩也终会有一天变得现实起来，于是，没有人可以维持一个虚无缥缈的梦想或是希望一辈子。我等你，等到你回头看见我，这一句话多么动人。但你回头的时候，说过这句话的人，也早已经离开。

生命越长便越苍白，入世越久就越麻木，小周说，心机是用来自我保护的时候，是生存的本领时，我突然无语于这样的谈话。我有很多辩论，到最后成了空，我有很多相信，到最后成了愚昧。其实在心理学中，适合的心机这成为心理防卫机制。有人想一直单纯，相信一点点的美好，还有人想在这尘世中得到提炼成精。但不管如何，两者到最后都会归于平淡，成为一粒渺小到看不见的沙子。这个世界太荒唐，何必看得见。虚空故事千万年，到头来又成就了什么？

又例如婚姻，人们以为这就是一个结果，但往往，认定的结果仅仅是个开始。

那天，北京来的 C 告诉我们，他承受不下去，想要离婚的时候，我没有

劝说他什么。中间，他父母打电话过来，他说，大不了一个人过，世界上的好女孩很多。我其实想说，好女孩很多，但未必是你想要的，或许你未必是她们想要的。就如同我一直觉得世界上的好男人一样很多的道理，然而美好的东西不一定是自己想要的。其实婚姻走到灭亡，两方都必定有所责任，《婚姻保卫战》里说，建立一个家庭需要很长的一段时间，破坏一个家庭只需要一夜。太多时候太多的自我和骄傲，一霎那间，就将以往建立的信任和依赖粉碎。每次，我都告诉他们两个人在一起并不容易，不要轻易放手。我还给他看了一个广告，广告的名字就叫《家》。曾经让我感动了一些日子，相信家的意义，但未让很多的人去体会。我承认，在很多时候我比很多人更容易触动，容易感怀。

世界上那么多相爱的人分开了，那么多不爱的人在一起了，如果两个人相爱而又在一起，为什么要为了那些原本可以磨合的事情过不去？你有多长时间可以去浪费，可以爱几个人？生命过去了一秒，就再也回不去了。

将近

你会误解我，是你的事，我始终有我的态度。

——《糖包语录》

人到了一定的时候会想做一些事，觉得过去的浑浑噩噩荒废了太多时间。现在，我也正好是到了这个圈圈里。

当你到了一定的时间，回头看看自己过去所经历的事情，所做过的事，发现原来没有什么值得留念的，这个发现会很打击自己。我大概也被这个发现给打击了，所以想在浩瀚的时空里，寻找一些有故事的经历，做一些有意义的事情。去经历一些少数人经历的，我不是先行者，也不会是最末那一个。我相信这爱心，会一直一直地延续下去，直到我们都老去，都逝去，还会有下一批。

L 说：你的抱负太大，所以我们永远有距离。

其实我一向不是什么有抱负，有志气的人，即使从前做什么所谓的公益的时候，即使现在想延续希望，也不能算是抱负。因为我开心，真的，在看见那些人一点点的笑容时很开心，所以才会继续。若有一天我不快了，那么我是否会停下来？我不知道。但如同 Y 说的，到最后这已经成为一种习惯，一种责任，再也离不开了。

　　我不想，等自己奋力去争取了财富，之后发现自己想做的事情一件都没有做，就迎来了人生的即将结束，有心无力了。我不想，在我还做一点点事情的时候，就因为觉得能力还不足所以放弃了。我不想，在我还可以去看看的时候错过了这些故事。与其漂泊地寻找出路，倒不如活在当下，为自己的人生增添一笔色彩，也许黯淡，也许不足以渲染，也许只如火苗的一瞬间，但我不后悔，不后悔曾经，不后悔将来，不后悔没有作为。虽我没有金钱，但在时间上我占了优势，不是么？一切都可以慢慢来，唯独生命的面前，我们慢到最后，时间就过去了大半，一事无成。

一种心情

很多东西，丢了就是丢了，即便找得到，也不复当年。

——《糖包语录》

一

当很多东西盘旋在脑海里，挥散不开，就会没有来由地伤感。原来，当年我失散了这么多，原来，再也回不去了。一幅幅画面，一幅幅影像，像是一种讽刺，又像是一个个苍白的符号。也许从始至终，只得我在原地怀念那些事，那些人，看不清楚。同样，可能我遗忘的被人怀念着。

我想知道我到底遗失了什么，是夜里的明亮星空，还是日光里的温暖笑容，听一些熟悉的话，谈论一些熟悉的人。是啊，衣不如新人不如故，很多时候，走着行着看着，时间仿佛就定在了那里，想不起，也未曾遗忘。我只好发呆，任时光飞逝，任人来车往。狂欢也好，寂寞也好，在自己的世界里看不清猜不透摸不到。

有一种心情，你永远不知道它什么时候来，什么时候走，什么时候深入骨髓。

那种心情，让我翻开手机电话本，却打不出一个电话，掠过QQ上的无

数 ID，找不出一个人说话。打开聊天窗口，却不知道说什么。

我要寻求一个过渡期，过渡自己的心情，过渡自己的理想了么？可是这些，懂的人不会听，听的人不会懂，听了又懂的人未必理解。

时常怀念小时候，于是想找回些属于小时候的记忆。然而我越找，便越发现不是我想要的人事。

也许太骄傲，也许太倔强，也许太任性。以致到最后都在手里尽化灰烬，只剩下满地的尘埃。美好的，遗憾的，快乐的，悲伤的，留下无数感慨。确实，都回不去了。

他们说，在他们眼里，我只是个小女孩。我说，小女孩好，永远做个小女孩更好。

但小女孩终有一天要长大，学会给干净的素颜上淡淡的色彩，学会在耳后抹一滴淡淡的香水，学会踩着高跟鞋行走着以后的路。即使现在未变，将来也要变，终有一天要变。我没有问在角落里的高跟鞋是否学会了寂寞，在柜子里的香水是否觉晓了孤独，一味地幻想自己还很小，还可以天真单纯下去，只是越来越多的时候空白一片，越来越多的时候忧伤满地。容颜未变，心却早已衰老。那些沧桑像水，心像海绵，没有水的时候干得很难看，满了又拼命想挤掉，却揪着心。

开始疯狂地想找些东西填满，却又惧怕遗失掉这些沧桑。想眼神里不带一丝杂质，却驱不散忧伤。很多时候，我们无法自已。

我想无所牵挂，亦怕一无所有。心若无风，何以惧怕风过留痕？是我要求的世界太纯粹，而又清楚世界的现实，无法两全，方置自己于夹缝中，不得安生。

二

有些美好的东西值得留住，还值得朦胧看不清楚，其实爱情更多时候只是自己的事情，你对它笑对它哭，犹如看着自己的玩具，它答不答复你，不一定是你祈求的结果。尤其，当你长大之后看见过许多人，经历过许多事，会发现，这不过是个小插曲，甚至已谈不上深刻。爱人，从身边学起，爱情，是很多人穷其一生都追求的东西，但它并不是那么美好。有争执，有冲突，有不完美，有遗憾，有快乐，还有很多你不得不去面对的问题。就如现在，你认为爱了，其实只是在青春年少时的一霎那冲动。以为受伤，只是一点点难过，你以后要痛得比现在更痛，要伤得比现在更伤。

从今以后不提，不代表忘记了。

呵呵，怎么是好呢？爱得太早，以后万一你不懂去恋了，怎么办呢？亲爱的，别难过，不是你的错，我们曾经都很天真，都年少过，也有过一抹青涩的爱恋，若有若无。不是你要懂得去爱他，而是要他懂得去爱你，再过十年，再过二十年，再过三十年，他还一如既往。一个懂得爱你的人，是不会让你难过的。若一个你深爱过的人，你突然觉得陌生了，那是因为爱情变了质，如一道菜，再好吃，都会有个期限。科学家们说，真正产生爱情的时间只是0.01秒，而所有的爱情都是一时冲动。只有最后溶解成为亲情，成为习惯，方可一生一世一双人。

在将来的日子，钟爱自己多一些，给身边的人多用一些心，失去一起的机会，不代表你失去继续恋的机会。你要知道，东西再好，不是你的强求不来，再钟爱，也有失去的一天。如玩具，不是你想要什么就可以得到什么。

也许你哭过，也许你笑过，也许还牵强过。亲爱的，记得抹干眼泪，看温暖的阳光在冬日里散开。

记得你爷爷奶奶相扶一生么？当你长大之后你追求的东西就是这样了，而不是昨天爱了，今天散了，明天恨了。变化无常是生命最规则的事，你的那个他，绝对不会是今天让你哭了的他，太年轻，还太幼稚，怎么懂得去爱你？

我想，我不能跟你说这样是错误的，因为这时候让你心动的感觉，我曾经也有过。暗自去喜欢一个人，为人神伤，几年之后发现那个人并不知道。很多事情是自己在一厢情愿，他早已忘记，我也回不去最初的感觉，不能再心动，只是难以忘记。在错误的时间，邂逅对的人，或是在对的时间邂逅错的人，都不是你那杯茶。如果当初有人告诉我，不应该去谈恋爱，不应该去心动，我一定认为他错了，根本不懂什么叫爱情。十年后，我会觉得，原来那时候的迷恋，根本不值一提，这是爱情么？谈恋爱，分手，再谈恋爱，分手，最后自己都伤痕累累，忘记怎么去爱人，多么遗憾。

不是你错，不是他错，不是这段感情错。你必须学着长大，懂么？伤是成长的代价。

三

有些被遗弃的感觉，其实我明白，只是我太依赖人言。不想被算计被谋略，偏偏太注重子虚乌有的东西。而面对生命，清楚却不可自抑。有时候我讨厌自己的看穿，有时候亦讨厌自己的看不穿。做个傻瓜被人玩弄于股掌之中，不知道往往是件好事，而可恨的是知道了，还做了傻瓜。以柔示人不可，以刚示人亦不是好事，刚柔并济，很遗憾，我始终学不会这完美。

我想保留一些完完全全属于自己的东西，精神上的纯粹，例如文字。刻意做人，刻意写文，都会让我备感疲累。终于，经历一个时间段，需要另外的沉淀。我想让时间停顿，而这停顿，让我忘记了时间的经过和逝去，失去了什么。想要留住的东西留不了，留着的东西用不到。荒废时间，荒废年华确实可恨，更可恨的是，我居然想要这样子继续。

他们问我，你这样做有意思么？有意义么？我不想解释，也不想深究。怀疑跟确定，都不是我想要的。

我开始拼命说话，在拼命说话的时候沉顿，一种孤寂深入骨髓。我知道，我未曾让人走入这世界，也未曾尝试走去别人的世界里看一看。哭的时候未必非哭不可，笑的时候未必非笑不可，一种忧伤，一种哀愁，散不开。只是，会经常发现，刻意的东西跟不刻意的东西，或是文字，混乱不堪。美好的故事我写不出，感动至深的故事我亦写不来，剩下的一丝淡然，还有忧伤，就被这些刻意不刻意的，磨成面目全非。莫非，这就是我想要的？属于我自己的？能让我保留下来的东西？我认为，有灵性的文字和世界上直入人心的文字都是在极其孤独并且将自己藏匿了的情况下完成的，很遗憾，我找到了孤独，却找不到一处可以藏匿自己的地方。勉强下去，就只是让自己都失去。如此看来，我真不能以文字为事业和工作，所以，我要逼着自己去学更多原本不学的东西，即使硬生生地去记得。

没有人知道我惧怕很多东西，也没有人知道这份惧怕占着我生命中的多少分量。很多时候，我只能一如既往地笑或是哭。喝酒时只想求醉，喝醉时，只想求一种孤独。越这样，便越伤了自己。尝试去看透，去看破，但人生怎么会给我一帆风顺，如我心意？

四

关于求死，我知道这种绝望，无人可救。生无可恋，死亦无碍。世界上
那么多微小的生命苟且偷生，只为生存，也有很多人对于生命的一点波折，
只求速死。如果一个人没有病，非要想得自己很病重，那他一定是有病的。
如果一个人病重，他都觉得无可救了，先放弃求生，别人怎么也代不了他去生。
你说我无情也好，说我麻木也好，但若你要求死，我不会劝你求生。要知道，
一死了之是人人都可以做的事，而没有给世上留下些什么有意思的东西，死
了也是白死。既然白死你都甘心，我何须要说什么？你以为，你这样说我不
会疼，你以为你这样放弃我不会难过么？怎么可能，怎么做得到？我只是知道，
勉强去留住一个不应该或是不想生存的人是惨剧，心灵上的，身体上的痛苦，
旁人也看得痛心，你都不想去继续，我怎么能够那么自私去要求？然而，即
使我没有要求，人都是自私的，只是就连赋予生命的父母都无法去左右。那
么好，你离开后，就让留下来的人痛苦吧。例如年迈的父母、长辈，年轻的
兄弟姐妹、后辈。谁痛谁乐，谁在意。

五

这是一堂沉重的课，我从不觉得它是秘密，也不是不敢提。关于求死，
关于自杀，关于脆弱。

其实，这么多话，我是否不该说。

其实，这么多事，我是否不该做。

没有伤痕，在身体疼痛得不可以再疼的时候，我以为我会死，在寒冷的

冬天里经过西湖边，我以为我有足够勇气跳下去，亦可以死，在看南宋王妃沉睡的坟墓时，我还以为我可以死，在车子撞过后重重摔倒后，我都以为我会死。有一段时间，我不知道我每天睡下去之后是否还能看见第二天的太阳。我是这样求死的，从不觉得这是多可笑，多可悲的事。

但很肯定的是，我没有真正求死过。我很庆幸，我没有用很剧烈的方式延续了希望死去的，在我看见很多美好的东西开始，相信很多美好的事情开始。哪怕，只是一点点。

其实我不善于漂泊，虽然我一直在如此荒废着，期待一次又一次的旅行，就连自己都说不出具体的意义。是雨后的一道彩虹，还是月夜里的明亮星星，让我感动，觉得生命还有那么些意思，觉得无须求死，只想遇见。生命的美好在于它的不完美和拥有那么多丑陋的东西，就如让人感动的不是大笑和大哭，而是那一丝淡然若水的笑容，忍在眼睛里的泪水。怎么，我们不能去发现这些美好，非要想得自己很悲惨？就快要死了？该死的人活不了，该活的人死不去。

我想在浩瀚的时空中留下属于自己的记忆，让自己的生命里有一丝加一丝的芬芳。我想要的人生不需要轰轰烈烈，也拒绝庸碌。现在，我无所作为，怎么可以如此死去？谁可这样甘心。

所以之后，在恶劣的环境下我只想求生。在对周围的人失望时，我还只是想求生。生虽不用流传万世，也要让自己不白来一次。我深信，是我能找得到的那些美好，让我坚持至今。同时，也是我想要继续寻找的美好，让我要继续坚持。

我不知道，这能不能算一课。但，想想那些美好的事情，想想要坚持的原因，想想要寻找的美好，再艰难，都能坚持。很多时候，我们是坚持了很久之后

才能找到答案，为什么这样子？

　　关于人生的意义，我还不能解答你太多。关于继续的意义，我只知道，我是为了寻求一些答案。不做苟且偷生的人，也不做时时求死的人。我知道我的人生无法完满，会碰见很多不如意的事，有时候我并没有那么坚强，也会觉得对很多人失望，这个世界不公平，怎么我与别人不一样，怎么如此折腾人，但，到最后这些痛苦的人都是洗尽人生浮华的东西，都会过去的。有种经历，以痛为乐。

第六辑
藏在水里的月亮

告别的时候，童话结束了

春天来的时候，蒲公英没有发芽

你说，风来的时候吹下花瓣很美

明年这个时候，这里会花开遍地

而漫长的岁月看不见，这里始终荒凉

如人饮水，冷暖自知

话说三分不如不说，需猜度量，不如不记。

——《糖包语录》

我承认，很多时候我无法承受一丝丝杂质，因为怀抱一个美好的希望。我幻想着许多的美好，都无法坚持。

朋友说，女人有两个机遇可以改变命运，一是她的出身，二是她的婚姻，你的出身已经无法选择，但你可以选择第二次改变命运。其实，很多时候我觉得钱并不重要，同时，随着年龄的长大，也会清楚一个事实。就是，别人需要一分的努力，而我需要十分的努力才可以达到那个我想要的成绩。但偏偏我并无斗志，关于第二次命运，我不能以此为目的，走快捷方式固然是好，但我凭什么。

关于某些事实，此时看得比以前更清楚。我已经可以笑着去谈论这些，不让自己难过，但我亦很清楚我放不开，尽管我一直在努力。有些心魔，始终会在不特定的时间出现，控制心情，即使已经学不会为这样伤心。

最近，20年来，头一次觉得自己无家可归，以前的矛盾加深，无法自已。这些年，那些人，似乎已经不关心我的未来，尤其是在那些问题解决后，延伸出来的新问题。我从不为此烦扰，只是不为此开心，或许应该说是难过。

这样的人生后一大半，只能由我自己去选择，对不对，错不错，都是自己的事，没有人会去替我安排。亲人，是我无法选择的一部分。我已经无法去为此怒问，怎么他们从来不为我想一想，从来不关心我的未来，即使我们怎么混日子，他们怎么反映这么淡。我知道，我也有我不愿意面对的事实，生怕真相是麻木且无奈的。矛盾的是，我竟然理解这样的做法，不觉不妥，或许，是因为早已习惯，对亲人仍有一丝保留，或许很多。而且，这些保留到最后也成为一种习惯。他们不问，我也不说，他们问，我也不会说。反而，对陌生人还能谈的东西，对他们，却不能提一句。

姐姐说其实我是一个很有城府的人。是么？也许，必定。对于城府，在经历一些事情后能锻炼出来，对人对事，再倔强的脾性，都会被时光磨得圆滑。我只是懒，懒得去想很多事。束缚于过去，偶尔被这控制，偶尔看穿世事。年轻时的所有快乐伤痛，是我唯一的财富，唯一属于我的东西。

更多时候，我想更任性些，更倔强些，虽然已然，我一直任性着，固执于自己无法完满的故事和人生。

小时候，他们跟我说，我不可以跟父母吵架，不可以顶撞长辈，就算觉得他们怎么错了都好。长大后，他们告诉我，应该去为自己的兄长，自己的弟弟去着想，为他们做多些事情。我甚至怀疑，他们是否有担心过我？虽然，我不经常打电话问候，但至今回想，他们也不怎么过问。除了最近，越来越糊涂的外婆，会时不时想起我来，给我个电话，重复几个问题：在哪里工作，吃了饭没有，什么时候回来，每一个电话要重复三四次。让我想起年幼时，她问我，假若有一天她离开了我，我会怎么样地伤感，并没有多大波动。很显然，我已经比以往更为麻木些。而爸爸妈妈，每一次的电话都是说，嫂子要生了，我应该怎么样怎么样。从来不过问我的将来怎么打算，我曾以为，当我一定

年纪之后他们一定会着急于我的未来，但仿佛是我多想了，他们现在哪有时间去想我。姐说，她长这么大头一次觉得自己没有家。何止她这样想，我也开始无法坚定。原来，现实可以改变很多东西，包括以为不变的亲情。终有一天会淡漠在时光里。但我不可以怨，不可以恨，还不可以埋怨。谁都不想这样子，我没得选，他们也没得选。只是，我不能为谁应该负担谁的人生而释然。

我知道抱怨，说什么，都是无补于事。发生过的事情，人最不能释然。但算了吧，都受了这么多年。云起云落，风随东西。每一个人都是自私的，看谁比谁自私吧。

谁人使我爱偏离

　　每一个人要看穿，要勘破之前，都需要经历大喜大悲，大彻大悟。

——《糖包语录》

　　不记得什么时候起开始不相信爱情，什么时候开始那么斩钉截铁地认为自己再也没有能力去深爱一个人，什么爱情，什么天荒地老，都是骗人的荒芜。更不知道是什么时候开始，学会在周围的暧昧中找到一条出路，周全自己，周全别人，刻意亲密学晓周旋，笑得再好，自己始终知道那一抹疏离。

　　其实，没有那么轻佻，却说了轻佻的话。其实，没有那么随便，却做了随意的事。

　　对于爱情，始终迟迟不见踪迹，是态度，亦是无可等之人。没有要求，才是天下间最难以要求的事，设一个条件，比等一个感觉要容易很多，尤其，在经历很多事情之后，人们会学会用过去衡量现在，很多感情来不及发芽便胎死腹中。如一设计是完美的，但落实时总不能完美落幕。

　　关于暧昧的那些事，世界上并没有谁去玩弄谁成功的。总以为爱一个人便要包容他的一切，所以原谅他与别个女孩之间的暧昧关系，待到某一天那小小的火星燃烧成大火，扑不灭，救不来，伤了自己，伤了对方，才知道当

初一次次的容忍，不过是给对方再一次出轨的借口。什么都说，是愚蠢的，什么都不说，是可怕的，但什么都忍是对自己的残忍。人们的感情变得越来越淡漠，也随时变化着，当这个世界血淋淋地摆在我们面前时，我们才不得不去疑惑这世界到底是怎么了。

谁人使我爱偏离，被这一句包裹着，一直到很深很深的地方去。

他们总觉得很了解我，很能清楚我怎么怎么样是因为什么什么的，有觉简单，有觉睿智，有觉愚蠢，有觉虚伪。当世事变迁之后不用去学就已经沧桑，却也学不会去坚持用心用计留下的东西。我只不过，普普通通，平平凡凡，却不甘如此一生的女子。不需去想象太美好，也许同样的一天，你亦会因为这想象而觉得可恶，觉得我负了你，从而破口大骂。

我没有那么宽容，可以任由别人吐一口口水后伸出另一边脸对着你笑。对于得罪过我的人，我也许不能给他一个耳光或是破口大骂，却可以选择沉默不言，如看不见般漠视掉。最近，很多事情其实不想去继续，却逼自己去继续，我知道很多东西已经成为一个噩梦，在夜深时挥之不去。我想放任自己不去做那些事，想不去记起那些刻意忘记了的人，却终究没有做得到。清醒时不提，半梦半醒间如影相随。

我知道好心不必有好报，亦未想过好心要招来厄运，因为一个小小的梦想反而看清了人性，越接近那个计划中的日子，就越惧怕。惧怕自己再一次面对那些人，再一次想后退，那么勇敢的自己，已经遗失了大半。已经想不起要去做些什么，留下什么印记，日子越久，秘密就越多。我不是不知道世途险恶，不是不知道人心叵测，只是更多的时候愿意去相信那一点点美好。

所以选择缄口不言，所以选择不去揭破什么。夜半，醒来，魂惊。对于一些可以评论的善恶美丑可以没有感觉，对于因为要去继续一些美好的事而不能提不能计较的事情，是如影相随的噩梦。计划是美好的，事情是可怕的，我深知自己，在某些事情上固执却心软，宁可玉碎不为瓦全。其实在此，已经离开我想要说的原题里，从无关自己扯到自己。

他们问我，你觉得这样有意思么？你觉得你有可能不需要爱情不需要男人么？仿佛，一个人继续生活是一件可笑的事。每每碰到这些人这样问，我便觉得自己很庆幸一个人，碰不到那个我要等来的人就是碰不到，我的爱情，我的一生，还没有那么廉价，可以轻易让我丢弃自己本性。

我是由没有铅华走到铅华的，没有条件也要画出一条线来。即使将来一个人孤独终老，也不会后悔今日这一条线这一道墙。意思？需要？是什么意思，是什么需要？按照别人觉得有意思的生活去生活，那我的人生还是不是我自己的？关于需要，我想我要的人还没有出现。

与其庸碌一生，随便选择一种方式等死，倒不如随性随缘。或许，这样还更能给我一个出路。每一个人要看穿，要勘破之前，都需要经历大喜大悲，大彻大悟。

年三十，从晚饭开始噼里啪啦的炮仗声一直响彻过夜。

已经忘记了过年的气氛，也忘记了从什么时候开始，便不再期待过年。

第四年没有回家过年，但是今年，比往年似乎更为冷清许多，相比丽江的那些年，确实是的；不同的是，有一种叫作温暖的情愫在蔓延。

事实上从到兴安的那一天，雨就一直下着，直至我们离开的前一日天放了晴，只是一日，送别我们的，还是这绵绵的雨水天气。

回到这里之后看到满屋子又乱又脏，连空气都带着尘埃，我便有些想念兴安的空气，还有阿姨的厨艺，虽然阿姨的厨艺给我的减肥添堵了，可真的好吃。尤其是那每顿必不可少的配料——泡椒。

牛尾巴、兔子肉、酸辣鱼、羊肉煲等，所以每每吃饭，我总是最后一个放下碗筷的，听着半懂不懂的兴安话，看着春节不断的各种晚会，喝着他们说是酒，其实是饮料的饮品，阿姨总抱怨说J不带我出去玩，其实多数时候我自己倒不愿意出去，天气冷是其一，其二，我喜欢这样窝着。

曾经不断颠沛的日子，耗尽了我不多的活力，更多时候我情愿宅在某一处。

离开前一日，见天气很好，阿姨说要带我出去玩。我果断拒绝，实际上，初一我们一帮子人去了灵渠，走得有些累了，我开始不明白我的曾经，到底为了什么而流离失所？也许，不再重要了。

我只是年前给长辈打了个电话，之后隔了一个星期大概，再给父亲打的电话。

然后，有些不愉快。我不该抱着太多侥幸，侥幸自己能够在过去里寻求一些温情，有些人因为某些事，已经变了。自从知道某件事后，父亲说话里总多了些怨气，我突然发现，原来他需要的幻想，已经破碎了。

我曾经以为不会失去的，不会因为某些事而改变的关系，直觉告诉我，原来不知不觉中变了，我会介意。当这一刻来临，又能介意什么？

我以前总想着让她改嫁，与他一了百了，我还可以分清他们谁是谁。

但现在，我有些不确定这些，是否太突然了？可说来，也有大半年的时间给我慢慢消化，我消化不了的，是某日在电话里她说的一句：我要给阿妹放水冲凉。

我哀伤地说了句：从前，你待我都不曾这样温柔，不曾给我放过一次洗澡水。

她在为别人的儿女做着曾经我们希冀的事，这样的认知让我瞬间有些难受，但仍旧是开玩笑的语气说着话。我发了一会儿呆，然后她让一个陌生的男人跟我说话，我不知道说什么，或许这是在旁人看来荒唐的，可谁又不荒唐呢？

越来越淡漠的亲情，我不想承认，可终究是现实得很，也算是我的失败之一。

只要她觉得幸福，这就算是好事，虽然我有些不忍父亲的幻想破灭。

尤其在听着他说：难不成还可希冀一世？

我难过的是，这么多年了，他才看开这残忍的事实，以前，他连买医保都会买她一份的，如今，竟然叫我们不要再理会她，因为她是别人家的人了。

原来从前，就算流言蜚语漫天，只要他看不见，他便还会有幻想。

我虽然很想在电话里安慰，撇开这个话题不说，可终究还是给他绕回这个话题上，因此讨论得不是很愉快，尤其这个话题后又牵涉到我这些年来的漂泊。

他说我年纪不小了，不应该这样诸如此类的话，我便说了句，从前你们不爱理会这些，现在理又有何用？这个电话我明明想告诉他另外的一件事，或许他不一定开心，但至少能安心些的。后来发现，他现在没心情听那些。于是我又沉默了。

他说他若不理会我们，谁理会？又重提旧事，可他不明白我们想要的理会，不仅仅是一口饭的事，是雨水天气里的一把伞，是被欺负时可以说一句，我要告诉我 XX……当然，我不会怨什么，这么多年，有没有一样过来了，我只是侥幸地想让他为我的开心而开心，幸福而幸福。

只不过是残酷里的聊以慰藉。

到最后，我不过希望电话里，能少提一提钱的事，这样没那么扫兴。这点，自然是一种奢侈的幻想。我越来越怀疑，到底他关不关心我的未来？别人看

不看得起，就当真那样重要么？凭什么，我要活在别人的眼光里？

我不愿在别人眼光里过世，也不愿依照众人的意见而活。人的悲剧多数是自寻的，幸与不幸，亦如是。

有时候，心便是一座孤岛，无论你如何努力靠近其他的孤岛，都始终有着距离。

在这片茫茫大海，这座孤岛有时候会迷失，有时候会被淹没。

或许人的孤独是与生俱来，却又无法摆脱的。

在热闹里，在寂静里，它总是不经意让人发觉存在的痕迹。

明日菜在电影的最后说了句：原来我只是太寂寞了。透过新海诚的动漫，我的孤独或是寂寞，在一点点凝聚。

寂寞与孤独，又有多远？一瞬间与永恒，又是多远？

秘密

　　造化喜欢弄人，往往生来死往地弄，将捧你到天堂，也可将你

至于地狱。

　　　　　　　　　　　　　　　　　　　　——《糖包语录》

　　天堂与地狱，我无可选择地路过人间。

　　开始怀抱着大大小小的秘密，有关自己的，无关自己的。其实他们不懂，真正能算秘密的东西是永远埋藏起来甚至遗忘的，有些消化不掉的东西，就那样日又一日，年又一年地往返心口。直至某一天，消化完了，也就再也不提。心的缺口是怎么都补不上的，但里面的东西也会往外溢出去，然后风干，于是再也不能算是秘密。

　　关于我的秘密，其实不值得一提，我其实比任何人更清楚我所能说出来的秘密都是我沉沦不上进的借口。但事实上我并不需要借口，我只需要告诉大家，我就这样的人，那又如何。这就罢了。因此，想通了某些事，就会学晓慢慢将那些东西埋藏起来。这不是垃圾，泼了出去无可回收，并且显得自己如祥林嫂般惹人烦躁，而我又不需要人同情可怜或是赞扬什么的，说得多了，他们会以为很了解我，并且以此去衡量我所作所为，总以为跟我说什么大道理便能使得我更明白事理些。人抱怨的时候是一种态度而非常时的心情，

也许是我一直显得太伶俐所以不能让人去接受我也会有一天抱怨埋怨，说说小事情，让他们明白，原来我不过如此，原来我一直如此。弦绷得太紧总需要松一松，压抑得久了总需要疯一阵子，而水太满就要倒掉一些。很不幸，在这个时期当中让很多人以为很了解我，并且妄下结论。妄下断言比起故意的莫须有更为让人不快，不过我会学会如何去平衡它，将此消化。因此，对于不知道的而又想知道的，这之后是秘密。清醒时绝口不提。

怀抱秘密，时间越久，秘密越多，是一种财富。人当学会不被这所负累，偶尔拿出来翻一翻，自得其乐，是一种乐趣。

关于我不想去解释的版本有很多，民间传说那些关于我的故事，貌似我都不是很明了。跟某某有关系，跟某某有故事，对某某有兴趣。这些，连我自己都不知道，也不去问，不去提及。

偶尔，跟熟悉的人提起些过去，说起现在，说完，觉得很陌生的对方，很陌生的自己。夹带着一丝矛盾的脆弱，把不是秘密的事情藏起来，跟人捉猫猫，躲在自己的世界里，却那么迫切地需要一个人聆听，需要一个人可以给我意见，该用什么态度去面对。还需要很多的肯定去安抚它，其实，我从未认真去看过自己，问过自己需要什么样的生活。

也许，我已经越来越能融入这个社会了。面对很多不能赞同的事，已经学会了中立，越来越麻木去面对这些。即使明知道这样那样的不符合道德，不符合自己的人生观，却一样不会去干涉什么。只是心，始终无法与行动如一，答非所问，行非所愿地过着。麻木却逐渐睿智。

关于喜欢那些事

世界上，不是谁没有了谁就活不下去的。我们早就该清楚。

——《糖包语录》

　　昨天回客栈拿东西时无意中跟一个美女提起一些事，七爷说我的爱情观、人生观很是悲观。我说，这不是悲观，而是客观。

　　其实有时候无奈于这样的客观，仿佛很多事情都引不起在意，只是让别人觉得奇怪的事情我已经能很平静地述说。即使这当中谈到生死别离，清楚这样的无所谓却不能让自己感动于言语中的自己和故事。

　　而后，美女问我，如果在云南待得久了，会不会在这边选择自己的另一半，还是回家去选择另一边。我果断地说，不会，随缘。有些矛盾，但其实亦不会。感情，这是很遥远的事，很多时候它跟我无关。在我过去的 23 年来，亲情、友情，让我生活无力提起爱情。

　　关于爱情的阴谋和存在，某些好与不好，我不能说看得很清楚，但也不能算是无知。更多时候看起来聪明的我，会看不穿人事，容易被人欺骗。即使明知道那些存在的小恶毒，却勇于前进，哪怕伤痕累累，粉身碎骨浑不怕。往往事情发生前人们会惧怕结果的到来，而事情发生后，结果就没有什么大不了。我不去看结果，自然也就不知道后退，不去看结果，往往是因为这惧怕，

潜藏在内心的深处，以至于想不起来这存在。最近，我频繁地翻出这惧怕，很努力地要去面对，反而越来越无惧于结果，越来越愿意留空一块地方。爱过谁，谁爱过我，既然当初提起过，就要学晓放下。记住不难，忘记自然也不难。

这样就很好，即使关于爱情那一块空了，我还能做其他的事情。即使关于爱情缺席了，我还可以看风景。

给你的。

她说她爱他。

她说他爱她。

关于早恋这回事，十年前我以为自己会深爱一个人，深恨一个人，一世，一生。十年后，我甚至不愿意去提起十年前的朦胧爱恋，恋过谁，谁恋过我。不是这段感情错误了，在青涩的年代碰见一个以为会深爱的人，说句我爱你，其实不可笑，还是一段美好的记忆。但现在我很清楚地问我自己，那时候我们懂得爱么？已经无需去怀疑，因为这是事实。

也许十年后，我们可以告诉曾经以为深爱那个人，我不爱你，甚至不喜欢你。人会变，即使年少的清秀和气质，都会随着社会的改变和自己的经历，一日一月一年地变着，初时不觉有异，不代表一个月后、一年后、十年后，仍旧没有感觉这改变。

每个小孩都曾很单纯，很天真，很好玩，每一件事情都觉得是浪漫，犹如那千纸鹤、幸运星，在玻璃瓶里藏着无数的秘密心事。年长后，连提也不提。珍惜小孩子的时光，因为我们要做大人很久，爱情始终是大人们的游戏，小孩子玩不起。那么，藏在心里吧。可以以后记得，但如果要这美好一直延续，记得别要再相见。

孤单鸣奏曲

越清醒，就越孤独。

————《糖包语录》

心情好时，谁也不想理，心情不好时，翻开电话找不到一个可以拨出去的。

很多时候，翻开 QQ，想不到要跟谁说话，要想说什么话。

好，怎么样，沉默，然后结束对话。不知道还可以说什么，还可以调侃什么。

虽然也有一些朋友，仍旧觉得孤单。

看几米的漫画《星空》，反复翻阅到想哭，结果忽略了背后的一段话：那时候未来遥远而没有形状，梦想还不知道该叫什么名字，我常常一个人，走很长的路，在起风的时候觉得自己像一片落叶，仰望星空，我想知道，有人正从世界的某个地方朝我走来吗？像光那样，从一颗星到达另一颗星。后来，你出现了，又离开了。我们等候着青春，却错过了彼此。

几米在这本书的扉页说：送给无法与世界沟通的小孩。

我想，我被这本书触动了，因为有时候我也是无法与世界沟通，不愿意长大的大孩子。那么多的说话，说着说着，就让我要落泪，却习惯了要倔强，要坚毅，要无谓。

最近，心情被一些事搅动了，极小事就被引出心里的火花。燃烧得让自

己都不能接受，不愿意理会任何人。其实，我不是在生别人的气，不是在挑别人的毛病，只是，被自己的束手无策扰乱心思。事实上，一直以来，我无能为力的事情太多了。坚持过自己的生活，做自己喜欢的自己，结果越走越偏离这轨道，还损兵折夫人。而不去后悔，已经成为了一种习惯。

很多时候不明白自己，那么触动为什么。悲伤感怀，欢痛离合，可是那一瞬间就过去了，捉不住，留不了。

想，想到不去想，说，说到不去说，痛，痛到不去痛。终于明白，原来所有的感觉都是如云如烟如雾。亲情如是，爱情更是如是。也许，很快就看穿了生死，无所谓到麻木不仁。把酒当茶一样喝，然后把茶当酒一样醉，若人生只是游戏，那么我自己便是玩偶。只是不知道，这到底谁是谁的玩偶。

一直依赖于自己心里残存的某些幻想，错把倔强当坚强，以为自己有足够的勇敢去面对将来，面对自己。总觉得这样不好，那样不好，这个人，某件事，看得不惯。其实不是的，是清楚也是明白，才会让自己这么矛盾，纠结其中，情愿活在自己的世界中。

夜半，孤单心情。清晨，洗了个冷水澡。中午，开始有点低烧。就这样，独自吟唱心情。越清醒，就越孤独。

第二个梦想，还可以继续单纯多久

若时光可以回到过去，我一定会让他开心些，哪怕我无能
为力。

——《糖包语录》

记得很小很小的时候，我们家门前有棵大树，是什么树忘记了，当时也
不知道。有一年我站在树底下看着他玩小汽车，也想玩，他不肯，然后我哭。
妈妈闻声出来看见他在玩，我在哭，便拿着一根棍子往他身上打去，一鞭，一棍。
我站在旁边看着他被打得哭红了眼，也没碰小汽车，被吓坏的我还是没能明
白身为老大的他会比我们走更为沉重的命运这一道理。只是他已经开始隐约
明白这些吧。

他自小身体不好，但善于打架或是泡妞，父亲时常听闻他要和谁和谁打架，
然后拖着我和小弟满街道地找他，结果晚上或是第二天他丝毫未损地回到家
里，弄得我们哭笑不得。那时候的他嚣张而帅气，对着我们冷冷的表情，让
我畏惧之余稍有骄傲。他会在我不愿意做家务时摆一副很凶的样子，再争吵
下去便使用他在家里所向无敌的武力来解决问题。我还倔强地哭闹完后诅咒他，
怨恨他。其实想想那时候我真的很任性，还很顽劣，因为一直没有怎么在家
里待着，所以跟兄弟姐妹的感情也一直淡淡的。直至很久之后。

他喜欢吉他是从他读初中的时候，大概是那时候，或是更早的时候开始。很多的男孩子到家里来找他，总是成群成群的。他的花名叫阿妹，可能是因为他长得有些秀气吧。在学校应是个风云人物，也许是有种潜在成分，那时候没有多少男孩子欺负我，有些传说的成分，说他打架如何厉害，弹吉他如何厉害，所以崇拜及惧怕他的人虽不多，也不能说没有。以至于后来，只要提及我是阿妹的妹妹，那些人便不敢欺负我。

他很喜欢 Beyond，在我记忆中的他没日没夜地弹奏着 Beyond 的歌，什么《海阔天空》、《再见理想》，一头金黄色的头发在那个时代不容忍于纯朴的小镇，成为坏孩子的代言。

很快，他就告别了校园生活，开始流浪般的生活。那时候他其实也不大，在一个小城市里帮琴行看店，学会了其他的乐器，电吉他的流行使得他沉醉。一个月 300 块的工资，潦倒却快乐着，环境的恶劣丝毫未损他对于梦想的追求，始终认为会有出头的一天。从学徒，熬到老师，一段漫长而落魄的日子，旁人是无可了解的。我只记得那时候的他，身体开始变得比以往更差，开始喝酒，开始唱歌，开始学会周旋。没有再冷漠的面容取而代之的笑容，却怎么看都有丝丝辛酸。有一段时间，他在我思想里是空白的，我不知道他如何熬日子，如何在深夜里宿醉，又如何隐藏了心里的悲伤。很长一段时间，我跟弟弟在那个小城市里，每日就只靠他的工资过活，三个人相依为命。一瓶酒，一块钱豆腐，一点白饭，一袋方便面，一些笑话。我从来不觉得他有多难受，有多少悲伤。他时常跟我们说，他快要活不下去了，快要怎样了。记得一次，他突然跟我们说，他中了大奖，要请我们宵夜，那餐宵夜吃了我们那两三个月来最奢侈的一餐，只是将近 100 块而已。吃完，他说要去走一走，让我们先回到租住的地方，他一个人在凌晨里不知道走到哪里去了，我跟不上，但是那一夜的恐惧，令我明白，失去亲人的感觉。我跟弟弟担心到天亮才忍不住睡了，睡下一会儿，他就回来了，还笑着跟我们开玩笑，虚惊一场。他其实是个骄傲又倔强的大孩子，很多事情都不愿意跟我们说，不管好与不好。不管什么时候都是笑嘻嘻的，很爱开玩笑，让人不知道他到底在想些什么。在我们面前，他总是很笑容满面，谈笑风生。还偶尔会整蛊我们，让人哭笑不得。其实这样的小日子，也是幸福的。

后来，他组建了乐队，开始在周围演出。从吉他手，到贝斯手，然后唱歌。我们偶尔会去看他演出，然后骄傲地告诉旁边的人，他是我哥哥。酒吧里，很多人跟他喝酒，却没有人知道他曾经喝酒喝到胃出血，还有很严重的鼻炎，反复不断。他从未提及他潜藏的悲伤和悲观，因为现实，很多时候梦想最为奢侈。那时候，他的女性朋友告诉我，类似于哥哥这种人，只可以谈谈恋爱，不可以结婚。

哥哥开过琴行，只是那已经是很遥远的事情了，遥远到我们都忘记了。教人弹琴、弹贝斯，最后落败收场。

事实上，我已经开始写不下去，关于哥哥这一部分。在后来的日子，哥哥开始变得平凡，走一条很普通的路，结婚，生子，为生活做了一个小城管，放弃了他的音乐，放弃了他曾经的梦想。不再单纯，我不愿意相信，曾经让我引以为豪的哥哥，最后得来的结局，是埋没在茫茫人海，被生活折磨得没有了锐气，没有了憧憬。

我最近一次见他，已经是一年前，他结婚的时候。我们单独出去逛了一圈，他骑着摩托车载我，在那个小城市里转了一圈，告诉我他辞职了，让我不要告诉父母。他怕阿爸担心。我看着他的笑容，其实当时是想哭，我亲爱的哥哥，怎么到最后会这样？我想让他不要放弃，然而，就算这样，我们又可以继续

单纯多久？不管哥哥选择怎么样的路，我都愿意支持他。即使那样的梦想太奢侈，生活总波折。哪怕，他如现在只是很平凡普通地继续人生，我不会忘记，他曾经为梦想努力过，坚持过。

这个故事不是我的

其实没有然后，其实没有将来。

———《糖包语录》

已经很久，忘记了多久，没有人认真地跟我说过一句：我爱你。

我总喜欢问那些说喜欢我的人，到底喜欢我哪一点。

我知道，我已经很长一段时间抱着怀疑的态度去面对爱情。

虽然诺言，虽然誓言，对于爱情来说并无多大用处。可是我却不安地需要这些保证，这些虚无。为此，可以不计较很多事情。

不记得多少次，在对方犹豫时果断离去，不记得多少次伤了人又伤了自己。到最后，情愿单身一直这样子，就一辈子，好不好？其实，我明白，我清楚，爱情离我已经很遥远。

但倔强如我，怎么肯轻易低头。骄傲如我，怎么肯死缠烂打。

很多人跟我说很多话之后，我总问他：然后。

其实没有然后，其实没有将来。

我需要的不是浮华，我一直清楚。可是我一直怀疑着。

有时候觉得自己熬不下去，有时候觉得自己需要休息，一直不要醒，一直沉睡。但还是一直坚持，逐渐麻木。知道自己生活有多乱，知道自己的人

生已经开始肮脏。我努力去洗尽铅华，只想做一个普通的女子，只想做一个优秀的独行者，但怎么，结果会是这样的？于是，所有大大小小的痛，成为我自己惩罚自己的伤口。

今天，有人给我电话，说，我爱上了你。

我无言以对，甚至无法拒绝，找不到理由。明天，明天我会爱上谁？我依旧问他，爱上我什么，爱上我哪一点。

他说，都喜欢，可能是因为看见我这么善良，千里迢迢去帮助那些小孩。我说，你看不见我的不好而已。

但我不想说，我有多不堪，多不好。亲口去打击那幻想，如同不喜欢被别人打击自己一样。

什么时候开始，小心翼翼去维护自己的一点点美好，却又担心某天被揭穿。

什么时候开始，肆无忌惮地去坦白自己的那些不堪，却又无法得到谅解。

怎么样的人生，是我想要的？

怎么样的坚持，是我能要的？

当日，谁许我华言，今日，又有谁还记得？

其实，我知道我自己该如何去做。

但，明天会发生什么，谁也不知道。

某某为了某某，每天很认真地跟我说晚安。我无法沉默，亦无法说话。我感动的，不是我的故事。

然而，开始感慨和忧伤。

我就是那么莫名其妙地，总在不该感慨的时候感慨，不该忧伤的时候忧伤。然而该感慨该忧伤的，我依旧那样。

我以为，我可以为了那些笑容，面朝阳光，心向温暖。于是我努力地去做那些事，努力地寻求一种超越，努力地看着他们嬉笑。唱一首歌，听一句诗词，却又那么容易将阴暗牵引出来。我感动，却也难过。用真心换真心，谈何容易。我只能坚持，只能继续，别无他选。因为除了这么一点点意义，我不知道我还可以做什么，还可以怎样过生活。

不是的，我不是故意让某些人难受。

那天，看见几年前某人写给我的东西，又感伤了下。那些人，早就遗失了吧，就连曾经如清泉般的自己，也在时光里，消失得无影无踪。我笑，我哭，再也不能牵动那些人心事。

我知道，就算恋爱也未必有将来，就算婚姻也未必一辈子。

我不能，想象自己有怎么样的将来了，于是我再次选择活在自己的世界里。我明白，已经没有人肯去做让我感动的事了，只有朋友，仍旧记得一些事。

可以无所谓，可以假装我很坚强，无须安慰。在悲伤的夜里独自悲伤，在悲伤的日子里走过千万个孤独。

只是，不能，不可，不去想。

只是，不能，不可，不去看。

只是，不能，不可，不去梦。

我想要的将来，很遥远，很遥远。

就这样吧。

欠你一份温暖

我再也不能，用装饰过今天。

——《糖包语录》

这些年，太多人给予我太多的温暖。

这些年，太多人给予我太多的感动。

我想，为这些人做一些事。

我想，给这些人一些温暖。

不是拥抱，不是晚安，不是提及。

虽然，决定亲手埋葬。

但我仍旧，欠你一份温暖。

不需铭记，不许深刻。

因为这是必然的。

其实我不悲观，因为我永远把那些伤害我的人，伤害我的事放在最深处，

虽然记得，虽然会提起，但从没有恨意。

我只喜欢，把感动我的，美好的东西，留在脑海里，慢慢回味，回味到悲伤。

每个人都喜欢被爱多于去爱。

如果一个人告诉你，他爱了你很多年，关注了你很多年，一直伴随左右，那已经成为一种习惯，成为一种依赖。

我不难过，失去习惯，可以练就新的习惯。

我不难过，失去依赖，我会更成长更快些。

已经很长的一段时间学不会依赖，却学晓了习惯。

例如，不再找某个人倾诉。

例如，不再为某个人伤怀。

再例如，每天要吃薄荷糖，每天要看几页漫画才能入睡。

花两天的时间织一条围巾，漏了一针，看不出来，驳了几个结，看不出来。手心却不再寒冷，这也是一份温暖，但有很多温暖，并无人稀罕。

昨天擦的香水，现在还有味道，无聊时闻一闻。证明我还在，已经开始习惯。

朋友送的小熊，被我用来当抱枕，上班时软软的，暖暖的，原来一个布偶比起人要有温度。

收到一个晚安，不知道这个晚安，又能坚持多久？

习惯每天给一个人电话，不为爱情，不为将来，只是想不到可以打的电话。

每天重复一句说话，重复一个动作，重复一种忧伤，日子依旧没有声息。

已经无需悲伤，便可刻录悲伤的文字。但已经不能成段。

失去了什么？

其实什么都没有，什么都不是。

任性删除某些人，确实无需如此。但我，只是希望对方可以比我好，因为我已经很好。没有伤心，没有难过，有些人，就应该如电脑般，删除这记忆。这也是我的成全，成全自己，成全他人。虽然这种方式不被赞同。

某某叫我别喝酒，没有反驳。

大家都清楚不可能，我没有那么自律。

只是，以后，会有很多时候独饮独唱。

天又黑了，说要出去买的东西，一直拖延着。

喉咙还是很痛。

心情很平静。

却不知道为什么，这些说话这么不成段子。

写到这里，有个电话，不想接。

但真的不是因为不开心。

只是，不知道可以说什么。

只是，不知道应该怎么说。

就是以往，不够果断。

事实是什么，将来是什么，也许就连我自己都不曾思考过。

就算，我想要清楚事实，想要有将来。

然而，事实并非我清楚的，我清楚的，只是很多故事没有将来。

我看到悲伤，看到坎坷，看不见结局。

昨天，朋友告诉我她很伤心，因为终究还是分开了。我说，想，想到不去想。

如同我曾经，就是这样子不去爱的。

谁跟谁的故事，让人感怀亦悲叹。

我不忍，去看结局。

我反复翻阅第二本的电子档。想改，却毫无头绪。

好几个人说要给我补过生日，都因为没有时间给推脱了。也许，是不想，所以才没有时间。

他们问，你是否心情不好。

不是的，只是无精打采，可想不到脑海里停留了什么。

提不起气力争执，提不起气力向前。

流年错浮生

很多东西，就如遗失的巧克力一样，想起时，再也找不着。

——《糖包语录》

一、巧克力

想起敏敏临走前一天，买了一条巧克力，放在衣服里，一直没有开。

昨天，又买了一盒巧克力。

但是突然想起要去找那一条，被遗忘在角落里的。可是，我翻开那件衣服的口袋却再也找不着了。

很多东西，就如遗失的巧克力一样，想起时，再也找不着。

感冒越来越严重，昨天吹了风，今天就开始头痛，从宁蒗回来之后，就一直这样子，昏昏欲睡，浑浑噩噩。

擦鼻涕的纸把垃圾桶塞得满满的，到最后竟擦出了鼻血，仍旧呼吸不通畅。

乱七八糟的药吃了一些，不见好，于是拖着拖着，横竖是要好的。

圣埃克苏佩里的《小王子》，重复翻阅，看见狐狸最后离开了小王子，很是感慨。有时候想，若是小王子先碰上的是狐狸，那么他会不会去驯服狐狸，而不是被玫瑰花驯服呢？我喜欢狐狸，但爱情不是你喜欢就会一起。

很多时候太感性，却突然发现身边能说话的人越来越少，虽然认识的人越来越多。

夜晚，从房间窗户看出去，没有月色，只有灯光。

第二天早上，窗户上全是水滴。

原来已经很深的冬天，因为走过小区的花园，发现路上有一摊结了冰的水。

无论何时，穿衣都不会超过三件。一般是穿着薄薄打底衫，套上一件厚厚的棉衣，就这样好了。就算去宁蒗时，也只是一件毛衣，一件羽绒服，因此坐摩托时，吹了风，便受了凉。幸好的是，冻疮没有复发。

没有人知道，我学不会悲伤，是因为已经不知道悲伤长成什么样子。

也没有人知道，我学不会快乐，是因为每个能感动我的故事都是苦中带乐的。

已经很多年没有在口袋里装满满的糖果了，糖果已经不甜了。

又开始爱上巧克力。没有巧克力的日子里，薄荷糖成为了最爱。

再也没有人送我巧克力，再也没有人因为我一句话伤了心怀。

我开始不习惯，失去许多的习惯。

养成了许多新的习惯，例如一定要在自己的暂时属于自己的床上才能睡得很安稳。入睡时要翻开看过无数次的漫画，翻一遍自己的包包。去酒吧时，喜欢在角落里抱着一个抱枕，静静地看着他们喝酒，说话，一旦抱枕被拿开，就会觉得没有安全感。喝咖啡不爱加糖加奶，喝茶喜欢浓而苦。

二、感动

有时候，我就那么容易被某些小事情感动。

例如，看见给自己编织的围巾，例如，给自己买的巧克力。

例如，朋友送的小礼物，随意买的小玩意儿。

例如，自己喜欢的漫画，自己喜欢的故事。

我承认自己的容易满足，亦承认自己心里永远空了一块。

我相信，感动与生命同在，生命未完，感动不敢先完结。

我对每个人都很认真，只是对自己不认真。

一直都想认真生活，认真做人，认真做事，认真继续。

然而某一天发现，自己能给的温暖已经遗失，关于亲情，关于友情，关于爱情，躲在某个角落里，而那个角落下了雪，结了冰，溶解了仅存的温暖。终于，败在现实里，矛盾不已。

我的认真，对我身边所有人而言，偏偏无法对自己认真。

认真的态度，认真的容颜，忘记了有多久，没有再出现过。

有时候看着自己的浅笑，看着自己悲哀，看着自己无所谓，看着自己夸张动作。

做了矫情的事，说了轻佻的话。但不能认真。

眼里容不下沙子，心里容不下空白，但不能认真。

快乐，有多快乐，忧伤，有多忧伤，不知道，也不想明了。

三、寄望

最近，有很多莫名其妙想要的，和喜欢的。

例如，想要堆满屋子的巧克力和薄荷糖，还有漫画书，还有布娃娃。

这是一种寄望，没有可以寄望的人时，我就那样单纯地寄望物质，寄望于一些单纯的东西。

虽然有很多想要的东西，但我一直很容易满足。

哪怕，一直都是一些小事情，小东西在感动我。

我会把喜欢的东西当成宝贝，不去看它潜在的价值。反而，数码类，我那些最之前的东西，我却随意而放，甚至不知道什么时候又出了什么问题。例如电脑，例如相机，还有手机，这算是我整个身家，我却看不出它们的价值。

已经过了单纯的年纪，还寄望单纯的生活，我喜欢的，都是些小东西，与价值无关。

就算是朋友无意中送的小镜子，都可以让我对着它傻笑上很久。

忘记了有多久没有收到礼物，忘记了多久被多少人遗忘。

越坚强，感动越不容易表态。

越倔强，就容易被小事感动。

四、生活

不出门时，随便套一件衣服，穿着棉拖，就这样，吃饭睡觉。

出门时，也随便换一套衣服，随便穿一双鞋子。

拿着小小的化妆包，却不刻画眉目。

拿出两个小镜子，却不照看容颜。

其实每一次出门前都想要化一个淡妆，喷一点香水，好好打扮一下。

直到出门那一刻，还是忘记了。

不化妆，不喷香水，甚至懒得擦一些保湿的。

至于润肤露，永远不变的强生 baby。

连润唇膏都不记得遗忘在哪个角落里了，找不到。

化了妆是连自己都不认识的样子。

我想学小资一样地生活，精雕细琢自己的容貌和行为。失败收场，因为

时间太快，我来不及梳妆打扮，已经过了一天。

刚认识的毛毛说，你不喝酒的时候很斯文，跟喝了酒两个样子。我说，人都有两个自己。然后沉默。

已经说不清，生活中真实的自己到底是怎么样的了。我不喜欢素颜，却常常是让自己素面朝天。不喜欢喝酒，却总是被一些心事牵动，肆意而为。

四、家务

中午做饭前，小粟说，你是不是不喜欢洗碗？是不是不会洗碗？我答，是的。

我可以素面朝天，洗手做羹汤，唯一，始终不喜欢洗碗。

有些习惯，就那样无可改变。

可以在菜市场里讨价还价，可以在厨房里弄得满身油烟，就是不喜欢带着洗洁精的味道，不喜欢去收拾结尾。

洗衣服不喜欢晾衣服，拖地不喜欢洗拖把，扫地不喜欢倒垃圾。

很多事，很多东西，偏偏就是最后一步我走不到，做不了。

给自己的温暖

很多事情，我无法坚持和选择，无论是给人温暖，还是让自己温暖。

——《糖包语录》

一

如果，我开始沉默，是我决意远离。

可以无视于人事，可以假装不认识，还可以不让自己心里去想象。

我承认，这是我脆弱的表现，选择一次逃避，选择让心飞翔。

从说话，到不说话，从温暖，到了寒冷，经过几番纠缠，内心无可抑制的疲累会让我选择逃离。

但不堪，始终存在。

开始每一次咳嗽都扯着心肺，要很用力，无法呼吸，忍不住，停不了。

晚上，小谷打来电话，听到咳嗽声，一定要过来看一看，来到时，手里多了一堆药，感冒的，咳嗽的，风寒的。

其实我不好告诉他们，我决意停药，是因为我无法绝食让大伙儿担心，因为昨天晚上跟 L 哥哥说，他若一顿不吃，我就两顿不吃。我没有做到，那么，

停药算是一点点小惩罚吧。

不忍拒绝小谷的好意，当着他的面吃了药，这个，又没有实现。不过，我知道没有用的。

吃完药，有些头晕。从来不觉得咳嗽需要这么大的力气，这一次算是体会到，几乎耗尽身体每一分力气。

我不想让任何人担心，只是拒绝好起来，横竖不会死，也不是大病。只是知道，这一场小病过后，很多事情就变了。

不想去解释，不想听解释，若就这样结束，也未尝不是好事。

当我在四方街一边吹风，一边剧烈咳嗽的时候，我知道，该结束了，亦认为没有开始。

我承受不起。

我不能苦忍。

翻开手机，想要发些什么信息，却发现自己不知道还可以说什么。只能沉默，只能悄无声息地消失。

不过问，不提及，也是给自己的一种温暖。

温暖的方式有很多种，溶解心里的冰回到正常状态，也是其中一种。

没有锦衣华食，没有甜言蜜语，没有鲜花钻石，一切外在都不重要，唯有心，是我最贪心想要占有的东西。

为我一句话伤了心怀，为我一个笑容开了心花，这样的要求是不是太奢侈？

多年以后，你会明白，沉默只是为了不爱。

我给自己的温暖，是不在你眼里结冰。

而能给你的温暖，是在以后的日子里远离你的生活。我伤不了你的心怀，你伤不了我的心怀。从此以后，各安天涯。

二

如果，我不是在流浪，就是在去流浪的路上。

一直以为，流浪是为了更幸福的将来，为了更遥远的梦想，于是情愿在一次一次跌倒后爬起来，伤得再痛也假装无所谓，因为我还有梦，还要去流浪。

其实幸福是什么，其实梦想是什么，我勾画不出来，甚至，还遗忘了很长的一段时间。遗忘到最后，忘记了要幸福，要梦想。还要开心。我想过的生活，想要的将来，就这样被时间磨成了粉末，又被风吹散，它不是蒲公英，不会飞到某个地方还可以发芽，空气中，关于它们的影子，透明印上了我的面容。

从小至大，我清楚也明白自己做错了多少事，学不会后悔，学不会后退。即使害怕过，悲伤过，还痛苦过，也依旧那样子。让心里藏着大大小小的事情，明明承载不起，却非要强行继续。明知不可为而为之，明知不能伤而伤之，我明白这个自己不是自己想要的，却一次次成为命运的扯线玩偶。摆脱不了宿命般的轮回，迷失自我的方向。

小庸子的第五个晚安，我没有回复。有种关心始终奢侈，有种期盼始终任性。

这些天很安静，无论是我，还是身边的人。有时候安静倒让我觉得气氛诡异，觉得孤独，觉得难过。

L 说，他恢复正常了，让我也别再这样子继续下去，如果可以，认定一个人就嫁掉吧。我说他不懂我，其实，一直以来都是的。我深知自己从不是死缠烂打的人，亦不肯追忆过去的感情，即使一秒，也错过了一生。若不是这样，

五年来我怎么会轻易离开？看来不是没有理由的。有时候我会想，若这五年，不是他一直认为自己喜欢我，所以拒绝了她，他们是不是就能很幸福地在一起？但我不想问他，不想答案从他口里说出来，是，还是不是。都已经不重要，这是一个假设，假设是不会成立的，因为已经在命运的书上刻画了出来。我只能嬉皮笑脸地开一些小玩笑，但再也回不去过去了。爱情这件事，永远只有失去的，才是最揪心的。得不到所以放不下，放不下，所以念念不忘。

突然发现，在面对爱情这件事，自己可以很残忍。残忍的是，永远学不会反对，即使预感会有人受伤。一直觉得理智这个东西，在爱情里是用不着的，人生能有几次痴狂，认真去爱一个人，做一件事，因为太认真，所以成痴。看见周围很多错误的时间或是错误的开始，都会祝他们幸福，不怂恿，也会赞成，就算心里有预感不对。其实得到和得不到，没有太大的本质区别，都会失去，爱恨随风。很多爱情，已经不只是两个人的事，只是爱情比较自私，人们常以为拥有了爱情，就是拥有幸福。

面对爱情，不理智往往是彼此伤害祸及他人，但太理智，只能伤害自己了。也许也是这样的理智，才会导致这些年来的自我伤害，不得安生，无处安放到看透。

其实我能明白，关于爱情，关于自己。

我一直想提起的是爱情，一直不提起的也是爱情。假设一个可能，用尽身心力气，却因为过去伤痕累累，不敢尽情，伤了心怀。我太清楚，哪怕是一个小小的可能，也会让我有活不下去的勇气，因此小心翼翼地避开这个可能，草木皆兵。我不会去伤害伤害过我的人，我只会用这伤害升华为更好的自己，消化不完的，就成了心里大大小小，没完没了的伤。我不恨，我不怨，我只是不耻。不耻计较，不耻有将来，还不耻去记得。

三

只要你会幸福的事，现在开始我都肯去做。

第一次为你，句不成章。

第一次为你，梦不到头。

我才明白，原来过去，你把属于我的幸福占有了很久，久到我认为理所当然，以为会这样子很久很久。

直到有一天，你告诉我，你爱上了别人。

直到有一天，我们要相忘于江湖。

我一直明白，为一个人认真做一件事，是一件很幸福的事。

我只想你幸福，就这样单纯地想象你有看到光明的一天，找到幸福的温暖。

以后，我会嫁作他人妇，出厅堂，入厨房。

以后，我会走自己的路，上刀山，过火海。

都与你无关。

我的幸福，是你不再爱我，不再为我一句话伤了心怀。

你的幸福，是你可以爱她，可以为她一句话感怀至今。

其实，爱与不爱有关系么？

即使我不爱你，我仍旧可以为你彻夜不眠，无心世事。

即使你不爱我，你仍旧可以为我祈祷一刻，望我幸福。

得不到，无需耿耿于怀，生活还在继续。

看不到，无需日夜牵挂，彼此各自生活。

只要十年后，你还认识我，我还认识你，聚在一起，还有可以说的话题。

生命的本质是由生至死中间的过程值得铭记。

爱情的本质是由始至终去爱的过程值得幸福。

能有多少人，值得我们去认真？

太平盛世要求一段有始有终的爱情，是奢侈的事，何必执着其中，不得安生？

其实，我从未想过要感动任何人，我只想用自己的心感动自己，从死到生。

所以，我想做什么是我自己的事。

所以，你想做什么就勇敢去继续。

第七辑
做一朵向阳的花

做向阳的花朵

风吹的时候会期待阳光

雨水来了还记得祈祷

就算周围一片荒芜

总有一脸笑容

活在自己的世界

那些伤心往事，随风而去。

——《糖包语录》

咳嗽好些，又吹了风，继续缠绵。

早上，看见房间内的玻璃一层薄薄的雾气，蜷缩在床里面，不愿意起来。

很多事情我喜欢独享滋味，不想说，也不想提。

所以有人说，不知道我所说的话是真是假。

他们告诉我，光有想法是不够的。

其实，重要么？知道或不知道，重要么？真或假，需要自己去分辨。

你想怎么样，这一句话问出口，彼此之间信任成霜。

很多时候无需明了，猜测和分析，不是每时每刻都能用上。

我现在比很多人都平静，对于很多事情，我选择旁观。

过去的，就让它过去。介怀或追究，无补于事，我看得开。

相忘于江湖，懂得就明白，它不过代表一种情感，不是爱情。因为爱情往往到最后，不是习惯，就是陌生。

无论是习惯还是陌生，终究随缘，会变。

我没有受伤。

只是在自己的世界里走不出来，幻想还有构思，穿插生死，望向天涯。

就算你不相信，我依旧很好，依旧每天看着太阳升起一天，落下一天，温暖知故。

前面荆棘，后面苦海，我情愿疼痛也会前进，不是每个人都能痛得极致淋漓。

我眼中还有色彩。

我口里还有味道。

我耳朵还有声音。

没有改变什么，虽然世事变迁，这一刻存在。

借暖

锦上添花容易，雪中送炭不难，但多数人都不愿意。

——《糖包语录》

拗不过四年级的邀请，不忍看他们失望，终于给他们上了两节课，晚上殷老师让我看他们的日记，把我感动得稀里哗啦的……世界上最感动心情的不是甜言蜜语，锦上添花之人，而是这些真真切切实实在在的语言，让我在浩瀚时空真实活了一场，温暖在这冬天里，给我一个童话般的梦。

看到最后，其实有些伤感于离别，有孩子问我，怎么明天就要走了，怎么我不能留下来，柔软的语调让我无法拒绝，我跟他们说，我要出去带更多好玩的东西给你们啊！孩子们说，带什么东西嘛！我们只要你来！我霎时没有了言语，怎么说呢？怎么告诉他们，关于离别大人们尚且无法释然，何况小孩。正是这样的一群孩子，我无法放下。外面的花花世界，即便千日，也抵不过这儿一日真实！

原谅我开始感伤，世间上那么多人与我相处多少个日夜也不曾真心待我，然而这些小孩只是几个日夜便与我推心置腹，给予我最纯净的笑容，那么简单却又真实存在。还有什么可以比得上一片真心？如果可以，我愿一直这样子，醉在这美丽的时光里。

明天又要去另外的学校了，怎么办，我怕这时光太美，怎舍得遗憾地抛弃？倘若又是一个牵挂，以后我要花多少时间去铭记，刻画这生命？这温暖，值得永远收藏。曾经最遥远的距离，最天真的梦想就这样被实现，叫我如何去忘记？ 那么单纯那么成熟，用最真的心谱写最动人的歌，一个两个三个，花光所有力气也不舍放弃这群孩子。世间上多少锦衣华食不堪铭刻，唯独，这样的行走，洗掉了铅华，刻录灵魂，感动于平凡的人们，值得来这人世不白活一场。

这是一个快乐的日子，在火龙，洗去了不少不愉快，学生们很有表演天分，三年级的那些孩子们很雀跃，让他们唱歌争先恐后的，下午去了一个女生家家访，临走前她捉住我的衣服，说，姐姐不要走，住我家吧！姐姐为什么要走嘛！我走出门口，老师看到她悄然掉泪，我不忍回头。在路上她就紧紧握着我的手，离开时她也是紧紧握着。他们一家人不高兴我们就此离开，觉得没有招待好我们，要杀一只鸡，但他们已经用了他们最好的冻肉招待我们，冻肉是杀年猪时，把猪蹄那些用水煮好，然后冷冻，成为冻肉，纯天然的。还有荞面粑粑，很老实地说，不好吃。而且我们必须要在天黑以前回到学校，要知道这山路天黑后极不好走啊，都是陡峭的，虽然只有不到一个小时的路。所以只能待了一会儿，就离开了。

第二天，她很高兴地拿出三个苹果，皱巴巴的，枯黄色，然后跑开。我不忍拒绝她的好意，老师告诉我，这是小姑娘的中午饭，要知道这里要有棵苹果树是极为不容易的。我皱眉，不愿意这样就霸占了小姑娘的午餐。世界上最好的东西不是那些多么多么华贵的东西，而是她把她认为很好的东西给了你。我当着小姑娘的面吃了下去，说实话，这个苹果一点都不好吃，还是苦的。保存得不好，我又不好意思吐出来，伤害小姑娘的心，虽然这是我吃

过最难吃的苹果，却是我最记忆深刻的苹果。

后面那节课，我继续给三年级的孩子们上课，小孩子开始很调皮，倒是女生，我一坐到课桌前，便争先恐后地拿出苹果来说：非烟姐姐，你吃。我又不忍看她们失望，收下了，何德何能，得此荣幸，能让这些小孩子给予我她们认为最好吃的食物。怎么可能不感动，怎么可能会遗忘？我眼睛湿润，旁边"三金星"（学生自命）又开始捣蛋，小西同学拿起笔来在自己眼圈画了好几个圈圈，我用书本打了他一下，他拿起笔盒，往自己头上敲，说：看，不疼，哈，不疼。顿时又冲开了些不愉快。

有时候很感动于小孩子们的真诚，他们的感恩之心比起大人们有过之而无不及。我想为他们做很多很多的事，太多太多的，他们都需要得到。但我能为他们做的，真的很少，少到我开始惭愧。真的很感谢，那些让我有了这一次行走的许多人们，得以经历这么多感动。虽然，也有不愉快，终归是值得的。

心情有关

生命在，开幕。生命不在，落幕。

——《糖包语录》

最近，心情起伏得太快，转变在一霎那间，风起云涌又滴水无痕。

还是那样子，说话婉转，文字婉转。

同事说，你该把你的舌头弄直一些。我一笑，其实我觉得自己说的已经很直。只是到很久之后，已经不知道什么才是我自己所要说的话，想要明白告诉人的事。

虽然人言，很多并不能代表什么，但人们需要言语来肯定生活，肯定自己，肯定人世间与情字攸关的事。然而，说又怎样，不说又怎样。我已经习惯沉默和说无所谓的话，也习惯了沉默和无所谓的事。

很多事情可以说到由假成真，很多人也可以漠视到真的不认识，这是生活牺牲的。无时无刻不在变化，不是一瞬间就让我们认不出来，无法接受的。我们后来，都忘记了自己也变了。

昨天，张柯很努力地告诉我，人生就是一台戏。我想，他想说的无非是，人生就是一台戏，导演和主角都是自己，无法彩排，无法 NG 重来。戏如人生，人生如戏。这些，无数个前辈说过，深究过。

其实对么？不一定。如果把人生当戏，那么人生一定是戏的。有些人入戏太深反而迷失真我，以为这是理所当然的。但若不把人生当一场戏，怎么能说是一场戏呢？是游戏，是故事，还是其他，太执着其中会让人失去导航，走入死胡同里。

L那天提起一个名字，我愣了一下子。因为这个人虽然未被我完全忘记，但名字这回事我完全想不起了，只隐约记得一个姓。他后来在 QQ 和电话上都有联系过我，不是为了维护面子才显得冷淡，而是，真的完全没有了感觉，还会在对方联系我的时候觉得有些可笑，冷淡是唯一的心情。就连自己都遗憾，这么快便演完了故事，失去了继续的可能。以此看来，我并非那种肯去深刻铭记一件事，一个人的人。若别人不提起，我也许已经忘记了有这个人的存在。在此，已经不需要去追究当初对错，过去了就再也不能回去。很多东西，坏了就是坏了，无可替代。很多故事完结了，就没有了起点，恨也不值得，如同不值得去爱一样。

这种情况下，除了遗忘，我还可以做什么？

原谅我，没有那么宽怀，可以一笑释怀，但做不到去原谅，去耿耿于怀。

原谅我，没有那么勇敢，可以万劫不复，但做不到去坚持，去成为习惯。

谁想出演这场故事，让人生充满遗憾，让生命之路布满荆棘，让心情失去飞翔的能力？谁愿意出演这样的一场故事，想不起开始和结束，让哀伤蔓延心怀，让记忆总是有理由遗弃。

其实，出演这一场故事，我已经没有能力悲伤。心情也希望新奇，倘若每天都重复着一种感觉，索然无味。

我有流年

人生不一定如梦，梦醒却一定是空。

——《糖包语录》

今天是 2010 年的最后一天，我又长大了一岁，又快从冬天走到春天了。曾经稚嫩的脸庞瞬间成熟了许多，不知道某年某日，脸上就开始出现皱纹，头发花白，怀念过去？其实很快的，人一长大，时间就很快很快又一天，来不及又是来不及。

当人开始听老歌的时候，代表这个人已经开始老了。我想，我也老了，因为我已经不知道今年、去年，甚至前年，出现了什么歌。

还表现在越来越有女人味，越来越淡然的外在上，这是成长，也是老去。

开始偏向高跟鞋，喜欢淡淡的香水味和留意彩色的妆容，向往一种精致的美。

以前以为自己会一直单纯下去，喜欢米奇，喜欢史努比，喜欢小丸子，喜欢蜡笔小新，喜欢皮卡丘，喜欢迷糊娃娃，可是怎么样也只是追忆过去，回不去那时候了。

成人依旧有他的童话，但从此只在心里默默开花。

不是所有的大人，都会怀念小王子。不是所有的大人，都会记得自己曾

经是个小孩子。因此，我们要学会深藏。有些事情，是只属于自己的小秘密。

我想，我已经接受了成长，无论是心理还是外表，回不去当初清澈如水的自己。

刚刚，接到一个电话，对方说了一些事，虽然莫名其妙，却大致了解了一些。其实，我的恨，我的怨，我只是不提，从来是深藏在最深的地方，选择遗忘，选择漠视，但从不代表我已经原谅，或是会原谅。恨和怨到一定的程度，只能陌生，我不屑去记恨。我的力气，早在前半生用尽爱恨，还有一点点力气，我不能让它浪费在怨恨上。这是不允许人提起的痛。

但怎么，一而再，再而三让自己去揭开伤疤？我不能，给自己理由去怨恨或是厌倦这个世界。因为我要很用力，很用力地活在这个世界上，等到某一天，发现一个值得的理由。

所以，即使我发现很多很多的事与我的愿意背道而驰，与我想象中的世界不一样，我还是不能，不能去恨，不能去怨，花光最后一点气力。

不值得。

很深的伤口即使结了疤还是会有痕迹，就算不会痛，也代表一种存在。我其实明白，我的自我折磨从不间断，却从不肯原谅自己。怎么办是好？我其实已经能很淡然面对一切，虽然，这是无奈之举。

去掉不好的遭遇，我铭记美好的事情，这样算不算一种自我欺骗呢？但这样会让自己过得好一些。很多人的一生都是在犯错，看似错误的一生，或许还可以走出对的结局。下一世是什么样子，我不能预见，明天是什么世界，我也不能预见，因此，我只是个普通人而已。而普通人，最大的权利是犯错，最常做的事也是错事。虽然我很想这一刻，这一秒开始，所有做的事都是对的，但我毕竟是个普通人。很多事情不在我把握之中，如黑暗中寻找出路，摸索，跌倒，走错，只是我们再也回不去。

好不好，是我自己的事。

错或对，都已经成为过去，无可改变。

是不是我痛你能代我痛，是不是我走错了你还可以帮我扭转乾坤，如果不是，请无需为此伤了心怀。

把人生当一场梦，梦醒了，痛也就过去了。生命的尽头，我会重生。

把悲伤藏在影子里

有时候，悲伤就像一面镜子。

——《糖包语录》

一

我把悲伤藏在影子里，看见太阳，颜色就更深了。

我的悲伤不能逆流，从此以后，即使你能看得见，但永远看不清。

今后，我不能明目张胆去悲伤，因为太骄傲的自我，若败，就什么都没有了。

虽然人人都叫我别再想太多，我也不想去想，只是无法停止。

无法悲伤，就把心抽空。

我知道，我把自己装成了刺猬，一身的刺，不能刺痛别人的时候，只好把刺往自己身上刺。在心里扎根，有些年代久到我忘记，久到我习惯。尽管化脓，流血，又结痂，它就是好不了。唯有把刺挑出来，伤口才会慢慢生好，但挑的时候总会痛一会儿的。

可是，从此，我又少了一根刺。

从此，我的悲伤要藏得更深了。

做了一个梦，梦见自己眼睛流血，拼命擦，拼命看，发现眼睛很浑浊，黑色的眼球已经变成灰白，周围一片暗黄，眼皮翻了出来，眼睛里还有小洞，我麻木地接受着这一切，内心甚感恐怖。醒来，正悲伤自己眼睛或许以后就看不见了，发现这是一场梦，突然间就像是把遗失的东西又找了回来一样，庆幸着，眼睛还在，我还好。

很多时候我会做很多莫名其妙的梦，梦见一大片的黑暗，时常分不清梦里梦外，总感觉每天经历的事情都是以前经历过的，总为了梦里的事情念念不忘。醒来，无限感慨。

如果有一天，我不再提及。

如果有一天，我不再铭刻。

如果有一天，我不再悲伤。

无需再隐藏，无需再行走。

我会好好的。

X说，这是没有结果的事。我没有反驳。关于很多事，不祈求结果，就看不到将来。太平盛世，不需要一个结果，但繁花似锦，负担不起没有结果的故事。我只是突然多了很多感慨，感慨到悲伤，然后又隐藏起来。我知道，我会怎么做，怎么继续。唯有，结束和抽空很多事，没有开始，就没有结果。

没有寄望，就不会失望。

听着一首歌，反复吟唱一句话：我希望你笑。

同样，我也希望你笑。

只是希望你笑了，眼睛的色彩就开了花。

二

其实，没什么大不了。

我总是这样说，总是这样想。允许自己痛，允许自己受伤害。是不是这样子就会活得好，就会做得够好？是不是这样子就有足够的勇敢，能笑得很灿烂？

我希望你笑，只要你笑了，什么都好了。

你无法代替我痛，就算我死去活来，也与你无相关。

我想，我没有办法接受自己，因此不祈求别人去接受自己。若不能有结果，离开终究是一个结局。我早就没有了爱情，没有了将来，没有了寄望。

痛，没有什么大不了，再忍一忍，痛就不痛了。

伤，没有什么大不了，再走一走，伤就不伤了。

我是那么没有安全感，那么惧怕失望，那么需要一个肯定。却败在了祈求里，不愿意卑微，假装不起高傲。我只能说，没有什么大不了，无所谓，没事的。我会好好的。

既然你觉得我不值得，我也未尝会觉得你值得，除去骄傲，除去一身的刺，我别无他有。我只能，看这拥抱刺痛了自己，舍不得去伤害任何一个人。怕要还。

恨我不能恨，恨我不能爱，恨我错得太离谱。

只能这样子恨自己，没有什么大不了的。

悲伤，会藏匿在影子里，你会看见我的眼睛笑了。痛苦会被咽下，你会看见我的神采飞扬。生活，会被灵感磨碎，你会看见我的漫无目的。

不要激情，不要淡漠，不要冒险。

我继续一个人，好好过。

没有了全天下，我不能把自己给遗失。

没有了所有故事，我不能把骄傲给放下。

要做一个刺猬，即使已经无能力伤害别人，刺会向自己身上扎根，化脓，一根一根少了。

把我的刺还给我，刺猬没有了刺不能继续生存。哪怕微小的沙石也会将刺猬伤得体无完肤。曾经，刺猬将它的刺一根根拔出来，一个洞，两个洞，三个洞，四个洞，五个洞，血淋淋，不能触碰的伤口。却只换来一地哀伤，填不满空白。

怎么还要继续相信，怎么还要继续坚持，怎么还要继续勇敢，怎么敢，怎么能。

其实，没有什么大不了。

我只是半刺猬。

其实，没有什么大不了。

早就时过境迁。

怎么为这感慨不成段，为这句话伤了心怀，又不成句。

三

尽管很多日子还有些重复，却再也不能回到 2010 年。我的 2010 年，不肯去记挂。

2010 年，大部分日子是在丽江度过的，让我忘记了很多地方，也远离了很多地方，越深地活在自己的世界里。不能自已，不能自控，丽江，就像一杯醇和的烈酒，入口不辛辣，却瞬间即醉。

2010 年，从错的路走不到对的尽头，醉了半生不梦。

2010 年，一样遗失了很多的人，错过了很多的精彩不精彩。

告别 2010 年，我没有快乐，没有蜕变。没有大件事，没有华丽篇章，做了很多人的影子，从春天到冬天，我只用了一步。还未伤感秋，还未盛放夏，就这样失去了 2010 年。虽然，也碰到很多值得留念的事和人，始终不能让自

己如梦想中温暖光明。失去花朵美丽的颜色，整个世界在灰色里上演感动不感动，快要分不清自己哪个真，哪个假。亦失去悲伤的能力。

未能遗忘，未能铭记。关于时间，还抹不去痕迹，抚不平伤口。但谁也不能拿过去耿耿于怀，继续隐忍，连说不能忍的机会都没有。

我还在经历，还在重生，还在追求。不再稚嫩的脸庞，终有一日蜕化成霜，演出自己的沧海桑田。

开始写不出完整故事，构思不出生死精彩，每每停在键盘上走了神。

泡一杯浓浓的茶，喝一杯苦苦的咖啡，晒一晒玻璃外的太阳，小日子有些奢侈地浪费着。时而怀念小时候，时而幻想小将来，打开一本书看不完结局，饮下半杯酒醉不到一宿，唯有一堆感慨，完整又多了些。

2011年的第一天，万桃的老师来到丽江，一起吃了顿饭，又喝了酒，整个烂泥箐的老师们几乎都知道有一个酒鬼，逢酒必醉。临走时，李老师把剩下的苦荞酒给我带上，我顿时无语，看来某人喝酒已经喝出了名声。这还不止，第二天，叫宁蒗哥过来吃顿饭，一出厨房就看见宁蒗哥带过来的红酒，说是要喝上两杯。看来这一段时间内，是无需到处找醉了。新的一年，新的一天，仍旧半醉。

越多感慨，越少人能倾诉，对人说的话越来越言不由衷。我又大了一岁，要学会自己面对，要学会接受生命中所有的好和不好，再寓意平常。还要给自己留些小感动，让心开出小花儿。

其实我明白，除了文字，我还不能述说太多。但文字永远是给人猜的，永远可以有双面。

翻开过去的文字，在谈论爱情方面永远像是理智的，而事实上我只行走在爱情边缘，连爱情是什么都不知道。是不是，今年也一样呢？因为惧怕失去，所以说无所谓，然而，无所谓却看穿了只是无奈。

多少人误会过我深爱过，深爱到失去生命也无所谓。

多少人误会过我可以很幸福，即使失去了颜色也还是会有将来。

又有多少人误会过我受了别人的伤，所以时常哀鸣如深入荆棘。

但我却清楚，我只是被自己构思的故事伤了心怀，被曾经的遭遇引入了沼泽，只要我不肯走出来，世界一样是我自己所幻想的，没有人能走得进去。忧伤或快乐，只是我自己的自言自语。

2011 年，我要一直穿着高跟鞋，即使跳不出美丽舞蹈，走到脚底疼痛。

2011 年，我要做更好的自己，即使过去已经无法去完满，痛到极致也淋漓。

2011 年不一样。

四

我喜欢为喜欢我的人努力生存，可是每一句，每一步，都用尽了力气，仍旧看不见将来。

我明白，亦清楚，不值得，为了生命中那么一点小挫折，纠缠不清楚。但人不是每时每刻都能明晓。

那天，我跟小谷说小树苗很单纯。小谷说，其实你也很单纯。我大笑。

房间里摆着越来越多的小玩意儿，从迷糊娃娃到小熊，可爱的床单，色彩鲜明的漫画。

喜欢的东西永远是那么简单，最好是可爱的。

但不能算单纯。

喜欢鲜明的色彩，喜欢简单的小物件，然而衣服鞋子的颜色就越来越单调，只能说是素。

素颜朝天，素装对人。矛盾的是我喜欢的东西总是鲜艳的。

因此只能在一些小配件上做改动，例如粉红色的帽子，玫红色的围巾，还有彩色的小玩意儿。

我只是寄望将来自己能够单纯些，不管历练什么世事，不要学会算计。

偶尔也撒下小谎，偶尔也欺瞒一些事，偶尔也沉默得想发泄。

单纯不单纯，不能这样子计算。

精明不精明，不能这样子猜想。

女人不能太深刻，一深刻就演出了悲凉，贯穿了结局，最后伤了心怀。还不能太聪明，一聪明就看穿了本质，然而所有的本质在现实来说都是不好的。因此，能单纯的时候，就单纯些吧，就算这样子的自我欺瞒。

是不是，我演你就看，是不是，我说你就笑，是不是，我伤你就痛。若要把人生当戏，我演我故事，你看你笑话。到底会过去，人聚散，事无常，总有变化。

单纯不单纯，你怎么看怎么样，我要一个人自言自语，无谓打扰，这不是一种哀调。

好不好，我的眼睛会告诉你。

虽然人生反复悲欢离合，心生感慨，只要看到阳光，就会温暖一阵。

虽然这小单纯与世界格格不入，在现实里看不穿人非，但我愿意这样子自饮自乐。

虽然我还不能很释然，但我肯去原谅，是不是，原谅所有伤害我的人也是原谅自己呢？

不是没有被骗过，不是没有去骗过人，见过不单纯，也看见了单纯，单纯不单纯，怎么会害怕。

爱不爱

爱情有时候需要棋逢敌手，不甘平淡。

——《糖包语录》

爱他时，她为他扛下所有的伤。恨他时，她恨不得把所有伤还他。

她时常问他，爱不爱她。他时常答她，你猜。

后来她不再问。后来他不再答。

她爱他，他只是需要她，她知道。爱他时，哪怕仅仅只是需要，她也很满足。她甚至不会想象，当某一天她无法再为他扛下所有伤害时，她会恨他，有多爱，就有多恨。

女子一出生就是刺猬，她却为他把刺向内刺，情愿自己痛，也不愿意他痛。没有其他理由，只为她爱他。不需要多余的解释，不需要多余的动作，只是爱他。

从爱到恨，只需要不停地问爱不爱，问到对方疲累，问到自己麻木，从甜演到苦。

问他爱不爱，他从你猜到沉默。

问他爱不爱，她从甜蜜到苦痛。

他逐渐厌烦，她逐渐绝望。

爱不是没有理由，只是当初忘记了。爱需要回应，越忍越残忍。

因此拥抱会痛，说话会伤。

她曾为他，把伤留给自己。她却不知道，终有一天，这伤口会恶化，伤到不能不去恨，恨到忍心伤害他。

他以为这不会变，她会永远是那个乖巧的小白兔，虽然有点烦，虽然有点太平凡。

她问以后，他说开心就好。

她找温暖，他给她霜和冰。

谁愿意一直让自己受伤，谁愿意一直怀抱冰冷，她越来越不明白自己当初爱他什么。越想就越恨，恨得不能自控。

他们开始争吵，开始没有止境地冷战。

终于，她离开。

终于，他离开。

再平淡的故事都会有痕迹，再甜蜜的开始也会有遗憾，对他而言，她的故事是平淡的。对她而言，他的故事是甜蜜的。

离开后，她选择把刺一根根装上，又是个刺猬。

离开后，他生活没有什么变化，只是偶尔想起一个乖巧的小白兔。

爱情有时候需要棋逢敌手，不甘平淡。

她不知道，以为只要为他低到尘埃里，洗掉铅华，把自己想要的温暖给他，用了心，就能守候到最后。

他不知道，以为只要调解了寂寞，身边是谁都不重要，践踏爱情不需要用心。

不能算是故事的故事。不能算感慨的感慨。关于爱情，我还太多疑问。关于本质，我还看不透。在研究，无需对号入座。

喜欢不喜欢

笑的时候哭了，哭的时候笑了，原谅我这般放任自己。

——《糖包语录》

一

我不怕得罪人，如果我低头，不是因为我害怕。因为从小到大，我就一直在得罪人。

我不善言语，因此总有很多说话会被误会，而我又学不晓绝对沉默。

但我不是爱恨分明，黑白清楚的人。

只是，我喜欢你的时候，你做什么都是对的。

只是，我讨厌你的时候，你做什么都是错的。

别逼我由喜欢至讨厌。

当然，对方也有讨厌我的权利。因此，这是相互的。

喜欢或是讨厌，都有双面。

我绝对不会讨厌你时说喜欢，尽管我有时口不对心，会在喜欢说不喜欢。

讨厌终归还是讨厌。

我承认我善变，这只是接受一些不好的存在，否定过去认定的好。

变化总是存在，因此没有什么大不了。

单纯时你说什么我都相信，精明时你说什么我都看穿。单纯的那一面，我喜欢很多事，很多人。精明那一面，我讨厌很多人，很多事。

我不用精明，不代表我没有。

我喜欢你时，只是单纯地想你笑。

我讨厌你时，就算路过也不想认识你。

二

某美女问及，你到底是不是女人。我说，不像么。额，长得像，但说话有时候吓人。

我说，我彻底给丽江乱了生活，彻底毁了。

有些忐忑，最近，日子过得糊里糊涂的。

有些忐忑，最近，说话说得太流利，能把自己都吓一跳。

其实我一直口不择言，只是有些沉默到乖巧。

昨天，去剪头发，完事，发现原来剪头发只是为了两三个月的帽子时期。想想，算了吧，消费那几个钱也不能算上帝，于是没有开口大骂那个理发师。但第二次势必不会去了。

去百度丽江吧里，找些酒友，实际上是混酒喝。一个活生生的酒鬼样子出现，而实际上我已经开始不能喝。

最近生活有些混乱。饭只吃一顿，一顿不吃，一顿大吃，算是暴饮暴食吧。只是，中午确实不想吃，毫无理由。于是白天，总觉得没有力气和头痛。虽然想改，到中午却怎么也吃不下。

凝姐终于决定要来，这刻在机场里等待，我们已经七个月没有见面了。

我是否有勇气去拥抱一下？

我怀念不能怀念的人，不能怀念的事，终于，怀念到不想去怀念。

然而值得怀念的，我还是日复一日地怀念。

还好么？那些人。

每每我都想给他们一个问候，拿起手机，却不知道说什么。应该说，假若他们回信息，我又该说什么呢？我是这般语穷，这般忐忑。同样，我相信那些值得我怀念的人，也会在某个特定时间，怀念起我。

昨天与小弟视频，看见父亲抱着侄女小妞，虽然他不说，面无表情，但我知道这已愉悦。他只是习惯了那般，面无表情，麻木吧。他说市区好玩，可能留在市区过年。我说，丽江更好玩，要不要来。但不用，他必定是不来的。

姐姐成了有车一族，终于算是半个车奴，原谅我，兴奋不起来。这说明，姐姐以后的生活，会被这些大部分的条件所负累。有些担忧，不过，也有些侥幸。因为以后，他们的生活会越来越好的，只要越来越好，那就好了。

而我，展望，观看，依旧一无所有，甚至梦想，也不知道躲在哪个角落里了。

迷失么？堕落么？

斌哥说，倘若无聊了，倘若这边不能坚持了，那就回去吧。我说，我会考虑考虑。有些感动吧，想想丽江，回望丽江，这三个工作地，能回忆的，已经消失一半。在童话，虽然醉酒，虽然任性，却有那些人一直容忍。我感动于小叶曾经夜半的电话，斌哥时常的询问，七爷在玩笑中的关心，愈哥时而担忧的眼神，科爷在我喝醉时听我无章法地说话，洪姐每次都会叫大伙儿别灌我酒，两个段姐温暖的早餐，还有潺潺姐，大伙儿都把我当成妹妹般纵容。

在丽江，能让我怀念的东西越来越多。

然而，有些我怀念的人事，变得很不堪。我不能容忍的事，我就那般说

了出来。例如我喜欢那个客栈的时候，我总是会跟人推荐它，不喜欢了，我就会找借口取消我预订的房间，甚至让我相识的人都不去住。我无法，在我不喜欢的时候游刃有余。

于是，我在丽江，仿佛也只剩下那么一两间能喜欢的客栈了。因为人的关系，才会喜欢吧。

丽江，仿佛在这一年来，让我老了很多很多。

却也没有让我在成就上找到出路。

生活，依旧在前进。

时间，总是很快就过去。

开始不知道用什么样的自己去面对那些人事，坦诚不够，真诚又不够，多数时候我神游在其他的地方，只是，我一直想用对每个人最好的方式去对每个人。却收不起忧伤，总让人觉得我不愉快。言语太吓人，又让人觉得我太愤青。我该，学一学，怎么对人处事。删除掉一些号码，有些后悔，怎么没有列入黑名单。但想想，其实不用列入，终究是不会再联系了的。有很多人，只是生命中的过客。反观自己，也不一定全对，全然真。

笑的时候哭了，哭的时候笑了，原谅我这般放任自己。原谅我对自己也不够真实。

于是，我有些忐忑。

三

寻找光的印记，回到过去的自己，虽然还会有些小忧伤。但不会这样委屈自己，压抑自己。

我想，我给大伙儿的是温暖，而非这些文字里的看透。

这一年，温暖与寒冷俱在。

无数的人给我感慨到忧伤，无数人让我温暖到心跳，虽然我已不能让自己单纯如初，至少，我可以让生活变得简单。

春天快要到来，我要的温暖也会逐渐明显。

不再掩饰自己，好不好？像是没有受过伤一样，继续勇敢，继续在黑暗中跌倒，无需害怕。

有时候想问过去怎么会是那样子，但不现实。与其去怨恨过去的样子，不如，现在开始勾画将来。不管是痛还是乐，是苦还是甜，总会有一个将来。不害怕，不怨恨，不认命。

因为文字，所以悲伤了，因为悲伤，所以又继续了。

我不能上瘾，因为有关心我的大伙儿，有我喜欢的大伙儿。

我要成为阳光一般的女子，朝着太阳的方向，温暖自己的同时，温暖你。

我不能保证我会每日都快乐，不能保证时刻都谨记，我会尽力。融化心中的冰，也让接近我的人快乐。这是我愿望，做一朵温暖的花朵。

师父说，弱小时要学会保护自己，强大时记得别伤害别人。问我明白不明白，我说嗯。

我说，爱情就是个肥皂泡，看起来美丽，风一大，或许瞬间就破了。

师父说，不破做什么。你就是胆小，害怕失去，所以不敢去拥有这个肥皂泡。人啊，就是太注重感觉，越害怕失去，就越会失去。是肥皂泡始终会破的，何必害怕。做人，何必太执着于结果？不是你害怕，就不会受伤，不是你执着，就能得到结果。反而，越害怕，失去越多，受伤机会越长。越执着，越是苦了自己。

我说，我在丽江乱了生活。

师父说，没什么乱不乱的，是你心有不安。

懂不懂，看不看，在于人。

我有时爱乱发言论，乱了自己的生活，因为心有不安，先乱了心。

师父说，这些都是简单的道理，甚至不能算得上是道理，应该说是基础的规律。人们总想着生活简单些，却怎么都简单不下来。

我明白，道理和实践之间，永远会差一线。再简单的理论，即使所有人都清楚明白，却未能做到。

生活，其实很简单。我过去就是想生活复杂在文字里了，生命所有的际遇到最后都会有它的意义，人常被他人的错折磨了自己，也常用自己的错去怨恨他人，所以于苦海中未能解脱，横生诸多。能享乐者多，能享苦者亦不少，唯有，两者皆全，苦乐随缘者，不多。

我为什么要用自己的过去牵扯自己的将来呢？我一直都明白这个道理，只是一直做不到。所以会显露出压抑的样子。

我不是纯然要享乐世事，非爱不可，非不爱不可。却始终被生活中种种小事烦扰不断，想要做一朵快乐行走的花儿，想要做一个看透世事的智者，想要找遗失自我的自己，想要怎么样怎么样，皆因执着。越想，便越觉自己失去太多，越惊觉，就越悲伤，环环相扣，不能自已。为何，要反复自己不能接受的故事呢？爱也好，不爱也好，我自己就在这里，不在别处。

我说，因为丽江太多伪艺术家，所以我继续留在这里揭穿大伙儿的面具。

师父说，我还不够本事，因为我还太年轻。

那么，我继续观望，揭不开这面具，就参考。当是历练人生，看百态人世。

要爱，就勇敢，不过不要恨。要散，就让肥皂泡散掉，随风一样。

人，何苦为难自己，何必委屈自己？

因为我最爱的，还只是自己。

四

有人问起，怎么你还没有恋爱。

我说，等不来要等的人。

他说，爱情不是你等来的。

我知道，爱情不是我能等来的。

但一切只能随缘。

我有些沉默，沉默的时候什么也不想说，但我看见了就会感慨。

我有时候爱说很多话，不代表那些话就是我原本样子。

不说话，眼神游离，无所事事，大概才是真实的我，不是特意去假装这忧郁。

虽然说要勇敢，但一丝丝犹豫就会让我选择各安天涯，相忘江湖。

小周子说，她爱上一个极度自卑的男孩子，她说她爱他，他以为她开玩笑。他说他穷他丑，她说不介意他又不信。我说，若我是你，就告诉他，我可以走第一步，然而接下来的所有，希望永远是对方主动些。如果不是，那么好，耐性用完，就自由飞。

会累吧。小周很无奈，我让她继续观望，等，等到自己下了最大的决定，等到对方发现这不是谎言，不是笑话。

无可奈何的事，关于爱情，太多的人太自负，亦有太多的人不自信。无论是自负或自卑，相处起来都会比平常要累。

我们明白最终的爱情都是建立在柴米油盐酱醋茶上的慢性自杀，逐渐失去自我，却始终不明白在爱情面前，为何人们还是这么多负累。有人觉得自己可以找一个更好的，更般配自己的，又有人觉得对方会介意自己没钱没位

没貌。

无论是自负或自卑,都让我无力去附和。

自负的人需要人们不停地表扬和赞同,自卑的人需要人们不停地肯定和挖掘优点。

到最终,却不知道谁先累,谁先没耐性。

我明白爱情到来是很简单的事,任何激情都需要一个踏实的落脚之所。因为容貌外在的东西,终究随着年月变得面目全非。

不要以为嫁一个有钱或是有位、有貌的人,就能高枕无忧,现在骑着白马的不一定是王子,也许是唐僧。现在的他也许是黑鱼,说不定有一天变成金鱼。

以貌取人不可,以钱财权势更不可,难得几人对你痴心不悔?品性如兰。

五

好吧,我承认我越来越不想喝酒。其实戒酒对我来说并非什么难事,因为不是每一次都能承受醉后的自己,或是酒后的疼痛。伤心和伤身,不计后果,总会有一天发现这后果其实超出自己想象之外。

于是,我决意戒酒,戒骄,戒傲,戒燥,还有懒惰。这是一个艰难的挑战,因为世间上唯有自己是自己的对手和敌人,只要过得了自己那一关,什么都好办。

静姐说,看你在百度吧那里找酒,却不知现实里的你原来并不能喝。我笑一笑,那时候不同,我未全然想通。找酒,不如说是一种疯狂的自残,我明知道自己胃不可承受,心亦难以接受这样的自己,还不停去醉,这不是一种自我伤害么?我一早就意识到,只是不想改。若不是静姐是专程来喝酒的,我也不想相陪。难以却意,又喝了。

何必为难自己,何必委屈自己,还有,何必折磨自己。

就这样的自己就好。

我的妖气已经是骨子里根深蒂固，无需外表上加装，总有一天万籁归寂。我想要的自己是什么样子的，不一定能够做得到，但我可以让自己就这样子，不那么负累。

洪姐说，看完我的文章，觉得我活得很压抑。

我笑一笑，没什么，那都是过程。

师父说，一切的发生都有它的意思，人们总是很明白简单的道理，却不能实施。

嗯，如我，明白，却需要很多人去提醒。例如，他们说的我都懂，却不能让自己自由自在，快乐行走。一提再提，终于都累了。

我其实没有那么怀念谁，其实并没有那么喜欢热闹，我的世界跟外面隔了一道墙，无形却不让人入闯。自言自语，自得其乐，只是不够自负，太附和别人，觉得无所谓吧。真正快乐的人是不会有这么多感慨的，若不，古人怎么说圣贤皆寂寞？因为不能随大众，不能入大流。我一直强逼自己去适应生活，于是也就失去了自己，所以疲累。世间难得两全法，安知生死随意。

那么，我做回自己，安静且沉默。不谈人生，不谈道理，不与外界多接触，不凑热闹，且充实。

一直，我是外表热闹，内心期盼无比的安静，却让自己于酒肉间行走，烦嚣中感慨，看见别人也看见自己太吵。其实，这也是一种为难。为难自己同时又没有让身边人快乐，何必，何苦。

对于要自然的，就该自然些。

另外，我其实有很大的梦想，哈哈。

我可以沉寂一辈子，然后突然绽放绝色，又在最灿烂时消失。

如花绽放的心事

没有人能永远做温室里的一朵花，不用去经历外面的风风雨雨，

永远被爱呵护，永远娇艳。

——《糖包语录》

每个人成长的过程中都会留下大大小小的痕迹，有伤，有痛，有乐，有欢。有明显，亦有不明显的，我们时常说，成长需要代价，亦清楚过去的是不能改变的，不管如何，这是生活留下的记忆，而伤，是一种特殊的记忆，不能轻易提及，不可轻率触碰，但终究是会淡然的。

没有人能永远做温室里的一朵花，不用去经历外面的风风雨雨，永远被爱呵护，永远娇艳。自古以来，我们所生活的世上就是黑暗与光明同在，残忍与温暖俱有，每个人都必须有好与不好的历史。没有那么美好，也没有那么肮脏，不是个人力量可改，而我们活着如有痛苦，就如同行走冰刃上，这是不争的事实。有时候太冷太痛，就忘记了生活原本的样子，忘记了要呼吸新鲜空气，去晒一晒温暖的太阳。

我们总跌倒在同一个陷阱内，一次又一次受伤，痛苦，难过，黑暗中摸索出路，每一次走出来都说着下一次不会这样子，下一次不会让自己走同一条路，然后又重复跌入陷阱内。人生不是一个两个的陷阱，有时候即使人们看得见，也会奋不顾身跌倒。我们喜欢高估自己的智慧，也喜欢把自己的人生看得太悲喜，匆忙一瞬间，迎来古稀，又惋惜年轻时的疯狂，自以为是。不爱听老人家们提及当年，提醒我们该有的态度，总喜欢把锐气显现，锋芒毕露，另寻弊端，直至年老，又将自己的人生道理灌输于年轻一代。每个人都在经历自己应该经历的，在经历中寻找出口，寻找生活，还有自己。

被世间上各种各样的网给网住，走不出来，只看见铺天盖地的不可以，不可能，怎么办是好？网上有刺，越挣扎，越痛。直至有一天，无意中发现，原来这个网有给你留一面，只要你肯站在不同的角度看一看，总会有一面是出口。

我每一次做自己不喜欢的事情，残忍而冷漠的时候，事后都会后悔很久。但下一次又会同样地做同样的事，那不是原本的真我。为什么我明白，却又不能时刻谨记？因为一丝侥幸，偏偏这丝侥幸，让我于冰刃上行走，不断自我折磨。大悲或大喜，都不能让人看穿真性，迷失自我。

我偏又喜欢悲喜尽情，怎能事先思考结果呢？于是，又跌倒，又痛苦，又悲伤，又迷乱。于苦海不得安生，于人世不能安放，这是前人都走过的路，我有多少前车之鉴可参考，可我偏偏自以为是，太想改变自己的生活，就会被生活所乱了心，心一乱，自然不能事先悟道，不能事先明白，性情就不能定，周而复始，于是，痛苦也随着不能定性不断重复。

古人说，事悟而痴除，性定而动正。又有多少人能做到，多少人明白却又一意孤行。

聪明的人从不过问别人的过往，只看他接触时对方的本性如何，亲情，爱情，友情，都需要这样子。可倾听，不可打听。感兴趣，不可八卦。知道什么该提，什么不该提，保护别人的方式，当中包括不去揭伤疤。不管弱小

或是强大，都有自己想保护的人，这也是一种幸福。若我想保护你，我会站在你身后，不言不语，只等你说。

仁厚的人不会在别人的伤口上撒盐，就算那人曾经对他不怎么样，也曾看过他笑话。聪明的人不问是忍，然而忍不如仁。凭你聪明盖世，不如仁厚来得实在。只是，仁厚而愚笨的人，通常伤人也伤己。

我其实不善言语，师父说过，我说话越多，反而会让人误会。他告诫过我，人性不可试验，不可猜测，最终苦的是自己。不管别人对你如何，只要你对别人是真的，那就是真的。

我承认，我喜欢猜测人性，喜欢试验人性。这一点，我从来未对人承认过，也因此而挣扎人世。我猜测，我试验，我沉默。心里藏着他人的，自己的秘密就越多，有时候排泄不出去，就会疯狂地折磨自己。我跟不同的人说解自己或是实践出的道理，不一定要人听懂，不一定要人明白，我承认，那是一种发泄。说话，哭泣，悲伤，喝酒，伤身，都是一种发泄。因此喜欢将经历故事化，戏剧化，大悲和大喜，渲染和上色，告诉别人我不好或好，希望有人关注，希望洗去过去，希望可以证明什么，也是一种痴。何须呢，我就是这样子，没有必要解释了。真我，始终在这里，不离不弃。终会超脱生死界限。关于人性，试验不起，试探不起，也会被猜测误导心眼。

伤，方能安定。定，方能看真。

如果不能承受这伤痛，那么伤痛过后的平静，就遥遥无期了。伤痛，开始时让人难以接受苦楚，会霎时间让人倒下，悲哀度日，不能愤恨世人，则会愤恨自己。只是生活，终究是平淡的，伤痛过后，小事小痛，就打击不了你。

第八辑
爱，是永远说不透的话题

如一潭深水

看不见，听不见

那繁花似锦

捉不到，摸不到

是那情人眼泪，也是盛世烦嚣

爱与辱

爱有屈辱，当求之不得，恍然怕失时。

——《糖包语录》

一

男人的一句话就刺伤了女人，还觉得自己受了伤。

朋友的男朋友问她，到底有过几个男友，为这句话，朋友气愤得无语可言明自己。我对此，也是很无语，若有人问我这句话，我大概是无视，然后转身，再也不会与这个人联系。多少句对不起也弥补不了，这种伤害会是一生一世，尤其是言语上直接或间接的，犹如刺入心上的一根刺，永远不会成为身体里的一部分被消化掉，若不拔出来，就会化脓，出血，反复。关于过去，任何人都无法追究和改变，倘若介意，何必开始。这介意，也是他身上的一个疙瘩，时不时总会蹦出来闹一闹。谁有心情、耐性去抚平一次又一次的复发。

我始终觉得真正的爱情应该是一杯白开水，温和不伤人，冬天时暖，夏天时凉，不是闹生闹死地折腾。说对方对自己有多重要，说自己对对方有多用情，用言语去填满爱情空白的地方，也会用言语去伤害和结束。

小 K 说我有时候冷静得可怕，有时候又像个心理医生，他问我，倘若他讽刺我，我会怎么做。我说，我会无视。我相信，"讽刺"这个词不应该出现在有情义在的人身上，所以若对方真讽刺我了，值得原谅，因为我们没有多大的关联，算不上重要。对不重要的人，可以无视。

但若这是对爱情而言呢？

所以说人言多必失，就算他心里原本不是这样子想的，只要一说出口，听的人就不一定是那种感觉了，能带给人屈辱感觉的，往往是身边亲爱的人所说的话和他们的动作。懊悔，追究，无补于事。但更多的人选择逃避，当没有发生过。

另外一个朋友也犯了同样的错误，用不同的方式去伤害了他认为自己深爱的女人。

我不知道应该怎么安慰，或是该说什么。只能让他冷静，用言语去攻击他人的心，这不容易补救，但若补救之前自己先乱了章法，那便会是终身遗憾。爱一个人应该让她，或他幸福，不是非一起不可。占有，不是爱情。但极少人能在得失之间选择自己，总想着轻率一回，尽情一次，争取，勉强，伤害。在爱情当中，沉默和言语，都极容易伤人。偏偏，这两者是爱情里常用的伎俩。

我能说什么呢？静观吧，并不是我看穿了，只是似乎这个表情比较适合。

爱情能将人变得面目全非的狰狞，也可以将人变得温暖无比。这两种爱情，你想要哪一种？温和平淡，还是激情后也激动？

我相信爱除了男女之情，还有很多种。我喜欢用反问的形式问自己想怎么样，糊涂，清醒，又糊涂，然后清醒，用不同的态度对待同样的自己。关于爱情，小 K 说我不冷不热的态度会让人有惧。

我深知言语之伤能让人谨记多久，爱恨用力。也明白沉默会让人惧怕不安，

和远离。只是，世间上太多的事情人们无法把握，尤其爱情。如果我言语不能说清楚，那只好沉默。尤其，我惧怕争吵，永无休止，会让身心疲累怨恨。并且，言语中若带屈辱，那便是噩梦，人总是把带有侮辱性的话太轻易就翻阅出来，于是又会受伤。

我们祖先发明言语和文字的初衷，不是为了伤害人的。只是必要的言语和文字用完，人们的劣根性就如此，喜欢伤人和自伤。不能用暴力去伤害他人身体时，人们便发明一种叫作文字的东西伤人，所以言语、文字成为了伤害人最常用的伎俩和方式。因为觉得这样子自己开心了，发泄了，对方也不快了。但是，这发泄过后，你能开心多久，一直畅快么？

二

突然想起很久前，因为一些以为不能原谅的事和人，选择一次又一次身心的放逐。我从不提，那些最黑暗的一面，甚至连自己都不敢提的事，我甚至可以笑着对那些伤害过我的人，不去恨，不能愤。只是时常求醉，时常愤恨自己，又时常放纵自己，这样一来，空虚和伤痕，又重了些，更不能原谅自己了。

总习惯在悲伤得无以复加时觉得自己应该一死求解脱，总在经历一些很肮脏的事时觉得自己没有必要活着，又会在看到一些很绝望的事情时想要毁灭可见的，哪怕，自己只是一丝一丝的力量。

但我总会在几天后恢复过来，除此之外别无他法，与其折磨自己，不如让它过去。

关于那些伤害，只会成为我心底的秘密，腐化，发臭，掩盖，为了不让自己不能承认的后果有发生的可能，也为了不能坦白的黑暗。有时候我也说不上这是为了什么，只能说，这个世界上永远不能用对错去衡量。个人的伤害，又能算得上什么？自己消化掉，就没有了，若消化不掉，愤恨世人，又有何用。倒不如，放自己一条生路。

可是，因为这爱不得恨不能的人生，让我悲伤上了瘾。时常因为一句话触动伤口，因为一杯酒苦了心，又泪流满面。让人觉得我无病呻吟，让人觉得我忧郁度世，需要开解和导引。他们总叫我开心些，快乐些，对自己好些别要多想。越是这样，我便越喜欢折磨自己，折磨到生里来，死里去，几乎好几次都要自己杀了自己。死，真不恐怖，恐怖的是生却求死的心。

你明白愤恨他人解决不了自己的痛苦，于是痛恨自己，痛恨自己走错路，选择错，以为自我报复会好些。可是，时间久了，自我的伤害也血肉模糊，自己看自己都不忍，还要往上面撒盐，不让它好，这样子虚度多少日子，才发现，自我折磨并未让自己好过些，反而又痛了些。伤身或伤心，都不是人能轻率决定却能承担后果的。没有人需要为你的伤口负责任，你所以为伤害你的人，也不过是个引子吧。世上这么多相同的人，相同的事，相同的话，若都要为此而自伤，天知道你要死多少次才足够？！

我们永远没有办法去把控别人对自己的态度，或是去要求别人要怎么样对自己，就算你善良，单纯，可爱，终究会有人舍得去做那个引子，觉得你受伤，他快乐。于是，我们也开始变得硬朗，不再轻易为了一句话落泪，难过，感慨。对周围的人始终保持一种戒心，害怕被伤害。是不是这样子，就可以让自己快乐些，是不是这样子，就可以一直不受伤？不会的，因为伤害自己最多的，是自我。自我的形式化作千万种，不小心就会被人引出来，于是苦乐俱痛，行走刀剑上。有时候我们认为是被伤害的一方，因此总有理由去伤害身边的人，一触碰就竖起一身的刺，生生刺痛靠近自己的人，或是让人不

敢走近，以为这样是自我保护的一种形式，但是，快乐么？在自我保护时，这也是一种自我伤害。

过去的伤害以我们肉眼看不见的方式存在，没有人可以去代你痛，行走心上，总会触碰到，可是不能因为这样就惧怕光明，情愿在黑暗里，听不到声响，看不见光线，自我隐藏。痛的时候让它痛一痛，痛过后要记得上一些药，它慢慢会好的。这药，在你手上，看你，愿意看见抑或看不见。不能这么轻易就被悲伤打倒，要知道站起来后总会遇见温暖。

总有些人活得比你幸福，也总有些人活得比你痛苦。若没有人给你乐趣，何不，自己去寻找，说不定更能把握些。不能改变发生过的悲痛，就让以后的快乐掩盖它。我没有改变世界的力量，但有改变自己的力量。

在以后的日子里，我会让我把阴暗那一面隐藏消化掉，连自己看见的都是光明的自己。所以我已经不能撕开自己的伤口，为谁做一个解释，让谁更好过一些。我，只能倾听了。

L说，你的文字越来越无人性。我问，是么？有时候仿佛就这样冷静到可怕，显得城府很深。其实，越简单的道理，越让人不想听，觉得越复杂，太理性又让人觉得不感性，而我感性时又让人觉得太幼稚，其实，都相同的吧。涉世浅，点染亦浅；历事深，机械亦深。故君子与其练达，不若朴鲁；与其曲谨，不若疏狂。势利纷华，不近者为洁，近之而不染者为尤洁；智械机巧，不知者为高，知之而不用者为尤高。

承受期

喧闹会让人觉得悲伤，看不清。

——《糖包语录》

一

很多时候我处于一种让人担忧的状态中，平静会让人觉得诡异，喧闹会让人觉得悲伤。看不清。

例如，我在客栈，不说话时大伙儿都觉得我挺压抑的，说话，大伙儿又觉得太天真幼稚。但我觉得自己很正常，只有喝了酒后，肆意，悲伤，刺人。我清楚却不能抑制，还不够淡定。我怕太淡定会太麻木，失去感情。

我总爱活在自己的世界里让心情大起大落，大悲大喜，有时候自己都会觉得自己变态。我相信每个人心里都会潜藏一个可怕的自己，有的人用各种道德和毅力压抑了下去，有些人则不。而我，总会在一个人的时候让那个可怕的自己无处安放，然后跑出来犯案，做不可思议的事情，说不可思议的说话。我最怕自己脆弱，悲伤，和痛苦，时刻要刺人。同样，亦怕自己执着，要求自己不能这样不能那样，反而成痴。执着亦恨。

但我开始越来越冷清，与淡漠。我对世事不好奇，只是一副好奇的样子。

我不爱说话，但时常要发表言论，寻求证同，然后自己去否定。反复翻阅自己的性格，反复改变，有些确定和不确定。不能承受时，我淡然亦无奈。不想轻易被看穿，却又时常被人看穿，只是本质上的东西被尘土掩盖，显露不出原来的样子。我自己，却始终觉得自己很怪，与世界格格不入，与世间貌合神离，与人，语同心异。用悲伤去隐藏阴暗本性，亦后来去求证过去，人，谁又能真正活得自在，无所牵挂，无所负累。虚也好，实也好，有，怎么无。任人评说。

我的人生就是一个天平两个砝码，需要同等，方能平衡。一边极致，一边淡泊。极致时，就算一句温暖的说话，我也能将刺延伸到我看不见的地方，让人心里不舒服。淡泊时，冷静得可怕。自私和宽容同在，残忍与温暖也是。

小K问，我是否已决定好怎样。

我说，是的。每一次计划都不是一天两天的事，只是，会发生得很突然，因此，大伙儿要有承受的心理素质。我觉得自己很正常，只是偶尔有些狂躁。反而，我狂躁的时候，大伙儿又觉得很正常。无论哪一个自己，都会有部分人觉得不正常，应该是一直以来，我所显露的，太多面了，有时候把构思的自己也演了出来。

我一直知道自己在做什么，过去只是不理会。我有极为阴暗的一面，阴暗到发了霉，被时光和故事腐蚀得不成样子。但我要见光，我要把握住一丝丝的幸福，在不能后退时前进，只要确定，我便相陪。用眼也用心，更用气力。我要生活，也要情趣，要情趣，亦要平淡，两全。这一幅画，有待刻画。我们都相信，未来是给有光明的人。

如题，承受期。关于这承受期，是因为有时候我会过不了自己，迫切想要逃，怕受伤亦怕自己日后刺人。不能接受过程，于是直接到达结果，不去磨合，所以得失恍然。这是负面情绪，我清楚却不能自控。

有时候觉得自己的人生就像是自己的实验，在不停地摸索中碰碰跌跌，躲躲藏藏，患得患失。觉得生命不过如此，不如轰烈一时，绽放瞬间，也不甘平淡做人。在黑暗中挣扎发泄，都不肯走出去面对光明，就怕伤了自己的眼睛。直至一天疲累，才发现自己过的日子离自己期待中的相差甚远，于是努力要改，却本性难移，轻易逃离。我需要更多更多的确定，确定和被确定。有时候情愿天真和单纯地相信，会有未来，所以隐瞒过去，于是不能承受自己的不坦诚。这次，我决定捉住什么东西，如同师父说的，肥皂泡要破就让它破，不破时我何必想失去，何必去怕。因此我会努力坦诚，直至月后的确定，揭晓谜底。我相信，会刻画出一幅美丽的图案，不让自己受伤，亦不会后退。因为现在，我很正常，我很庆幸，幸而，我能看清，幸而，路上有这么多人让我深深感动。虽然，日后很长的一段时间，我又再从零开始。

二

早上醒来，天灰蒙蒙的，透过房间窗子，竟然有点点冷意，窗子上一层雾气，结成了水珠。因此我知道，外面天气一定有些冷。

工作的地方与住的地方虽然只有一墙之隔，但不同一个单位，因此还是要走过一段露天的路，我时常想，要是这里有一道门直接通过就好了，就无需来回都走过两个套房的总长，实在懒得走出房门。

站在那单位门口，看见地下是湿的，一惊，不是雨季已经过了么？怎么天气还这么怪异。再细看，原来是雪，还不小的一片片。我顿时不知所措，就这样站在门口不动。怪不得起床时莫名就戴起帽子，原来自己都已经感觉出寒意，又一想，没有伞，我是应该这样走出去，还是应该站在这里看风景？

昨夜,天气就有转寒的预兆,我并不注意。只是左脸一边,起了一片红斑,
猩红猩红的,有些刺眼,脸上皮肤也是一片花红,白一点,红一点。我就想
象到毁容的可能,有些狰狞。大概也是为了告诉我,天气渐冷。我不是很怕冷,
只是每逢冬天,手脚冰冷,手是黑紫色的,指甲亦显出黑紫,只有手心苍白透明。
虽然我是在冬天出生的,对冬天却没有多少留念,每每看着自己的手时便有
如此感觉。

在北方待过的人都知道,其实北方的冬天比起江南的冬天要好过,屋里
有暖气,外面干燥。我没有在北国过冬,只是云南与江南一对比,确实显得
江南的冬天难过。我就是在江南染上冻疮,然后每年冬天都会反复,如现在,
右手又似比左手大了一号。丽江的冷是干冷,太阳温暖带着一丝毒辣,所以
冬天也不觉得难过,几乎两件衣服一件很厚的外套就可。每逢冬天,仿佛就
是在外面最难过的日子了,因为家里一年四季都比较温和,尤其冬天,最低
时温度也不过几度,平时,大概都会有十多度。也没有湿冷和干冷的概念,
直到在外面。

干冷,是在皮肤里划过,即便冷,也只是皮肤上冷。而湿冷,是让人最
受不了的,它有穿透力,冷空气中带的水分子时刻准备穿透皮肤,到达骨子里。
因为,湿冷的零下比干冷的零下要让人难过,因此我反而惧怕湿冷天气。

在杭州的时候,我们住的民居,一到冬天就永远没有干过。地上全是水,
衣服不用暖灯是不会干的,散发出一阵湿臭,掩盖不去。我只好一次一次地
洗,一次一次地晾,等水滴完,放到暖灯上,有时候发呆地看着它。更多时,
是发呆地看着电脑。后来,我学聪明了,没有必要就不洗衣服,最好天天换
一套,然后改天又穿这套,反复穿个两三次。厚的外套,在杭州是没有洗过的,
只有浅颜色,弄脏了干洗。

反而，丽江的冬天比杭州好过，初来一个星期，我晒黑了一圈。那是新年，每天太阳出来的时候都很短，一见到太阳，我就兴奋地逃出藏匿的屋子，任辣辣的太阳晒在脸上，还不做任何保护措施，不搽防晒霜，不涂隔离。皮肤干燥得就像树皮，白色小小的皮肤屑一片片铺在脸上，手上，但没出血，没肿胀。第一天晚上，我穿着一件保暖衣，一件毛衣，光脚穿拖鞋，从宿舍走到客栈，不觉有异。四哥一看，两眼睁大，很诧异地说：看你是不知道丽江的天气了，待会儿你会很冷的，赶紧回去穿多点。果然，再晚点，气温猛然下降，反倒惊吓。因为江南的天气已经让我诧异，反复不定的温差。但丽江的反复，更是反复了，就算是夏天，都要盖棉被。因此一年四季，丽江每一个人的穿着都是不一样的，从春到冬。

越是冬天，越发懒惰。小陈说昨天的天气就很怪，她猜测着今天会下雪，果然下了。我倒是没有想起，昨天天气怪在哪里，因为一天都没有出门。应该说，好几天没有出门，好几天太正常。

但L说我这样不正常，让我去找杯水，洒落地下，告诉他结果，他就知道我静不静。他说这几天我写文太多，QQ签名更换太快，一切都太动乱。其实不是，我懒得动。我懒的时候是静的，只是有些许无聊。但多数人又觉不正常，因此这几天让人觉得不正常。不喝酒，不出门，不见人，这算不算不正常？一宅到底。

那天小逍给我电话，然后又致电失约，我居然比赴约要开心。因为，不用出门。不出门的原因，冷。站在镜子前，我突然愣了，镜子里的那个自己应该是邋遢的，头没梳，脸没洗，皮肤黯淡，两眼无光，穿的还一塌糊涂。额，下一次，谁要约我定要提前一天说，最少还能收拾下。虽然一直邋遢惯了，现在这样子出门也是有点不符。睡觉前，闻到自己外套上的油烟

味，突然觉得，小日子这样子，是不是也算一种幸福呢？平淡，无奇。

所以，我只在网络上捣乱，生活中平淡。

三

这几天很多人说我不正常，中午时，一个许久不见亦没联系的故人打电话过来，叫我要开心，如果觉得这边好，就这样安定吧。我有些莫名其妙，我说，其实我这样很好。他让我在丽江找一个，因为他的也是在丽江找到的。我说，不，丽江多部分人被扭曲了的。他说，你也有点不正常。我说，对的，倘若你正常，我是不正常的。

正常不正常，暂且无可区分。

例如丽江，现在在我眼里是被扭曲的。很多人打着来丽江找真爱的旗号艳遇，打着艳遇的旗号一夜情，男男女女，放纵肆意，醉酒失态，各色各样的伪艺术家在丽江嚣张行走，却不见有多才气，画画的不见灵魂，写诗的不论诗词。来来去去的原创音乐，始终缺乏一种大气，说的是流浪，艳遇，落魄。可以偶尔见识，换一种姿态发泄，但不能一辈子用这种态度消沉，并以此为荣。他们喜欢一副淡泊世事以明志气的样子混混日子，这里吃吃，那里喝喝，各类八卦，所以丽江混得久的人都不单纯，精明，洞察世事。他们的奸是一时两会儿无法看穿的，人们前赴后继过来，以为是人间净土，被各色各样的人忽悠着，也逐渐被扭曲。在这里，爱，只做不说，谈而不续。那些以为在这里遇见真爱的，到底会有各种借口分开，奇迹之所以称为奇迹，那是因为它只属于传说。情真而短，短也不珍。

你说，这样正常不正常？

我觉得我很正常，只是与这里开始格格不入，师父说，这些妖魔鬼怪功力深厚，不是我一个小妖可以扭转乾坤的，能坐望安之则不错了。他们也没有好坏之分，只有大骗小骗之别，只能骗人一时的是小骗子，而骗人一世的是大骗子。当有一天我可以做大骗子的时候，大伙儿就会觉得我很正常。

为什么我们现在生活的世界人与人感情越来越淡漠，亲情容易被憎恨，离婚率越来越高？大伙儿都觉得正常，我觉得不正常，我们遗失了很多东西，可是大伙儿觉得应该以新换旧。

当社会道德日越低落，用法律去规定个人道德是永远够不着的，因为法律永远走得比缺德慢，但人们却天真地以为可以用法律去规范道德。这，又正常么？人们觉得正常的，是用财富去维持生命，买东西永远都要钱，艺术要卖钱，做人要挣钱。可我觉得这不正常，因此我是不正常的。人们觉得旁观麻木路过别人的苦难，是正常的，可我也觉得不正常，最不正常的是我跟着他们那样子的时候他们觉得正常了。因此，我做他们觉得正常的事，失去了原本的自己。做自己，他们却觉得不正常。

因为别人不太会感动的话给感动，我觉得自己很正常，但说出来谁又会相信呢？我可凭感觉相信并坚持，不代表人家会。不管结果好坏，就一颗糖，可捧我至天上。然而就这样的单纯也会被怀疑，那么，是我正常，还是不正常？

正常的傻子居多，不正常的疯子居多。疯子不傻，傻子不疯。

同样，我此刻就算文字再多，心不乱动，因此行为正常。那么，是文字不正常，还是我不正常？

四

晚上的时候冒着寒风，出去买了一堆零食，都是些饼干，小吃的。晚上，

吃到肚子撑死，几乎要晕倒。

　　这几天的生活懒惰到简单，若不是为了零食，大概是不会出门的，懒得
出门。两点一线的生活，让时间停顿在这里，反复每一天，无风无浪，也不
惊觉无聊。这样算是浪费生活吧，许多计划都不如浪费来得消化时光，就已
经胎死腹中，例如减肥，昨天一堆的零食下肚，又怎能有效果呢？笑一笑，
继续吃饼干。

　　他们都说，生活需要些实际，需要些计划，然而我越来越没有计划了。
我只想着走一步，算一步，凭心中信念，也许会走出个艳阳天。但我会突然
悲鸣，又淡然。是我不够现实，是我不够实际。

　　随波逐流，我做不到。简单生活，可不可以不那么实际，我不想去想。
那些所谓现实，我一直抗拒，因为现实，有时候不一定能让人承受得起。莫
非我不以外在条件为实际，就活不下去么？现在此刻，我仍旧存在。要有多
少外在条件，才会让人觉得满足？得到多少，才会让人觉得幸福？这可对比
么？

　　最简单的生活是满足于温饱之间，有闲时可以做自己喜欢做的事，无需
理会温饱之外。但人们往往由温饱横生许多问题出来，关于权益之斗争，关
于感情之纷扰，时刻如战场。人生的战争那么多，你躲得了这一场，避不开
下一次，最终谱写出沧桑，回归平淡。很多人终其一生也不过是为了追求一
种简单的生活，却不知道，放下追求，放下执着，方能见真我。我们在权益
之争中乐此不疲，又得到了什么？物质？金钱？权力？为出人头地，为不让
人看轻，最终连自己都失去，还对周围的人说无奈，必须这样子，放不下，
又有多少何必。得到越到，放下越难。人往往难以明白得失之间，得到才是
最负累。

如花美眷，抵不过似水流年。权倾天下，最后剩下一堆黄土。富可敌国，买不起简单生活。贪一时欢乐，得无限空虚。当精神无法填满的时候，人们寄望于物质与权力之间，并以此为现实，为事实。而实际上，当夜深人静，年华老去，该怀念时，却发现心空的那一块，已经无法去填补。生活永远比我们想象得简单，我们却也总将生活想得太复杂，把生活想得复杂时期望生活是简单的，把生活想简单时期望生活能有些精彩。所以无论简单或复杂，那都是生活的本质，只是那样而已，一切都在过去。

五

我一直相信，未来是给有光明的人，无论遇到什么黑暗，经历过什么悲痛与肮脏，只要自己不放弃，未来就依旧是光明的。因此，我时常让自己笑容满面，嬉笑怒骂之间隐藏了自己。

我自小深知人情冷漠，受惯流言蜚语，愤恨世间不平之事，也曾挨饿受苦，寄人篱下，还为了生活为求自保被人骗也骗过人，于亲情中矛盾不已。这样的生活，算不算复杂？算不算被扭曲？但一个人的出身和他的过去是无法选择的，我也无须挣扎于此利用过去和出身伤害自己。当自己都无法伤害自己的时候，别人更是不能伤害到你。

我有我的阴暗，也有我的寒冷，只是我隐藏得很好，化为忧伤一片一片的，放在文字里盛放如花。L说，这是无奈而非看开。他却不知道，无奈会成就看开。虽然无奈到一定程度成全了麻木，却有一面是会成全自我的升华，若然连无奈都不知道，又何来那么多的看淡呢？既然生为人，有思想，要活着，光明与黑暗，悲欢离合之苦乐，就要有勇气去接受。因为无论我们如何挣扎，如何痛苦行走冰刃，不放，阴暗只会伤人和自伤。即使阴暗可苟活，我也情

愿一日光明，哪怕单纯被伤，也好过偷生。因此，就算是我是冰，阳光会让我化为无形，我仍旧会以云的姿态追求温暖。

倘若伤口会留疤，我要在这疤痕刻画出一朵朵花儿，盛放在孤寂的灵魂中，让生命不再苍白。

凡世间所有的希望，都是层叠在失望和痛苦上的一丝光线，勾画出一幅美丽的图案，演出精彩故事。贪图享乐一时，往往成就一生痛苦。人们怕痛怕苦不肯让自己走出黑暗，因为眼睛黑暗得太久惧怕光明，因为要走出黑暗必须经过冰刃，不敢寻觅温暖怕光，又恐阳光温暖后融化，一下子遗失又要跌落深渊。因此悲伤太久，悲伤与血肉相连之后，情愿自残也不愿意去面对光明，以为只有这样方可成就自己。温暖地说话听不进去，温暖的自己也不愿意面对，惧怕光明与温暖，是成人可悲的躲避。

因为无论痛苦，悲伤，还有黑暗，都会让人走上两个极端，一个成全，一个毁灭。

同样自我亦是永远相互矛盾，互相依存的。我时常觉得自己有很多个，例如在笑的时候悲伤，在悲伤的时候看见乐趣，在下决定时怀疑对错，很多时候这些自我不能让我抉择轻重，不知所以，成全自我的时候就想着要毁灭自己。在人生的天平，无法平衡，就会导致极端。自己与自己的战争中，我永远希望光明的自己战胜，哪怕让另外一个自己在黑暗里残忍。因为我比很多人都要渴望光明，却又比很多人都要阴暗绝望。

我不能恨别人的时候我永远选择恨自己，因为恨自己，所以永远让自己沉没在悲伤痛苦中，我知道世界有光明的一面，却依旧觉得自己是黑暗的孩子。因为只有黑暗让我坦然接受不堪，只有黑暗，让我看不到自己腐烂的伤口，面对光明，我只想逃。像似世人的影子，阳光再灿烂，它始终阴暗。这样躲躲藏藏，在阴暗的角落里悲痛不已，错过了很多带我走出黑暗的自己，看不到未来，看不穿自己，只想等死。然而这样的日子再长也是没有意义的，我不是惧怕光明的人，却始终过了那么多阴暗的日子。曾几何时，我如此懦弱，让生命在黑暗中苍白内里。

幸而，光明那一个自己终究是战胜了黑暗啊，但这只是暂时，保不准某一天阴暗的自己又再次占了上风。因此，光明与黑暗双重，我不能让其中一方完全死去，要完全抽离，除非生命回了家。

我的人生就是我的作品，痛苦，是对人生最细的打磨。终有一天，这个作品会交出一份完美答案。我深信，因此我坚持。

六

N 离开丽江前，跟我说了 Z 说过的一句话。

这一句让我对 Z 的一点点愧疚荡然全无，却在我意料当中，他当着我的面已经说不上好听的话，何况在我背后。如同他伤别人声誉一样，我的声誉也不算什么。这，还算是轻的。他暗地里的说话，很多已经让人不齿重提，但实际上，他还要装出一副坦荡善良。小人，永远知道哪一处最能刺痛人心。

一句话就伤了我，挑起还未痊愈的伤口。

暗藏的故事，其实不是秘密，我早知道被 Z 挖掘之后，这些必定变成一种不堪后续。我尚不能容忍别人挑开我最不能接受的过去，哪怕只是一丝丝关系，也会不经意让我深痛。不允许别人射影自己的同时，亦不能原谅别人用这种方式去伤害我的亲人。

关于某些秘密，我不允许别人用赤裸裸的眼光去探究，但却忘记了防备。Z 是个小人，能够从旁敲击就推断出故事，毫无疑问，这个小人却轻易用语

言挑伤了我。不允许别人触碰的伤口,小人却用他独有的方式去撒了一把盐。

我想,若是我亲耳听到那些话,我定会狠狠给他一巴掌,不耻去恨去讨厌。

但听到那句话时,我刻意不去记,刻意忽视。却始终不能,受了点伤,那旧伤口,出了血丝。

Z是那种期望天下人过得比他坏,最好天下女人都属于他,将善良当成出人头地的工具。关于很多传说,只是传说而已,已经不能让人堪虞点破。我未曾想,会被这样的人一句话刺穿心怀,隐隐作痛。

言语,一直是伤人的利器。只是我忽略了那些粗俗至极的,也能轻挑伤口,重提往事。

因为过去太多的粗俗语言,因此我每每看到Z来我空间看文,我总会觉得心里有根刺,与他说话,总会觉得不舒服。回想,Z真不是一个讨喜的家伙,太多的谎言,和太多的侮辱语言,太多的虚假。

我却,被这样一个人不经意的一句说话,受了伤。

但是当时,我们怎么就轻易相信他是善良的,是不求回报博爱天下的呢?

事情过去,总会有人留下伤口。我有幸而不幸。幸,没有跟Z发生过情事牵扯,不幸,有些故事本属于秘密,终究被Z旁敲探究推测出来,因此有了小伤口会被Z撒盐的机会,也许转而某天伤害我家人。

七

跟X说了一些话,次日,L发来信息问我,我劝了她什么。

我让他别问,我只望好不想坏。他说,他不喜欢猜谜,亦烦猜谜。有些东西何必绕那么多圈圈,人不是要这样沟通的。

是么?说了什么又是否有这样重要?有时候询问只会让我觉得烦罢了,

不想多说。我就这样古怪，就这样绕圈子，不喜欢听不喜欢猜可以绕道，任何人都是。

我突然想起师父，想起来我们之间的谈话其实永远是一道道谜，没有正题。现在，对很多人说话已经成为我疲累的事情，我想，我应该缄口。逐渐沉默，不说不提，不闻不问，因为懒于解释。

与人沟通应该是怎么个样子？我不懂亦不想学，做我自己就好。

X 问我，怎么会错过。我其实想反问，算是错过么？我觉得这样子更好些，只是有些决定，会出乎大家意料。我只是暂时不说，亦是不想解释的缘故，不想听人奉劝，倒不如省去一些麻烦。

凌晨 4 点，坐在被窝里，靠着床上的布偶，听着电脑里放出来淡淡忧伤的歌曲。失眠，习惯。

手机停机，没有打算再续费，好像没有必要，没有什么那么迫切需要联系。QQ 潜水，这是个好借口，不想理会的，就这样忽略。这时候，我与外面的世界隔绝，心筑起一道高墙，隔离于内。不难过，不悲伤，不觉有异。让想联系我的人找不到，亦让我不想去联系任何人，清静亦安定。少却了很多烦嚣的言语。

只是言语，我还学不会去解剖。我只是，不爱听，不爱想。

我绝情时不肯回头，倔强而骄傲。

我时常想想就会有脱离红尘的想法，遁入空门，未尝不是一种归宿。

很多时候这些文字是没有完毕的，还没有主题。

师父说的话有时候很简单，很直接，也有时候说得云里云外，看不清楚，听不明白。但我能明，能懂，因为我有邪气，师父也有邪气。某些忧伤，某种本质，才使得我接近听信。他总说，放心走下去，对也不怕，错也不怕。

简单么，直接么？其实一直是简单直接的，只是，我未必是与你同一个世界的，说不到一块去，我说简单的言语时别去猜测。

事实往往就很简单，是世人复杂了，亦导致我复杂了。

文字其实只是发泄的一种手段，只限当时。

我想说温暖的话，写温暖的词，做温暖的事而已。就这样。何必，多想。

镜花水月

倘若伤口会留疤，我要在这疤痕刻画出一朵朵花儿，盛放在孤寂的灵魂中，让生命不再苍白。

——《糖包语录》

镜花水月，曲终人散，我本无心来去。

听李玉刚的《镜花水月》，听到有丝哀伤，无心睡眠。还是很容易就感慨，有些忧伤刻画在骨子里，像是很美丽的画面，实际上是快要腐烂的花朵，藏匿在泥土里，终究散去。伤秋忧花落，是自古以来文人难以改的习气，我未免有些沾染。

相比风景，一小曲子更容易触动心怀，不同时期听不同的歌，或许这就代表我的心情，也让心情随着曲调起伏，勾画景色。我于梦里，看水月与镜花相逢，无限延伸的感慨，羡慕向往先人们寄情山水看淡世事的宁静。

世人常说，如梦一场，如戏一出，却始终不能明了。若梦，是否会痛。若戏，是否会伤。谁又能真正做到把人生当梦一样去经历，把世事当戏一样去看呢？如梦如戏，那我们所经历的，是有，还是没有？然而常常纠结于有还是无，无形中就是一种执着了。佛法里说，凡所有相，皆是虚妄。把有形化无形，也是一种境界。

论是非，求对错，争财气，斗酒色，贪嗔爱恨痴恶欲，都是因为一个情字。你说，有情，还是无情？有心就会有情，有情就会有伤，然而博爱众生，心怀天下，又属无情无心了，而无情无心却又是至情至圣。可是心，可是情，是有形还是无形？求形无形，如那镜中花，水中月，可寻，还是不可寻？

例如 G 问我，幸福是什么。我说，幸福需要自己的成全。但我无法去解释幸福的形状和具体。

关于幸福，对我而言，其实很简单。过平静的生活，安定且实在，不需要太多的物质与金钱，不贪一时欢乐，图一时利益，如涓涓流水，细水长流。没有固定的形状，心安便安，安就是一种幸福。

可我有时候会矛盾于此，不肯成全自己。我明白问题纠结所在，却不能让自己时刻清醒，时刻淡然。只是我开始没有大起大落的悲喜，把痛隐藏，无关情事。即便在最甜的时候，也懂得忧伤。

我的矛盾在于我永远无法放下过去，又怀念过去。无论伤害还是欢乐，总会让我回忆到悲伤，翻阅到难过，丢不掉。只是，我会将爱情抽离得很空，空得容不下过去。因此我怀念的过去，总是少了一块，空了一处，也会时而犯痛。

亦明白世间凡有所相，有所形，有所思，有所念，都如梦中事一样，终究过去，成全自我最好的方式是放下，然而我的放下，如师父所说，是怕亦不敢，终究又是一种执着。不能如水如风，都过去了还要觉得仍旧会被触碰。所有答案一直在我手心，风吹雨打，有形无形，我始终捉不住，只有心性的流动，缓慢存在能感觉。然而心性，也终有一天会失去，看穿得失，也就没有可执着得失的。

万物于镜中空相，如月投影在水上，有形亦无形。寻，是执着，亦是残忍。执着于情爱迷恨，如同探水中的月亮，要捉住镜子的花一样。即便你看得到，守住那水，拿着那镜子，得到的却依旧不是实体。天亮，月亮的影子也没了，镜破，花散。那你说，幸福是那水，还是月亮，是那镜子，还是那花。应该都不是，而是自己。

花落有春秋，明雨时冬夏，浮云随东又向西，苍狗却依旧。低吟词，浅饮半酌量，依栏旁榭上，词对半句，酒寄衷肠，字字伴相思，杯杯有深情。清风迎面，未就着鞋起舞，笑苍生，豪气千万，醉酒，挥手一明珠，不怕散落桥下，到处扔，不藏。

曲终人难散

简单地说，你要承担自己为爱而付出的后果，也要耐得住对方不爱你的漫长寂寞。

——《糖包语录》

一

斌哥问我要不要回去吃顿饭，我说，形象不佳，今日不出行，倒不是因为时间。亦因为觉得已离他们很远，每次回去，都不知道该说什么，沉默又不觉适用。应该说，现在的我离很多人都遥远，隔绝生活，隔绝心事。

手机用来当闹钟，停机中，似乎也不觉有什么不妥，反而安静了些时日。记得有个问题问，在电视、电脑和手机之间，你可以放弃哪一个。我当时毫不犹豫就选了电视，现在看来，我也可以毫不犹豫选择手机。只是电脑，什么时候我可戒掉？当然，最大的可能是戒网，不戒电。

很长的一段时间都只在 QQ 空间里发文，其实，心里还是有些鄙视腾讯的抄袭，只是，这样确实也方便。谁叫 QQ 上那么多人呢？等同我的网络电话，难以割舍。鄙视归鄙视，我还是要用到它。论坛已经没有我认识的人，新浪博客聊天不方便，微博上发字太少，其他的还不认识，都陌生。因此，还是

QQ好，有QQ空间，有还可谈一谈的网友，还有一群比无聊更无聊的人可看热闹。

丽江的天气不算很冷，手上的冻疮却缠绵不断，右手难以握紧，足足比左手大了一号。夜，有些痛痒。

原来不止是喝酒才会整得胃疼，吃多了也会。吃零食的时候觉得奇怪，怎么胃那么小，吃了这么一点点就饱了，其实已经吃了很多，只是零零散散的小包装欺骗了自己。某天一顿吃了两大碗炒饭，那种很大的碗，吃完觉得自己恐怖，也觉得胃恐怖，装了这么多。吃完，开始懊悔。撑的，原来饱也会折腾胃，因为是晚上，因此也开始失眠。他们问我为什么失眠，我没有答，若是大伙知道我是因为吃饱了撑着所以失眠，不知道会做什么感想？有些愚蠢到可爱，好吃懒做大概就是我现在的样子，彻底废了生活。

看《源氏物语》，里面说到光华公子与左马头的对话，谈到何为上等女子。不赞同书里的说话，因为那次对话，光华公子内心做誓，要尝尽各等女子，然而他心里始终藏着一个不可能的人，有些像他母妃的藤壶妃子。看完几章，只是觉得，越是华丽的人，说出来的甜言蜜语就越不可信。他们在说的时候都觉得自己是真的，然而你这个真，也不过瞬间的时。人迷恋财色，却不知道色可赏不可近，财可恋不可贪。《倚天屠龙记》里，殷素素跟张无忌说：越是漂亮的女子越会骗人。《红楼梦》则告诉我们，类似于贾宝玉这种男子，你可与他倾心详谈，挑灯伴酒，却不能牵扯情事。

虽然烟花美丽，不过一瞬，却带来无穷惆怅，所以我不迷恋烟花。

在"宅"的日子里，听歌成为了很大的乐趣。我有些小怪癖，会在一段时间里反复去听同一种调调的歌，或是同一个人的。因为多数听的都不出名，总在一段时间不听之后又忘记。再寻回，有若失而复得的欢喜。但现在不怎

么听丽江原创，那种新鲜感过去，反而觉得不够大气。就像现在，对丽江的新鲜感一过，又因为那些人事，觉得丽江其实也不过如此。只是，丽江是一种毒，中了毒就无法去戒，幸而，我最初不是先来了丽江，否则，我就逃不开了。当我觉得自己正常的时候，我就觉得所有待得在丽江的人都不正常，只是，每每回忆起丽江的生活，反复翻阅那些照片，就会发现，自己留了些东西在丽江。

小粟每每郁闷时，就会说：丽江是个破地方，让人来了就不想走。大伙儿就笑了，确实，在丽江待久了，会觉得这是个破地方，但这个破地方就像一张网，盖在每个人身上，即使逃离，还要回记。而这个网越挣扎，就越紧。我其实也会有怀疑自己是否能逃离得开这个地方，每个人都无所事事的破地方，他们说，除了丽江，确实不知道哪里还可以适合你。

确实，在丽江的日子太久，人废了，出去外面，格格不入的生活。步子走得比别人慢，做事比别人懒，时间比别人快。

但我不喜欢丽江的原因是因为人，喜欢丽江的原因也是因为人。阳光很暖却很毒，人言很美却很伤，景色很好却很空，不知觉。总有些让我怀念也感慨，忧伤亦快乐的东西和事情。

丽江的人们坚信自己的生活是简单的，自己也是简单的。

而我，只觉得有时候真实的一面比虚伪的一面更难以让人接受，更不耻。来来去去，停停留留的各种人，将丽江渲染成天堂，吃喝玩乐不忧愁。醉生梦死，夜半哭声，这算不算是高原反应呢？人生难得几回疯狂，这大概是大家喜欢丽江的原因之一吧，不缺酒不缺饭还不缺人。

只是他们真实的情感，没有责任，不会长久，凭感觉贪一时欢乐，会不会伤了人？可是大家，连伤都被包装得很美，连痛苦都不敢有痕迹。

二

好吧，这会儿有点早。

好吧，昨晚上醉了酒。

好吧，胃痛所以醒了。

童话的尘埃落地，终于也让我醉了一回，我亦成了那 80% 醉酒的人。很亲切，却让我很想哭。

饮酒醉如风谣，有点点难过。清晨走出门口，看梅花成雪飞，有点点伤感。6 点，起床，看见空间多人留言。呵呵，笑，小幸福，听风吹，胃痛。这是本性。酒，真是让我又爱又恨。

呵呵，我发誓，我再也不喝酒，再也不要让自己胃难受。

关于题目，只是突然想起这句诗。云破月来花弄影。

好好地，允许我有时伤感，难改习惯。

有点乱的语调，想告诉谁。

落泪，伤感，如花飞。

听曲，喝茶，伤别离。

感慨的结局是喝了点小酒，然后醉倒在尘埃落地，不自控，额，对酒，我永远没有自制力。汗颜。

其实本意是不打算喝酒的，回客栈时，坐下去，斌哥递过来一杯梅子酒，我愣了一下，决意不碰，结果一秒瓦解。又想，既然喝了，就痛快一次。酒量原本就不好的自己，很不幸地醉了。囧。

对酒，我想我是无可救药。

幸而，虽然醉了但不变态地折磨人，但记得。

困。

我跟薇薇说，我毁在丽江的酒里。她回复，谁不是呢。

我想，我会死在酒里。无可搭救的醉死无梦。

幸而，今天后会有很长一段时间不喝酒，懒。

去看了 CL 的空间，许久不见更新，自她结婚以来不见在线。她大概如她所说的那样子，捉住了幸福的尾巴，和一个顺她、疼她、就她的男人一起过着充实且平淡的生活。因此，曾经的那些忧伤，没有再出现在空间里。照片里，她穿着婚纱，不够风华绝代，也不足风情，但很是恬淡。我衷心为她感到高兴，生活终究归于平淡。

最近比较多感慨，他们都在问，怎么这么多感慨，是不是有什么事。其实，反而是因为什么事没有所以感慨。闲人闲事，但生活确实不会因为忧伤而风情万种。同样，亦不会因为这点点文字而流芳万世，打开网页，想买两本书，真是难以选择，书太多。好吧，一天又这样过去，什么都没有做。

三

我想，此刻，没有人知道我在想什么。太阳依旧很好，生命依旧到处都是绝望和希望，风又吹过来，透过玻璃窗看见一个小猫，那些树叶也早就落光，同事们敲打键盘的声音传过来，有音乐声，只是不会害怕，因为无所有，故而无所惧。我只是多感慨，心性在流动。

但不是每一个人都值得我感慨和忧伤，不是每一件事都值得我去怀念。

昨晚，ZL 问我，怎么不去他家里玩。我说，幸而，我当初与你分了手，虽不能保定你身体会不会出轨，但你心一定会的。他反问，那么你呢，会否出轨。我不言。其实已经没有什么可说，很多说话已经谈不到一块。他又问，那我是不是很幸运，当初与他分开。我答曰，YES。就连小恶意都没有了下文，会疲累，与不能相交的人说话，永远是一件疲累的事。好吧，别再谈，别再牵扯。我真不喜欢这样的说话，因为已失去的心情耿耿于怀，说暧昧的话，做暧昧的事，添感慨。现在这样，算不算一个笑话呢？

其实我也早就说过，现在，唯有文字让我倾诉又无负担，还愿意继续深究。

有人说，人终须需要一个家的。是么，也许，只是人各有命，强求不得。

我不想再在这个问题上纠结牵扯说话，一切随缘，自有定数。若不出嫁，出家也未尝不是一件好事。

不是我走得太远，不是我太自我，只是，对于我不想讨论不想过问的将来，我没有兴趣详谈。即使，那个将来是我自己的。

他说，我只是想你过得好。

嗯，我都知道，无需言。好不好，幸不幸，没有固定形状，我也希望终有天，将宁静致远，淡泊明志这句话演得很淋漓的自己。我想，我大概生错了年代。

好，是我不悲伤就好，我觉得没有什么想要的，就是好。幸，像风一样。不管别人的幸福和生活怎么定义，我在，就在，我存，就存。但是这一刻，我想得很简单，简单到我只是感慨，什么打算都没有。今天，会过去。

不是你觉得我好我就真好，不是你觉得我不好我就在难受。感慨又不能代表什么，饮酒也不只是难过解愁，只是这些感慨又让谁多忧虑？呵呵，只是文字，从不能代表什么。这个世界上影子太多，你看见不看见？

剧终

无论曾经历尽多少沧桑，都不是怀疑光明的借口。

——《糖包语录》

谁说爱情不需要结果，贪片刻欢乐，换取一生回忆始终值得？如果爱不能在一起，还有什么理由去牵绊对方幸福？因为爱，更要陪伴对方，婚姻也许是个形式，但若连婚姻都没有，你们又能有多爱？结果不如过程美好，但若连结果都没有，你们又能有多幸福？没有将来的爱情有多快乐，多幸福，又有多美好？爱情也需要勇气去相信有将来，无论曾经历尽多少沧桑，都不是怀疑光明的借口。

既然决定要跟对方一起，以后就要有很多的问题要面对，也应该早预料到，若不能如当初未爱过一样去相信，终究会导致另外一种结果，伤人累己。是不是要到那时候才来问自己，为什么当初没有考虑好？在爱情里，谁爱谁多一些并不重要，看这个人肯不肯陪你走出黑暗，肯不肯伴你到白头。但是这个世界上没有完全为你而存在的一个人，生活总会有许多的摩擦，要忍得住流言蜚语，俗事烦扰，还有心存侥幸和希望，始终相信那一份温暖存在。

在爱情里，无论男男女女都需要改变自己，从一个人到两个人的生活，总有一方要先妥协，相互迁就。情路那么长，总有人得先走第一步，但爱情的路，不是一个人就能走完，你在这里等，对方就会走过来，你一步飞到爱情的终点，你叫对方怎么走？好吧，对方愿意走，可保不定到你面前还有一步路的时候，他也累极，回到了原点。没有爱情是一辈子不用沾染俗气的，灰姑娘穿上了水晶鞋，也会长皱纹，再美丽再轰动的爱情，经不起流年，也不过过去式。

你说爱情多美，这个人与你爱得要生要死，那么十年后呢？二十年后呢？三十年后呢？童话般的日子过久了也会烦厌吧，再美的娇艳也会被后来者赶上吧，两个人还有什么可吸引？以颜悦人，你老了之后还有什么可以留恋？以财悦人，财尽后又有什么可记挂？若不能荣辱与共，同欢共喜，如唇齿相依，在一起就是为了相怨恨，最后还有什么意思。爱情的存在不会因为任何人的缺席或离去而不在，我们需要的不是精确的答案，而是这相爱相依相信任，是生活中的感动和美好。非要结果是执着，露水姻缘结苦果，不能指着要求你爱的人以同样的爱来回报你，也不能因为这刻爱的所以不顾后果堕落，更不能用爱的方式折磨自己。若连自己都不爱，怎去爱别人？若爱自己的方式是伤害自己，又怎可爱得好。

所有的开始都会结束，懂得放开才是生路，我们的生活一直是被蒙蔽的，需要这过程去揭开一层层雾，人生的意义在于不停地探究，但看得太透就是虚无，然而虚无活着又有什么意思？所有的伤口都会结疤留痕，懂得欣赏就别去挖开，会变成另外的狰狞。吓了自己，也吓了别人。生活不会因为这些伤口的狰狞而备感美丽，只会更空。太注重自己的伤口，必定会错过些美好的风景。

我们太计较在爱情里谁付出得多，谁付出得少会成为爱情的障碍，没有人要为你的伤口负责任，亦没有人能伤得到你心。爱情里，不是一方爱不爱

就受了伤，会一起也是你情我愿的事，只可感慨不可受伤。若他不懂珍惜，何必为了不爱不懂珍惜的人而选择毁灭自己？做最美丽的自己，不是容貌和外在就可成全，孔雀尚且懂得开屏，人生若苦短，何不，绽放属于自己的绝色呢？不苟活。

生活的最终目的是回归到本质上去，几秒钟可以产生爱情的感觉，然而那几秒钟的华丽终究抵不过生活的啰嗦。所以爱情是小事，一辈子是大事，然而大事都要从小事做起。可以相爱未必同饮苦水，人终其一生都在走回原点，无论上进或是堕落，黑暗还是光明，都有一定的意义。人若什么都如意了，也没意思。正因为生活中的不如意，我们才会备感珍惜可爱，梅花芬芳出自寒冬所以值得期待，毛毛虫也会变成蝴蝶飞舞所以值得欣赏，由卵成蝉自古就引文人歌颂。这些常理，到底是千年沉淀下来的，前人不断改新，留下这些精华，却是要我们用一辈子的时间去看透。我们的理想，永远在追寻中，而追寻的过程才是一种乐趣。多简单。然而越简单，我们曾经就越怀疑，每个人都是天生的冒险家。不相信，才会去创新。

我花一辈子的时间去学怎么对人对自己，最初教会我这些的人早各分东西，让我自成伤，痛了心，以为失去了自己。但原来，我一直在。

我不喜欢闹剧，不代表我喜欢"杯具"。要生要死要不得，大悲大喜未免有些矫情，既然明了，我就该学晓，在爱情里，不是非悲不可，非闹不可，非伤不可。

被一本书，一个故事，突然伤了心怀。

故事很长，忍不住去看了结尾，但最后女主角都不能跟她最爱的人在一起。

记得当初看《大长今》、《金枝欲孽》的时候，也是这样感慨，觉得惊心肉跳，为了阴谋，总是牺牲很多的人，所谓一将功成万骨枯，乱葬岗上无人记。

因此，真正的历史都是被掩埋的。

情关，自古以来，又有多少人能勘破？但凡女子，要有多勘破才能薄情，多无情才能勘破。

故事看了许久，后面的描写显然有些吃力，词句都有些不通顺了，但故事还是很感慨。是惋惜在笔下，那些人这么轻易就死去，那些事又太轻易被改变。人心，总比故事还易变。

已经很长一段时间没有看电视和电影，很长的一段时间不去看小说，不喜欢爱恨过于嚣张，故事过于悲喜的电视，韩剧的浪漫，张艺谋式的宏图，或是囧剧，都似乎没有更多的创意，剩下的只是翻拍，什么《红楼梦》，什么《西游记》，或是其他，都脱离了原来的精彩，画面华美，反而有些不实，脱离生活。久而久之，反觉无味。

荣宠一时，风光一时，终究败落。自古那些帝皇将领英雄，谁能不沾染血腥？要自保，也要保全，必有牺牲。幸而，我不是处于那种时刻需要自保和保全的环境。亦多感怀。

走出办公室的门口，微风轻轻拂过我的脸庞，走的步子有些虚浮。看经过略略可数的人面，模糊不清。记忆中回到十多年前，外公问了我句，会不会跳舞，我转了几个圈圈，他赏我几毛钱，我开心了半天。而今，那个平眉刘海，齐耳短发的女孩已经不见，剩下的躯体，哪还能如当初般心里什么都没有？据说，幼年的变色龙不具备变色的能力。不是我不够清纯，而是我最清纯的时候你来不及遇见。

小时候不明白，为什么那些大人们总是心口不一，连同小孩子都多了些小心机。原来，竟是大人们给我们上了最初的一课，教会我们做人处世，猜疑和应对，不也教会我们做变色龙么？但偏偏人有些真实，让人比虚伪来得

难以承受，生活总需要些美感，生生去破坏这美感露出狰狞，也不是件好事。

情亦苦，只是不知这是苦药，还是苦果，终究独吞。

那一年，满地的小绒花漫天漫天地飞下来，外婆牵着我的手，唱着我听不懂的歌谣，一大一小地行走在泥路上，天气很干燥，飞扬起来的灰尘漫天漫天的。朦胧中，还像是昨日。转眼，我们长大，她送别临行叮咛，成为了每一年，每一次回去，每一次离开，反复的画面。竟然，我不觉。

我其实是个喜欢把事情烂肚子里的人，当然，这不是我天性，是后天养成的习惯。即使梦里再用力呼叫，我也不会说出梦话吧。

失眠，梦魇，让我睡眠一直不能很好。那天朋友过来，说，你睡眠真好，怎么都不醒的时候，我笑了笑。她怎么知道，太用力做梦，也会疲尽。于是，很多时候我都是一副没有睡醒的样子，永远睡不够。

这几天忘记了梦里做过什么，见过什么，但不会是好梦。因为醒来，居然大汗淋漓，拳头握紧，还有丝惊恐。

辛苦么？我不觉得。

难过么？也不觉得。

我揣测着自己的梦，却一点印象都没有，只是有些虚脱。不做恶事，何以纠缠不清，看来心有魔障。魔障，留着吧。

自咛

以颜承欢，亦必以颜失宠。

——《糖包语录》

一

你一句无心，我让它花开万千句，一片一片满布在我的世界里。

这是谜题，若谜底可勘破，何尝不是简单直接的？出谜的人未必知道他的谜题有多少个答案，可做多少猜想。

你若问我，什么意思，怎么想的，太简单会否成就了复杂？说话，又是否需要深厚意义？

可惧么？可怕么？还是慌乱。我说，看者有心，写者未必有意。

我是开心是快乐，你又怎么可猜测。你若复杂，我何以简单。

我的形状，会变，又怎堪调教。

天色又暗，几日前他们折来的花朵已经枯萎，被同事扔了出去，花不堪折，会枯萎，还不能化为春泥护花，一朝落败。花尚且如此，人情何以堪。深冬，窗外的树木只剩下残枝，倒是花圃上一些顽强的野花开着，水分甚少，边缘还是枯萎的黑色。有点点怜。但办公室里的花花草草毕竟是因我之过，死去大半，无人浇水照料。我记得的时候不多，看来，我不是惜花人。

脱离文字，我也现实得很普通，没什么可大不了。只是多了点点忧伤，多了点点感慨，我让他化在文字里，片片围拢，看似花开。我小心地保护这区域，不愿意沾染其他，只属于自己的自言自语。甚至不允许别人破坏，反而有些刻意。自然些，却又引人入了迷雾。原来心情竟可这样千转百转，然后站回原点，又仿佛什么都没有动过。可是，会有人被触动，非我原意。我不深究别人想什么，依旧是自己浅言浅语，不做理会。总该，有那么点点爱好吧。况且，这又是很多人都做过的事，拾人牙慧，不过变成自己心情罢了，无可惊讶。

深究，谜底就是谜题，或许你觉得我在想的，我自己都不知道是什么。

空，大概也是一种感觉吧。

亦是，习惯。

怎么说都是错的，言多必失。

是啊，怎么说都不是对的，百般皆做答案。说，还是不说？但我想对自己说很多很多的话，我想陪自己多一会儿。

二

白开水固然无味，毕竟也不伤身体。情人如酒醉人，毕竟也伤本。

到底是红玫瑰比白玫瑰来得吸引，妍丽娇艳，即使被红玫瑰刺着，人们仍旧念念不忘。

生活过于平淡，人心总会有些出轨，有些不甘。怀抱着手里的白玫瑰，未免想折眼前的红玫瑰，那一抹红，生生进入了心里，挥之不去。十年前，承欢仍旧是青嫩的容颜，十年后，笑容里都舒展了皱纹，于是，青春不过换来薄情的一句，你容颜易老，对你也已乏味，怎么你就变了。是啊，人生有

多少青春堪虚耗，最美那些年，你又给了谁，会曾怨恨这薄情。以颜承欢，
亦必以颜失宠，谁不会老去呢？美人自古教人垂怜，所以西施病态还叫人怜爱，
而东施效颦则教人笑话，不怨世人以貌取人，这是常理，尤其男儿。

我觉得女子的美，未必要一下子释放，如同红玫瑰，再娇艳，终究有败
萎的一天，要耐读。从内而外，外在不足，则内里补助。花红尚且做泥护花，
风轻云淡的风情，谁又曾懂得。若男子只看中外在，终究会厌倦，不如慢慢
酿造这坛酒，越久越浓。如一本书，未必人人都懂得，只要遇到一个懂得的
人肯去翻阅，就终有一天会懂得其中滋味，慢慢散发幽香。藏风头，隐锐气，
也是一种磨炼的方式。

风浪尖上，有多锐气，就会被打击得多重，大智藏于拙。猜透他的心，
你又能多快乐。猜透你的心，他又能多幸福。不如隐约，不如虚伪，不如探索。
别揭穿，别猜测。

三

什么是真，什么是虚？

师父说，你若真心待人，人怎么对你是他的品性问题。你多虚情假意，
别人对你多好，这段情都是虚假的。我本无心，何以伤心。我本无爱，何以
怨恨。

会有多真？又会有多假？

女子薄情，方可勘破世事，但要有多勘破，才能无情？越是无痕迹，则
越是无情。说男儿多情，总论风月，然而女子总多情痴。

对你好，对他好，需要多少回报？若这好换来薄情寡义，不过是付出点
点情意，又能有多伤。需要理由，只是忘记理由会更好。脸面撕破，情意尚存，

一丝游离。还能坚持多久？总有一方需要多迁就，总希望对方能多爱自己多一些，这多一些，也是贪。

真么，假么，真也是，假也是，都存在。不会因为真假而虚化。并不是我不肯一语道破，而是，你们都知道结果却要尝试。明知深渊无可救，却也不肯退步海阔天空。须知，两个若牵扯不肯断，又不肯放，伤的，终究是自己罢了。我并无你们自己那么清楚因缘，故事怎么发展，都是你们自己的造化罢了。我没看透，只是旁观，只做参考。但凡苦药或苦果，早就有定数，旁人是怎么都不可做引的。又能，有多如意？情何以堪。

水没有形状，非要成冰雕刻，当然也要归回无形。

爱到最深处，不仅成全，还有周全。成全自己，周全他人。所以爱，亦需要理智。

四

七七说，他前辈子光顾着回眸了。

因此今生遇见太多，虽然是一句无心笑言，却又何尝无奈。遇见太多人，心思就转得太快，忍不住猜测吧。若前世500次回眸换来今生一次擦肩，那么前世，我到底与多少人回眸了多少次？所以今生得以遇见这么多人事。可是今生，我来不及与同一个人回眸500次，因此来世，我又怎么与人相守。

短篇

对于流言蜚语，沉默应该是最好的应对方式。

——《糖包语录》

一、傲气

J 说我有傲气，看到这句话，我只是笑了一笑。

好吧，我承认我挺啰嗦的，已经成为一种习惯，无论对任何人都是。但是，若多说无益，那我沉默，对男对女都是，我亦承认，我没什么耐心。若心里没有阳光，我怎强行将光线招入。何况，我的言语从来不是有用的解药。我无能为力，我只是自己的解药罢了。

师父说得对，我本不应理会闲事，做好自己就罢了。言多必失，言多必疲。

用心说话，用心就会疲累。因此，所有推心置腹的说话都会让我言多后疲累，终有一天沉默。我的耐性只有一半，另外一半用来休息。

疲累，我即使没有傲气，也不想说话。没有的说话，我倒不如轻松些，无心无肺些，反倒解压。有些本性的东西，终究还是未能磨灭。呵呵，沉默应该是最好的应对。

但这，亦不能算是傲气，只能说是懒惰。

二、接近

精油会用上瘾，虽然每次用的时候都会刺激骨肉疼痛，如针密刺，只是疼痛过后反而减轻了原本的酸痛。而我现在在用的这一瓶是翠翠姐姐送的，那个长得可爱到我看不出已经有了一个孩子的妈妈，虽然我时常觉得她眼里充满忧伤，挥之不去，亦不知道该如何去接近她。

有时候看着他们送的小玩意儿，笑容就不知觉中蔓延开，心里长出一朵小花儿。只是很多时候我又选择了沉默，不去接近。

来丽江已经七个月，遇见了很多人，遭遇很多事，在时光重叠中看见破落不堪的记忆，丽江带给我的更多是伤感和悲痛。怨恨自己变成一个自己都不认识的样子，却要承欢阳光。

A君说，虽然你每次看起来都很快乐无忧，但眼睛骗不了人，那里是浓浓的忧郁。

但我，竟然连自己的样子都勾画不出来了。是么，忧伤，还是快乐，阳光，还是强势。我一直觉得自己悲伤自己，与别人无关，直到某日发现，原来，自己的情绪也会导致周围有一点点的改变。悲伤会上瘾，要戒掉瘾是一件很艰难的事，然而不是不可能。我凭什么将自己的不快加诸别人身上？没有人会时刻讨好。

前几日破天荒买了些东西去客栈，大伙儿见到那些东西有些责怪的意思，说回家还带什么过来，不当这里是家了么？！我笑得很甜地告诉他们，就是当成家，才舍得买过来。不是为了讨好什么，得到什么。次日，小叶同学打来电话，让我过年那日提前回去，我说，嗯，好的。QQ上又有人让我那天提前回去，虽然是些小事，却也足以感动些时日。离开客栈前一个月，我心情都属于低落的状态，甚至连自己都不觉，对人对事都笑得牵强。洪姐说我的生活过得很压抑，从我文字和平时的状态就可以看出来，叫我别想那么多。我哑然，我不觉得与他们有关的心情，在不知觉中影响了周围的人。我歉然。

我不仅怀疑自己生活是否有阳光？是我给别人的，还是别人给我的？我希望这温暖能招来一点点快乐，一点点希望，却不知道最终这阳光是刺眼还是温暖。毒辣么？

L 说我想得太多，是么？他大概不清楚，我已经只剩下感慨，从不想去猜测明晓无关自己的事情。有点冷漠，亦无情。至于伤心悲痛更不会添新的，旧伤亦在慢慢复合。

我给母亲打电话，她无意中收到我给她过年的钱，虽然很少，一直都很少，但她很快乐地说声多谢。我被她的快乐感染了，原来用这么一点点东西就可以满足她，她的快乐即可满足我，这样简单。

三、梦魇

最近，最常做的一个表情就是发呆，对着各种各样的东西发呆。偶尔有人问及，有什么事么，我也只是哑然。我不是祥林嫂，亦不愿这样反复唠叨。有事么？都是些旧事。

我心绪白天时都是宁静的，只是晚上，又做噩梦了。梦见得太真实，醒来，床边的娃娃被紧紧捉着，皱了皮。

是思太多么？我想，应是我埋藏起来的旧事。我放下，却不能自控梦境。只是，梦醒来，也就无表情了。大概，我仍旧有丝不安。

四、情

人其实都是最爱自己的。但人爱自己的方式又是伤害自己，这很矛盾。

很多时候因为一个人一句温暖的话就泪流满面，放声大哭。我承认，我脆弱，我不堪一击。为了成全自己而痛恨自己，越走越偏离自己想要的目的地。我每次，都以过去为借口，以心伤为理由，觉得生不如死。

我能懂鲨鱼不敢游过另一边是因为曾经受伤太重，要保护自己的感觉。只是我不喜欢阴暗，我想做一朵向阳的花，就算践踏在自己完美的悲伤上，温暖也毒，我没有资格藏匿在黑暗的角落悲怜自己而忘却周全。然而，我始终缺乏一种悲天悯人的大爱与聪慧，也藏匿不住自己的锐气与懒惰。因此，往往我的温暖到最后会成就别人的冰霜，冷却的是我自己的心。

心寒么？不，我只是心痛。可独自悲伤，我不想独自快乐。

我还不够绝，还不够毒。落花不是无情物，化作春泥更护花。

曾经沧海难为水

看了太多分离，就不会觉得分离是件难事。听了太多故事，就忘记了自己的故事。

——《糖包语录》

一、薄情

曾经沧海难为水，除却巫山不是云。

有首歌是这样唱的：虽然分分合合，早就习惯，放任吸引，也曾经缠绵，缺憾未够修行，不能一直动人。

然而分离，始终不是人可轻易说出又轻易收回的话，一旦开口，心里就永远会有个钉子，无时无刻冒出来的想法，会让人不能自控。谁又能，从一而终。

"分手"两个字，不能轻易说出口，易说难收。

看了太多分离，就不会觉得分离是件难事。听了太多故事，就忘记了自己的故事。

有时候，期盼了很久的结果到来，发现原来不是自己能要得起的，不是那个样子的，或许就承担不起了。人生往往充满太多意外，迅速到你做

作不了准备。例如很久前想要的礼物，在不合适的时候到来，却不得不舍弃的时候。是惋惜，还是难过？可是，没有那么完美的人生，却有那么完美的意外。

但是爱情，始终不是完整的。承担不起意外，习惯不了平淡，哪怕一点点小事，都会成为导火线。有些话是连提都不可提，有些话连沉默都是错。只是，我也不难过了。

没有血缘关系的亲情始终太薄弱，一不小心就遗失了全部，相爱相怨恨。念着仓央嘉措的第一最好不相见，如此便可不相恋，多生感慨。若不相见，不相恋，亦不相爱，也就免去了横生的诸多感慨。

有人说我薄情。

也许吧。与其在俗世里彼此牵扯过后躲不开琐碎的生活，用言语带来负累，我不如还薄情些。我清楚，我缺乏一种演出爱恨的天分，或许是用完了。

他们问我，过年了不回家，会不会想家。我无法老实回答，不会。但我会记得。即使对父母，我也是淡淡还淡淡的谈笑风生。这又算不算薄情？不可割舍，我不依赖，只是这样。多年前，我为母亲用笔记本写了一本赞诗，始终没有给她看，家事变后被毁掉了。多年前，我沉迷于他们的爱恨中，终日不得安生，负累甚多。当这些事情变得平淡时，我也许就失去了激情，懒到不想提这烦琐纷争。

血肉相连的人尚且不能让我依赖，何况是没有血缘关系的陌生人，又能想我怎样去重视？会有多少甜言蜜语可以说，你有多少东西可以让我求之。我能贪图你什么？薄情，这很自然吧。情要多深切，才能使得我苦笑尽情，我也想有这份深情可演出。只是，往往这种深情，让我演到最后只剩下嘘唏。

<h1 style="text-align:center">二</h1>

小陈笑我，在丽江这么温暖的太阳下都长了冻疮。

照着镜子，有点无奈，就连脸上的皮肤，都被冻伤了，额头上起了一片水泡。手上更是不堪。这样的自己，大概是连自己都惊讶的吧。晚上紫红紫红的脸庞，有点点类似高原上那些藏族的人儿，像上了变态的胭脂。只是没有紫红色的皮肤，白得透明。

开始没有心情做任何事，这两天沉迷于数独游戏中乐此不疲。九宫数字让我抛开暂时恼人的种种琐碎，亦不想理会任何人。小谷昨天从昆明至丽江，来之前告诉我要带一个喜欢文字的朋友过来，可来到工作室里，我亦是沉迷在游戏里不理会他们。其实这样也好，太多时候我语穷，不知道还可以说什么。晚上，拿着书做着数独游戏，一直到快要天亮。这大概是这段日子来最动脑子的事。好吧，我承认我最近比较无聊。只是不习惯对人有依赖，对人说太多话了。

也罢。很多事情原来的本质就是这样，吃饱了睡，睡饱了吃。大伙儿开始问我什么时候离开丽江，我不语。也许，我已经逃不开，懒得逃。丽江，这里其实并没有属于我的故事，并没有我的方向。可是除了丽江，我又能去哪里？暂时这样吧。

何谓，缘自

任何事都会有结束的时候，得到就会失去，所以肥皂泡即使再美，也会破灭。

——《糖包语录》

生活就是回归到生命的本质上去，人生在世，最值得铭记的是寻找本质意义的过程，而非结果。但是什么都明晓，什么都破解了，人又会觉得没有意思。所以缘会起灭，何况爱情。无论得到或未得，都注定会有失去的一天，逃不开生离死别的俗套。这是常理，可是人们往往执着于有还是没有，爱或是不爱，苦求而痴念，终究成魔障。

聚散皆是缘，苦药还是苦果只能自己独吞，怨不得，恨不得，苦留不得。什么至悟，也许只是风花雪月，阳光雨露，那么一霎那的瞬间。这亦强求不得。

《西藏生死书》里说：1.一切事物的生起，都是因缘和合的结果。所以，心或意识也是由前面时刻的结果而产生。2.这个世界上不管有什么样的喜悦，完全来自希望别人快乐；这个世界上不管有什么样的痛苦，完全来自希望自己快乐。

这让我突然明白，过去的一切不快乐，是因为自己想让自己得到很多的快乐，亦因为执着缘是得到，还是结束。

　　如此看来，说缘是心性的流动也未尝不可。有人说，世界上只有一条真理，真理却永远在寻找之中。因此人们所知道的道理，多数是常理而已，生存最基础的规则。人的梦想与理想都是建立在寻求真理的基础上，穷其一生，都在寻找。有目的地寻找叫理想，没有目的地寻找叫梦想。因此我只得梦想，而理想还在寻找当中。在寻找的过程中，因为心性在流动，所以这也算是我的缘。永远在我自己的理论与之间当中变化无穷，谈不上复杂和不复杂，虚还是实。万物于镜中空相，终诸相无相。

　　跟随缘的脚步，不一定非要捉着有形状的东西，追求有形状的平安与快乐，这不是爱的本意。爱若有所求，愿能成全自己。无需尽情欢笑，也不必尽抛眼泪，站在一起，但不要靠得太近，因为廊柱分立，才能撑起庙宇，橡树和松柏也不能在彼此的阴影下生长。

　　看别人的故事，听别人说的话，会有一刻似曾相识。多么相似的过往，原来也是曾经别人的缘。有时候生活就会这样子，你经历过的很多事情别人也经历过，读过的书，听过的话，总会有点相同。每天过一样的日子，会重复觉得原来发生过这样的事，其实只是太相似。每一个人都是独一无二，却也有无数的相同。

浓情淡酒，只醉心怀

　　小谷说要来丽江过年其实说了不只一次，不过我给忘了。

　　因为他来，这个月首次酒桌就为他们破了例。浓情淡酒，只醉心怀。

　　他带来的朋友兴致很高，结果是我们三人陪他人均喝了一打。

　　其实与小谷在丽江之前并未深交，只是昨天在酒吧的一席话，有些相似，让我微微感慨。

　　他说，如果有机会，他想把他的故事给我。个中曲折，必定让我更多感慨。

　　关于爱情，关于亲情，曾经的激情，完毕后延伸了平静。

　　回到古城，去了阿安酸奶，我突然想起一年前初次来丽江，是小周带我去那的。于是，我在那里给小周留了一段深情，却有些矫情的语句。允许我偶尔感性，偶尔激情。希望她下次去的时候，能看见。只是那么多的留言，也未必能找到。

　　我觉得无论是爱情还是亲情，甚至是友情，最好都淡淡的，不要激情，只要感性。最好，一点一点地浓聚，化在骨血里。

　　这两天，更新了小说，没有感动到别人，反而自己翻阅的时候掉了泪。

　　关于现实，我更喜欢我构思出来的人物，最好深情却淡淡的。

　　他们说我不会谈情说爱，打情骂俏。其实，我只是不习惯，不习惯说甜言蜜语，越亲，就越难开口。这样是不是不正常？即使是恋爱，我也始终淡淡的态度，淡淡地释放激情，淡淡地承受。

有人说我不懂争取属于自己的幸福，我也只是笑了一笑。争取么？我觉得是强求。爱情不是我等就能等来的，在爱情里的他也让我去争取，要勇敢，别害怕。可是，勉强会幸福么？我始终觉得随缘，聚散皆是缘。若强求，若争取，到最后仍旧是换来不停地争吵与折腾倒不如别开始，倒不如早些结束。消极么？这是我对自己好的方式。

我并不觉得自己有这样的勇敢激情和担当，会有多爱才敢耿耿于怀，要多勇敢才敢深爱一个人，又要有多深情才有担当的态度。

我要的，只是淡淡的爱情，浓浓的亲情，会有摩擦，但不离弃。生活不能完满的事，就化在故事里。我想要的生活，想要的自己，若不能完美，那让故事完美。至于我自己，就这样就好。

这与一个月前态度有了很大对比，有时候淡到连自己都觉得麻木。可是，矫情的深情，我并不需要，无法演出。所以，还是构思故事好，在那些故事里，哪怕矫情，也足够揪心。

外婆问我为什么不想结婚，不想恋爱。我开玩笑地说，你外孙太聪明了，不容易配对。她笑，有些担忧地说，最好离家近些，我们这些老人没有多少年可以看你了。我眼里一沉，知天命，不愿意相信会有永别的一天。

我跟小谷说，到现在，最喜欢我的一定是没有跟我一起过的。

那怀念，那宠爱，终究是让我对世事多了一些无奈，再也没有人给过我那样的容忍。我突然想起，五年前 Y 说，等我五年，不知道他是否还记得，但我记得，终于过了这时期。两个人相处，总会有摩擦，无论是我，或是其他人，都难以承担太多。我想，这样的淡淡也不淡。看似无情。

会记得安好

人的悲剧多数是自寻的，幸与不幸，亦如是。

——《糖包语录》

一

第二次不在家里过年，没有响响的鞭炮声，没有旧时对年初的期盼。

一群人的热闹，算不算一群人的烦嚣？年夜饭四桌人，男女老幼，尽情喝酒，尽情狂欢。段姐问我几时回去，我说不清楚，她看了看我杯子里的酒，责备的语气说：别喝那么多！我笑了笑，嗯。但还是有些醉意，回去客栈的时候很不幸，穿着高跟鞋在古城里小扭了一下，其实只是小事，但因为言语不通，那帅帅的外国人非要背我，后来又让他儿子背我。实在丢脸。虽然国籍不同，语言不通，但从他们眼里我看见了深深的担忧。这时，这些关怀让我在大年三十里有了不少暖意。

美美的英语老师要跟我换鞋，我拒绝了她的好意。一群人都担忧着，有些不安，我还没有全然醉倒。回到客栈没一会儿就睡了，没有参战夜场。原想骑车回新城，终究被大家执意留下，硬是占了洪姐一张床。

清晨，太阳没有起来，我最早起床，闻着丽江特有的气息，看凌乱的客厅，才有了一点点新年的意思。热闹，温馨。坐在客栈的阳台上晒太阳，黄姐和天天过来，天天是个很可爱的小男孩，于是我停下玩数独的心情跟他们聊了起来，然后又带着他们去古城里找白粥。

这样逛到下午，有些困意，回到客栈，大伙儿都起床了，斌哥过来摸了摸我的头，说我头发不应该剪掉，像个野小子。其他的人在客厅和厨房里忙活，我又玩起了数独。

知道我来了丽江一年，客人有些奇怪，问我是为什么留在这里。我说，因为这里的生活已经让我习惯，除了不习惯太匆匆。

有没有想过要嫁在丽江？在丽江有没有艳遇？

好吧，这个问题我刻意不谈，在丽江不会有我期待的爱情，于是我笑言，或许，我应该在丽江出家。

大伙儿都不信，说，好吧，你将酒戒了再说。

纠结么，我开始不喜欢丽江，却执意留在丽江。这不是一种无奈，而是一种懒惰和堕落。

几分情意，几分真假，已经不重要。

也许吧。

我会记得安好，记得醉酒后不难过，记得难过不喝酒，还会记得微笑每一天。

有人说新年，新希望。其实，无论是新年还是旧年，希望始终都在，不会更新，但它存在。

二

相对于"距离"两字，我始终觉得更适于女子之间的惺惺相惜。

有人用了一句话来形容女子之间的惺惺相惜：我们是闺密，也是宿敌。

因此无论两个女子之间有多紧密，也潜藏着对敌关系。

所以闺密，是一种娱乐，终究逃不开俗套的妒忌或是对比，彼此之间生了间隙。

一个女人要做到波澜无惊，荣宠无悔，那她就不太像女人了，说是伟人或是妖精更为恰当些。

不幸与不幸的女人更容易相交汇，你沉浸在你的伤口中，她亦沉浸在她的伤口中，与其说这是种交流，倒不如说这是一个人的自言自语。有伤口的女子沉浸在自己的伤痛中是无法给人带去温暖的，更无法细听。

我欣赏历经世事还淡然处之的女子，亦心痛沉浸在悲伤中的女子，但我会更喜欢淡然处之的那一边。最好是善良的。

如同素未谋面的飞鸟，经历黑暗的洗礼反而让温暖少了些刺意。虽然不常问候，偶尔间 QQ 上淡然的嘱咐和问候，会让彼此之间多了些暖意，不刻意，却充满感动。

伤痛固然是生命中不可缺少的一课，能让人经历成长刻画蜕化，只是生命一直在继续，人之所以会痛苦是想要的快乐太多。

快乐不是别人给自己的，不是你非要，别人就一定要给你。求而不得，因此痛苦，因此悲伤。

将悲伤化为深情，在文字里矫情做作，是我痛苦时的洗礼。然而有一天我会发现，求人取乐自己不如自己取乐别人来得容易。真正的快乐从来都不是建立在别人对你的刻意讨好中，而是，愿意让身边的人快乐。付出从不是失去，无论得到什么，只求自己心安。

光明从不会因为黑暗而缺席，黑暗也不会因为光明而隐藏。如何两全，在人一念之间。

我不想因为自己的黑暗而错过此时盈照的阳光，生命即使荒芜，我也要遍地开花。

没有人知道这样的温暖，是建立在撕开一层皮的痛苦上的，即使阳光满布，依旧摆脱不了阴影。我还不能毫无负担与伤痛地走在阳光下，但又如何，蜕变过后无需害怕黑暗。最怕，连面对连肯定的勇气都没有。我曾将悲伤练就成毒，上瘾不能自控，还理所当然地用这悲伤蒙蔽心眼，不去面对光明。因此快乐也会痛，悲伤也会笑，心，却空白得可怕。

我常说，伤痛只是我一个人的事情，然而，又能如何只顾自己。

盲目而短暂的欢愉只是片刻快乐，换来无穷空虚惆怅；片刻清醒的痛苦只是短暂的过去，沉积成生命中的符号填补空白。

相比快乐，痛苦更让人深刻，因此会有人觉得快乐太短，痛苦太长。有人求乐，有人求苦，偷欢骗乐，自欺欺人，始终不能安生于世。

觉得伤口太重太痛，于是任由它在黑暗里发霉浓化，也不愿意面对阳光，怕刺穿了眼，还怕底气不足。这是人经常犯的错误，爱自己却要伤害自己，要安生却要发霉。

G说，如果有机会想听听你的故事。我避开了这个问题，说了句：现在的我只剩下遭遇，早就没有了故事。

将故事深藏或遗忘，将人生重置，无数次与过去告别所以成就了今日可与你谈笑风生的女子，只这一句可道出所有。而人生，来来去去不过悲欢离别，痴迷情爱，荣华富贵，说到底，到底没有什么新意，说来说去，自己都厌倦了。

自挖伤口我又可填补谁的空白，自说快乐我又能畅快谁的心怀。

问我么？我已经没有了动人的故事可言谈。

如果可以从头来，我想我也会做那个搓麻将的女子，而不是看《红楼梦》。

繁华也极致

简单啊，怎么说也是件快乐的事。

——《糖包语录》

喜欢北京，不是因为鸟巢，不是因为水立方。

相比城市，我更喜欢北京的郊外，和北京那些大大小小的胡同，还有宣纸。

但北京我铭刻的痕迹，自 2009 年后是少之又少。

小时候，看着课本里的天安门，那对我来说是个遥远的梦想，我暗自发誓一定要有天去天安门，去故宫，去长城。2008 年奥运之后，还多了个鸟巢。

当我站在天安门下，想象着儿时那么伟大的梦想终于被实现了一个的时候，我满心的喜悦。

然而看见车来人往的街道，我很茫然，心里突然横生了一阵阵忧伤。

尤其，在那儿我送别了好些人。

我时常想，像我这样不喜欢离别的人不应该待在丽江，因为丽江的离别太多。只是对于离别，我从来都是沉默。

在北京的日子是悠闲的，天气晴朗空旷，我甚至没有碰到一次沙尘暴。早上睡觉，下午起床，晚上工作，颠倒日子，不颠倒是非。

我喜欢一个人的时候去鼓楼，去琉璃厂，去 798，去后海，去正阳门，去前门，去王府井，静静地看着人来人往。在别人的烦嚣中细细品味自己的孤独，然后退出所有人的生活。

只是连出门我都很懒。

那时候喜欢买一大堆零食放在房间里，饿了，无聊了，就吃。晚上，工作累了，就看恐怖电影，看悬疑电影，还看催泪的。

这样的生活，应该算是很宅的。

我不爱凑热闹，所以就连"十一"，60 周年军事演习我都错过了，电话里老人家们兴致比我身在北京的兴致还高。

北京，我说，我应该爱恨俱在。

我爱它晴朗的天气，郊外特别明亮的星星，和夏日里的响雷大雨。淋漓尽致。

但不爱它匆忙的人群，拥挤而陌生，不爱它到处都是的高楼大厦，和让我迷路无数次的公路。

我时常站在地铁站的出口不知所措，无处可去。

又时常选择一条陌生的路，兜兜转转，只为思绪蔓延。

所以北京，给我最大的印象，无非是炸酱面，涮羊肉，还有自酿酸奶。而最大的兴趣是穿街过巷，寻找各种各样的惊喜，或是躺在客厅的沙发里，透过透明的窗口看楼下的四合院。

这，就是我在北京所有的生活。

简单而怀念。

阴影

> 未成熟时，有些阴暗是连自己都不能触摸的。
>
> ——《糖包语录》

一

我多么想在尘埃里开出花朵，演出光明，只是，总会有时候忘记了要光明，不要黑暗。

我的黑暗是雕刻在心里未完美的伤口，镂空了将来，成就了空白和苍凉。即使演绎得多好，不代表会忘记悲伤，这悲伤是阴暗发霉的伤口，还未能暴晒在这阳光下。

因此每每阴霾时，我便尽力隐藏，也努力笑得更灿烂，不愿意在众人面前脆弱。

所以小时候，每当跟母亲吵架时，她的语言想要让我哭泣的时候，我会夜半行走在小城市里的角落，害怕与恐惧，却任性地不愿意回去。

成长以后，对于光明，我永远觉得不够。

对亲情、友情、爱情祈求太高，得到的伤口就会越重。因此无所谓与倔强，如同我的保护盾，会延伸出很多的刺，口不择言，首先刺伤自己，又会伤害其他人。

勇于承认错误，不代表刺不会刺痛别人，曾经的存在，是事实也是证据。

斌哥说，只要清楚自己想要的结果，那么过程何不调和下？

其实过去已经让我百毒不侵，但我永远不知道那一句，某一事，轻易就触某些伤口，虽然对于将来，对于现在，我有承受能力。

原谅我，还未足够光明，未足够温暖。

他们说我很天才，能一跤摔到右膝盖，扭到左脚踝，伤了左手臂，还是穿平跟的休闲鞋。

可惜客栈里关于跌打、伤口处理的药品少得可怜，只有一瓶客人留下来的双氧水，用来消毒。跳了蹦了大半天，还是用消毒水洗了洗伤口，娟子在旁看得仿佛比我还痛，我只是一个劲儿地笑。有些些微痛，不能用力。

二

看见 SJ 在 8 月份送给我的礼物，上面刻着他的名字，我没有扔掉。

虽然岁月确实改变了很多，十年前与十年后，我只残留年幼时的那些美好。只是真相，总会比想象更为伤害。

十年前我记忆里腼腆阳光的男孩子，霎时间出现眼前，原来无论思想、样子，都与我想象相差甚远。唯一，还一样很单纯。只有笑容，看出当日的痕迹。

但终究是彻底遗失了，在时间的长河，再也不会融洽。

那些美好也如毛毛虫变成了蝴蝶，飞走了。

你是否知道，十年后，我们还会再相遇。却因为这相遇，彻底遗失那美好。没有了寄望，没有了想象，只剩下年幼时残碎的记忆。是谁，带走了这曾经。

只是偶尔，我会怀念年幼时淡淡的笑容。

三

算是怪癖吧，独立得太久，就会忘记集体生活。而独立成为习惯，很多关心就成为负累。

真心话大冒险永远不是我所能适合的游戏，疯狂，亦会触碰黑暗。有些黑暗是我刻意忽略的，却始终无法预见光明。

我不怕说真话，可是永远会害怕说真话后带来的后果，我还不能释然。触碰那些阴暗，不是我想要的结果，无论将来如何，我始终会让光明和黑暗共存。可是光明，永远永远是践踏在我完美的悲伤上。

还会痛么，不会，因为我连痛的能力都失去。

光明会藏匿在悲伤后面，大悲大情的人永远会有能力演出完美的快乐。这是几米告诉我的，有阴影的地方总会有光。

我讨厌别人用一副自以为是的样子重复说我应该如何做，哪怕是很小的事情，就如刚刚，阿愈说，你赶紧睡吧。我反感他的语气，重复了第三次后，我终于忍不住说，你就别管我，我要是困了我自然知道，若我还不想睡你再说我也不会听。

我还学不会圆滑。

其实有些事我亦是反感的，只是，在没有干涉我的时候，我永远都一副无所谓的样子。前提是，别人不能用他的自我来要求我要如何如何做。提意见，可以，没有人会完全对。所以，没有人有权利去干涉他人的想法和生活，哪怕他认为是错的，是对别人好的。

这也是我的自我。

关于酒品，凌晨，终于给了我一个深刻的教训。当我无法控制酒意上头，品行暴露的时候，我可以尽量克制酒量。

关于凌晨，见证了一个人的酒品问题，无抑制地来了厌恶。

是的，昨天很逗，终于见识了梵希同学的酒疯。

不知道，这是借题发挥，还是借酒发挥。

年轻时犯错，不是可怕的，可怕的是不知道自己错在哪里。这是本性问题，建立在对别人的伤害上而成的酒意，我一向不耻。

更逗的是，这件事其实已经成为很多人的笑料，自然更成为我的反面教材。

我知道我还不够成熟，还不够宽广的胸襟，只是偶尔，无可抑制自己的厌恶之感。当我厌恶一个人时，我对他只会冷漠兼视而不见。

但我也犯了个小误失，我不应该再提起，也不应该有所气愤，拿别人的错误来惩罚自己的心情。太不值。

好吧，当这篇文章完结时，我会继续做我自己，所有是是非非，还是该无视。

我承认，我有种打破砂锅问到底的狠劲。我认为一个人好的时候，多数时候我会把他的不好去掉。如果我讨厌一个人的时候，我会讨厌到底，然后分析他所有的不足之处，总结下来，我会把很细很细的细节都想起。

因此，我把这个人透析了一晚上得出结论，没有胸襟，没有风度，更没有自控。气量小，自然成不了大事。

也因此，仅存的那一点点喜欢被厌恶磨尽，变成相平，这也让我有些矛盾，对同事，我不应该如此。斌哥说，看到一个人有缺点的时候，你要帮助他更改，而非把缺失看得更重要。

其实某人并非一个有心机的人，好听点，是思想单纯。只有三根筋，一根是女人，一根是酒，当这两种结合的时候，他只剩下一根筋。所以昨天是

情有可原的，但不可轻易原谅。因为他每每酒疯，都要牵涉到好些人，让人不得安眠。更可怕的是，他完全不觉得这样有什么不对。这个是一个死角，通常让人难以转弯。

但当我确确觉得这个人为人处世不得当时，我是不是也犯了一个很大的错误？未免苛刻了些，毕竟，我不能完全不带私人情绪去否定确认。然后，我是不是也应当反省自己的过失？以此为戒？

想来，我也是有过失的，过失在于自己不能缄默。

正义，想来不算，我认为对别人好的，未必是好的，这种强势也往往会成就自己的缺失。成为弱点，可以让人加以利用的弱点。不同角度看世界，世界不一定是同一样子，我还不能站在别人的角度里看这世界。

太朦胧。

但越分析，就越细致，越细致，就越不能明了。每个人都喜欢站在自己这一方说话，都会觉得自己是对的，别人是错的，因此说话也只会挑对自己的有益的话来说，到最后也埋没了真相。我也如此，因为每个人都希望看见的自己是正确的。

人生若初见

相识那么多人，路过那么多熟悉，又始终如初见。

——《糖包语录》

一

为什么来丽江？

来丽江需要理由么？

确实不需要，尤其对我来说，理由更是无穷无尽的。无穷无尽，我可以给你永远说不完的丽江，无论是事后还是事前，只要是理由就可以。不需要，是因为永远不会有一个正确的答案，让我也对自己的行为做出解释。要离开一个地方，要去一个地方，这大概算是比较完整的理由吧。不巧，这个要去的目的地是丽江。

来丽江的故事，如 L 所说，没有了后续，只是一些遭遇。无非求醉，失态，伤口撒盐，忧郁，感慨，文字，谈笑风生，角落躲藏。这是总结，也是全部。

初见丽江未免有些失望，景色没有想象中精巧，商业气息太浓，一步一商铺，密密麻麻的人。从四方街，转至五一街，用了我整整两个多小时，不是因为它大，而是因为我迷路。客栈里的人都没有起床，却开了门，没有想

象中的热烈拥抱、温暖问候，我只好坐在火塘边看来去的人们，被误会成需要入住的客人。终于见着传说中的那些人，招呼过后开始一天，有些平淡，有些新奇。

晚上，他们带我去喝酒，醉意浓，哭泣，想起，揭开伤口。原来这就叫黯然销魂和醉生梦死。黯然，醉死，无梦。就这样的醉，让我沉迷不自拔。

后面那几天，帮忙客栈打扫卫生，整理。兴致甚浓，只是瞬间，再多的力气也抵不过无穷尽的生活，总会有失去力气时，提不起。因为没有人管，所以喜欢见到大伙儿没有事了就周围乱跑，买东西，逛街，看。晚上，又去了酒吧，五一公社，听了《加州旅馆》、《三思吉》，认识了恋恋，樱花屋，没有艳遇，却记得了一个老爷爷跟我说了很多话，说话忘记了，连他样子也忘记了。白天逛街，在客栈晒太阳，晚上泡酒里，坐火塘，说轻狂。这就是我第一次在丽江所有的生活，大事，没，小事，多到记不完。

你说惊奇，我不觉。你说安乐，我亦不觉。但疯狂，足够，迷引我继续来回。

需要什么分享？是错开的人事，还是醉酒里的遇见？

火车上遇见的小伙子，说了一夜的话，还是不再见。酒醉后依靠过的肩膀，哭泣时递过了纸巾，遇见还是陌路。相拥抱，痴情长，心念的是另外的人。分飞燕，雁回首，花开几朝落，谁记得。伤别离，却迎来新人，忘旧爱，又路上相逢。能一眼便倾心，彻夜欢谈，相逢恨晚，也能欢畅后，相别离，不相忆。有惊喜，有惊心。

走的路来来去去不过那几条，遇见的人却化万千，总能成为其中一个的影子。

相识那么多人，路过那么多熟悉，又始终如初见。

多感慨。

二

今天，终于下了决心要给他寄一份。其实已经无关爱情，无关记挂，怎么可能会是爱情呢？虽然爱情产生的时间很短，只是，在一个特别的时间出现一个不特别的人，然后发生些特别的事情，这个引子不管好坏，它终究成就了《暖1》和《暖2》。

也有一瞬间的后悔，把无关的生活无关的事无关的书给无关的人，这算不算是浪费？只是才《暖3》初见分晓的温暖与光明，需要时间，需要长久的一种期盼。

穿着高跟鞋走了两天的古城，几乎要废了脚。有些仿佛遗失的东西又握在手中，逐渐明朗，只是，这都不是我要的结果，那样，就随风吧。

不知觉，来丽江已经将近一年的时间，看惯了分离，看惯了聚散，那些人事刚开始时都很清楚地印刻在脑海里，过了一段时间就被埋在很隐蔽的心里，难以提及和回记，日与夜的精彩交汇时光中却显得幕幕都有些荒凉。是心动了还乱了又无痕迹了。

还是时常走神，只是大伙儿都说我比起上次来心情要好很多，没有那么阴霾，没有那样压抑。我笑着说，都不过一个过程而已，总会过去。

还会疼么，还会苦么？答案是，会的。只是我会化成一个更好的方式，不去揭开这伤疤，学着在伤疤里雕刻美丽的花朵，哪怕残缺，也不能遗憾度日。

偷片刻欢愉自然能换得一刻快乐，快乐，快乐，顾名思义就是乐了快了就过去了。生命都是一个过程，没有选与不选的存在，一切都是因果。我相信，会有答案的，会有我自己的一场精彩。

一个陌生的女人给我发信息，说要来看我，为我而来丽江一次。我有些小感动，从开始去实践自己的温暖时，也被很多人的温暖给感动着。只是，我还能坚持么？还可以坚持多久？

脾性越来越怪，更喜欢一个人独自品尝种种感觉。但仍旧不能很圆滑，例如当那个我很讨厌的校长到丽江找到光哥时，我便很直接地说了某些话，让人难以下台。我始终还不能视若无睹，缄口不言。也罢，随心。

另外一个校长给我发信息，因为一件很不愉快的事情，我没有接电话，而是直接回了信息，如果没有什么事请不要发信息过来。

我无法抹去许多的不愉快。

我厌恶的还不能一笔勾销。

空间里有人留言，希望你能一直坚持这份善良。可是善良值得么？会连我自己都无法坚持，会去怀疑。可是，仿佛很多的事情都逼着我一步一步走下去，继续下去。

我想那些孩子们，却讨厌那些大人们。

小孩的世界让人想玩，大人的世界让人想逃。

当人成长之后，会因为自己的经历而变得处世圆滑和对世界有一种戒备心，小时候那么迫切想要长大的自己，当真正长大之后却会无比地怀念小时候。这是人的童心和单纯，被藏在内心的最深处，不会轻易被提起。

第九辑
又寂寞，又温暖

其实谁也不想谁

这路口分散后，看见那花开得很美

只是一眨眼就懂得枯萎

离开后谁还要记得去留念

在你心里，在我心里

看见月亮会记挂谁

暧昧与虚荣

人越是渲染他拥有什么，就越是缺少什么。

——《糖包语录》

暧昧没有错。

虚荣没有错。

尤其，这对于女人来说。

女人天生的虚荣心不是在物质上就是在外貌上，与人攀比，与人谈说，逃不过物质与外貌，算不算一种现实呢？

闹闹暧昧，炫炫幸福，没什么大不了，虚荣也罢，寂寞也好。

只是前提是别将自己的虚荣建立在对别人的伤害上，小暧昧不会伤人，大暧昧会伤心。

虚荣会决定暧昧。

要看一个女人爱不爱你，要看她对你的要求。

如果只是要一些物质上的安慰，这不过是一种暧昧虚荣。

弱小时要学会保护自己，强大时要记得别伤害别人。

男人醉在酒里。

女人会醉在虚荣里。

因为无论醉酒或醉在虚荣，都会让人忘记最初善良的自己。所以无论弱小或是强大，都永远有伤人和自伤的能力。同样，都缺乏自保。所以那一句看起来简单的话却那样难以实现。

所谓暧昧，不过你追我逐，你进我退，人来人往的故事。

昙花一现躲不过天亮。例如 A 喜欢 B，B 喜欢 A，这喜欢不是相互的，只不过，A 喜欢 B 的样子，B 喜欢 A 的殷勤。这还不能算爱情。

A 喜欢对 B 无端献殷勤，对 B 无微不至地关心和照顾，只是醉酒时会忘记初衷。B 喜欢 A 对她献殷勤的样子，会在 A 献完殷勤后给别人打电话说这很逗，笑一场，就像钓鱼一样，A 退一退，B 就引一引。

为了证明这殷勤，物质是一种很好的证据。

都是一种虚荣心。

A 想从失败中找到战胜感，总以为 B 的行为举止是一种可能。

B 想从殷勤中找到满足感，需要很多很多的殷勤方能填满它。

但若心，总填不满呢？那么其他的东西，再如何让人满足，都只不过瞬间。会遗失，会改变。

我是那么那么想炫耀我很幸福，很好。

可是，我也是那么那么缺这幸福，这很好。

终于，学晓沉默。

Well，因此人越是渲染他拥有什么，就越是缺少什么。我，是否能从中看清。亦透。

得不偿失

我想用一种简单的姿态，单一的姿态去对全世界。

——《糖包语录》

凡事莫理，众地莫站，说话三分即可。

想来这淡定，也未免无情了些。

我跟老钱说，不怕一醉不醒，最怕越醉越清醒。

是否，也有一种大悲呢？悲天悯人，怜就此番情意就如此被否定。

即便喝醉，我也不忘记那三分毒。

静观其变一直是我的宗旨，却往往被自己的缺点引出了那些弱项。我想得到的结果是好的，我想每个人都是好的，却没有那种能力。没有那种能力而妄自为之，得到的结果就不是好的。

我没有醉，只怕是更清醒了。最怕这清醒，看穿了自己的弱点，也看穿了别人的不足。却又偏偏是我所鄙视的不足。

不，我不为男女之情哭泣。

我只为自己一份良心而痛。

相对于结果，我更纠结于当中那份惺惺相惜的怜旧，我承认这是我的自作多情。我总以为一个人需要一些温暖，因为这个人过去的寒冰太深。师父说，你何必，你何苦，你做不到，你连自己都无法度，如何度人。

是啊，我淡定的时候他们都觉得我很有情意，很聪明，很睿智。却不知道我不淡定的时候，虽是弱点，却也是情意最深，人性最足的时候。倘若这样的一番情意他们都不愿意接受，只觉得我是喝醉了，那罢，这样的结果能让他们安心，也能让我心安。我能继续做他们愿意看到的好样子，能继续当做什么也没发生。

我跟边哥说的意思是好的，他说的也是好的，然而我们彼此纠结的东西不一样。我纠结于将近一个月来的怜就和心意，他纠结的是他住不住得起，我们留不留那一个房间的问题。我认为可退，他认为不可。所以我纠结的是情意，他纠结的是物质，自然也谈不到一块。本来就有点艰难的谈话，话题却被截住了，这样谈下去的结果是心凉的，也就是说，我必须把那些自以为是的情意截住，换个方式。

只是，我没想到会让我更讨厌，更厌恶某人。

我讨厌他，不仅仅是他喝醉之后的酒品，也因为他昨天自以为是的强迫。这不是为我好，他是想用我喝醉了，话自然就多了来让大伙儿好过。我却明明白白知道自己醉不过三分，气到七分。我不够淡定，够淡定我就不会被气走，我够清醒，不够清醒我当时就想把电脑往他身上砸，我讨厌别人用我非得怎样做的态度来强迫我做什么，虽然我能消化斌哥跟小叶的一些强势，因为我知道他们出发点是好的。不代表我是任人宰割，毫无自主。我之所以讨厌他，是因为他昨晚上那可笑的表情。我之所以可笑自己，是因为这些讨厌。不矛盾，不相交。

我每每真实的言语就如同刺一般，会让人心里不舒服。虽然没有得到预想中的结果，可却让我自己也看清楚了些。真话不是人人爱听，既然不爱听，

我也何必何苦何须多说。所以，我对人的真，也仅仅是当时。

这是我的弱点。

可当我无法继续对人真的时候，我知道，这是我让自己更好过的方法之一。

没什么真不真假不假的。

我只想，用一种简单的姿态，单一的姿态去对全世界。

难吗？不难。我也可以一面百态。

只是，我却任性地用一种姿态去对待周围。以为真诚，以为能让人用心相待，以为只要做好了自己，不断改进自己，就能完满这人生。我留在丽江，无非是想见识百态人生，可笑那些妖魔鬼怪，让自己也能在这番热闹中得到些什么。这是初衷，结果如何我没有想过。我不断在改，不断在想，却因想得多而改得多，改得多而变得多，变得多而假了许多。

老钱说，暖，其实无须继续。人仍需沉淀。

他又何尝明白，这继续，与任何人无关了。只是一种心情，继续不继续，都是另外的一种心情。

沉淀，这个词太广泛。我只是任性为之。

是啊，我太清楚世间凡所有人，所有事，只有我自己才是自己最爱的。我不会为任何人的故事而让心情停留太久，也不会被任何人和任何事阻挡我前进的脚步，所有的甜言蜜语，只说给爱听的人听。所有的独白，是给那些对我也有着惺惺相惜的人听。懂与不懂，重要不重要，是看人。

所以，我也很无情。

无情的是，生命中除了跟我有血肉之亲的我不可舍弃，其他的都可舍。

不懂珍惜，因无法把握得到不得到而放弃，是我一贯作风。也为太清醒，知道得到必有失去的一天，而我不想纠结在失去之后的耿耿于怀，而提前放弃。

既然都不重要，风花雪月过后无比惆怅。

过去我所纠结的是我用心待人未必得到同等回报，有求。现在，其实这个也不是我所纠结的。

我只是更清楚了皆苦，却没有足够的怜悯。皆空，却没有足够的清净和淡定。

好吧，又犯了纠结于结果的小事上去了。

可是，好搞笑。

人人都想做好人，不想去解决问题，总以为会有更好的方法。我先做了那个黑脸，却万般阻挡我说话。管天管地，能管得到人的灵魂么？我灵魂是单一且自由的，因此，我有说话的权利。

可我，也未免可笑了些。

何必，何苦。

花事了

人与人之间相爱相怨恨,总觉得自己是对的。

——《糖包语录》

想他,会忘记要深埋的一段感觉。

想起,会忘记要一点一点沉淀孤独。

在深夜里更清醒,问自己是否还不甘,还谨记。

不过一个引,不过一段情,无需太介意,太深刻。

不过一时间的感觉。

但想到悲伤,悲伤到深刻。

多少无关的日夜,多少无关的事情,多少无关的人,一点一点浓聚,再也不问自己怎么会这样子。

一念之间,恒生因果。

在悲伤中怜悯自己,怜悯世人。

想一个记不起样子的人,想一段记不起详细的情,那是一场幻想出来的烟花,虽美丽动人,却在落幕后无限惆怅。

梦断江南,心碎在水色里,相忘在江湖,再也不能秉烛共谈。是你,是我,不曾想。

不是爱情。不是爱情。

世界很安静，为何我听到那么多。世界不乱，乱的是我的心。

只是玩具。只是玩具。

快乐不快乐，开心不开心，不重要。

再回首，难相见。再相见，难相守。

既然知道结果，就勇敢走下去。

既然预知结果，就痛快放了手。

心中，手里，属于，不属于。无畏，无惧，无爱，无情，无念。

苦海不苦，心苦则苦。

荆棘不痛，心痛则痛。

悲多乐少，人生就是这样，痛也好，乐也好，都会过去。都会过去。

念，勿动。

不是爱情，只不过是深刻了的情意。

深深的喜欢到一半，难得舍弃，如同鸡肋。食之无味，弃之可惜。

我始终相信真正的感情是经得起时间折磨，将自己变化成另外的自己。

问你，还爱他么？不如问你，想要的是自由，还是将来两个人的地老天荒。

代不了你痛，代不了你的爱恨，我只是淡淡地心痛。

虽然舍弃，会有些难过，会有些痛，别害怕，一会儿就过去了。

勇敢些，忘记，相见，不相恋。

如果爱已经成为一种习惯，如果放弃已经成为一种习惯，人会逐渐长大，逐渐成熟，再也不痛哭。

不要太在意一时的结果，计较爱情的得失，终究会有失去与分别的一天。那么，就活在这刻的肥皂泡里，选择此刻的心情。

再清醒些，人会明白原来所有的爱恨情仇都不是永恒永生的，不是生离，就是死别。

这是预知的结果。

爱与不爱，念与不念，都是因而非果。

花开虽美，终会败落，秋风虽狠，都会重生。

最多，再与你共饮，与你共醉。惺惺相惜之间，忘记过去。

念，念叨到彼此记不住，提不起。

多久，有多久会问彼此是否还谨记当年。

一个回眸，一个转身，在世界最远的距离中遥遥相望，不为有爱情。

我总会记得那些小单纯，还有那些小单纯对我的人，是因为自己彻底遗失的单纯么？

还有多少人能如当初般，单纯地说句，都是善良单纯和简单的。

但我不活在过去，受了伤，无所谓。

这会儿的太阳很暖，暖得让我想不起很多事，很多人。意懒洋洋。

在丽江的将近一年，终究又回来了许多相识的。三月清风，春暖丽江，人也暖暖的。

云南好几次的地震丽江都没被波及，丽江一片歌舞升平的盛象，隔绝着时间，我们不看新闻，不看电视，不追星，不闻世事。包括那一场大火，也不曾动撼半分，古城里依旧人来人往，醉生梦死。

让我小感动的是相识的人发过来的担心与问候。有些人在彼此心里就是如此，太平表象下可以不联系不问候，因各自有各自的生活与精彩，听到相关坏消息问候担心时，因为心里一份淡淡亦不浅的牵挂。

听璐璐说起尼泊尔，又听雨雨说了西藏，心里踊跃起来。遥遥相望记挂着那样的天空，幻想和坚持。又仿佛计划了很久很久，一直触摸不到。

把过去的一份一份遗失掉，无论心情还是小挂念再也不愿意提及。相对那些过去，已经让我无言以对，人和事都不堪岁月磨碎。不会重组，回不去过去。

看不穿时别开口，别下结论。那么，我下结论的时候是看穿，还是看不穿？反问自己的结果到最后是否决，否决便愿意沉默。

无意中看到一部电视剧，人与人之间相爱相怨恨，总觉得自己是对的，总是对方的不对，到最后善良的变不善，不善又变回善。有些感慨。早知当初，人又何必如此。但当初，追究到底，又难以分谁对谁错了。未必有恶意。

听人话时，淡淡就好。有时候好心，好话，到最后未必是好的结果。没有必要去附和别人，也没有必要太在意世人如何看法。是非对错，曲折如何，自会有定夺。别太强势。

知道不足以讨喜，努力地学着讨喜的样子，习惯以这样甜甜的声线，柔柔的语气，到最后会忘记歇斯底里。

有些迷糊，来古城将近以年计算的日子还会迷路，在一条很熟悉的道上。

有种快乐会演绎到忧伤，只给自己看，越看越孤单，然后习惯，逐渐逐渐地演变成这样子，已经是习惯，习惯到最后忘记自己原本的样子。

时常想起最初的样子，想要刻画却会忘记，想哭时或许笑了，想笑时或许哭了，听冷冷的笑话，冷冷地大笑。

翻开电话本，想不到要给谁打电话发信息，有种孤独值得细细品茗。

打开 QQ 看各种信息，看到空白一片，懒得说话。

一般时候不延伸细细的刺，不做恶做剧。只是当自尊被伤害时，我会很狠也很尽，爱恨分明。

因此当小雅背着我给阿愈发信息时，我会狠狠地还回去，她若觉得我烦，可直接跟我说，作为女子，我没有同性恋的倾向。只这一段就磨掉我对她的喜爱，这情分真不堪折磨。

而后，我狠狠回了句信息，说，我讨厌虚伪。还有，我不是同性恋。然后关机，懒得去解释和听他们解释，我始终觉得她一面跟我谈得欢，一面给阿愈发信息显露不耐烦的造作让我不能接受，既然伤到我自尊，我必定也让他们心里生刺。也是恶作剧，我很清醒，还可借醉作为得罪客人的借口。

我始终不能那样完美地配合，怎么会觉得伤呢，因为之前喜爱过。

好吧，有些好心只是笑话，自己消化掉就没有什么事，还有那么多我喜欢的人。

珍惜我的人我会备感荣幸这宠爱，心怀感恩之心地珍惜着，不珍惜的我也不会一直讨好，一直处于劣势。

就算丑角，也只会对我喜爱的人演出。

这种分明一般时候不明显，我会掩饰得很好。但没有人一直会做你喜欢的样子，你也不会一直做别人喜欢的样子。

只是这真，到底是遗失了许多分。

安静的角落，安静地听歌，安静地喝酒，还安静地聊天。

这样的安静有些沉闷，每个人脸上都是淡淡的笑容。

忘记了有多久没有这种状态，想要深深地藏匿自己，只是，我有些小怪癖。

有些小难过，小不如意，会体现在我很多很多的言语里，深刻了灵魂里的孤独。

他们不让我在客栈里喝酒，只是，除了客栈我还有可以去找醉的地方。不过尔尔，不过如此。

我不反驳，不说话，隐藏得很好。去别处也未尝不好，看别样的风景也未尝不可。

本意找醉的自己，却被另一个人的醉意给吓清醒。终于明白，原来只要有人比我醉，我便醉不起。

他摔得很伤，嘴角里流下一丝血色。没有吵闹，没有预兆就这样倒下。

但大伙儿都知道他心情不好，这样的不好让我都无法显露丝丝求醉的意思。

我可以隐藏得很好，可以有完美的演绎，只是这样一来是我对人的距离。

怎么可能没有怪癖，如果没有，我不会冒出这么多的心情。然而有些怪癖不容许旁人干涉。

但谁知道谁心里有些什么小想法呢？

我只要生命开花，无需别人的理解不理解。知己其实无需太多，只有那几个谨记就好。

生命中只要不重要，何须耿耿于怀。

将态度演得完美，我会将距离重生。

不是每一件事一开始就这样子，不是每一个人一开始就能成型。生命中所有的欢乐苦痛，悲喜别离，都是过程，从生到死的过程就是一种生活，不管无奈还是习惯，愤恨还是恩泽，只是一种面对的态度。

开始学着在有丝丝不如意的心情时不停地泡茶喝茶，想着就这样终了，哪怕独自一个人。

或许就连自己对自己都开始迷茫，但只要知道自己最终要的就好。

清醒比起醉，更多时候会是自己想要的，就算清醒时要承受的永远比糊涂要多。糊涂是快乐，我却要追求一种大智慧，以无比的愚昧走出大智。用

黑暗走出光明，很多人要经历过很多事才会明白，生活终究归还平淡的本质，黑与白或灰是一种色彩，彩虹也是会有的。生命，没有退路，只可前进。

会想起你，你又是否知道。

或许因为一些话，或许因为一种纠结，但未曾不好。

当初的当初，是一种成全，对于自己的成全。

B君说我写的那些东西很可怕，可怕的是对人总不肯全心相信及托付。

不是每一个人一开始就这样子，谁都单纯过。如今，我不是不肯相信，只是选择性相信，每个人都如此。

糊涂的人是幸福的，所以最怕清醒时那种痛。

怕太清醒就归还到本质上去。

记忆很残酷，如果有来生，我定毫不犹豫喝下孟婆汤，与你世世相忘。与其带着这一生的记忆迎来来世的清醒，倒不如就让全部重置，苦苦纠缠，不如相忘生世。执着不肯遗忘，是一件自我折磨的事。

听重复的歌，说重复的话，跌倒在同一个地方，刺痛同一个心口，温暖的话说到自己心伤，艳丽的太阳晒到自己心痛，就这样无病呻吟着，一天又一天，一日又一日。终究都失散在光影里，找不到自己。是迷茫，还是过度。

说，活不下去就别活。这样的话很正常，是我常说的，吓到了朋友。

说，如果有一天我出了名，我一定会自杀。与其被出名后的种种烦人事烦死，倒不如自己找死。

又一吓。

说死未必求死，我们都清楚是每个人都会经历的。最怕是死别，还活着怀念，不敢想着却又不能忘记。

所以造物主很有才。

始终没有打通那个想要打的电话，早知道一切会变，只是不料变得如此快。也许不快，是我回头太慢。听着 10086 不断地提示：对不起你所拨打的号码是空号。我有丝丝茫然，不知所以。

从梅子酒，到红酒，还有啤酒，醉醉的，居然还能从南门走回到宿舍。夜半，没有迷路在古城里，是清醒，还是太醉？

经常拿着一句话奉劝他人：若今天不对自己残忍些，来日这怜惜必定是对自己的最大残忍。

却不知，这句话大伙儿都明白，只是不能实行。相对爱情，这残忍没有多少人做得到。每每看着他人的挣扎和投降，总觉得不明智，然而自己又何尝明晓？都在经历当中。清楚不清楚，实践不实践，不是同一回事。

我努力让自己向着想象中的自己走去，以为哪怕一世荆棘与苦海也不会退缩，怎会想到有天不想坚持，不想继续？生与死，原本就无悲无喜，而我还没有看透，没有足够的清醒。

海子说，面朝大海，春暖花开。多么温暖的一句话，可是他自杀了。想必，他生前也很努力地朝着温暖的。因为知道黑暗的可怕，所以才会向往光明？但他最终没能走出来。

赵姐来之前我们说要醉一场，直至她来，我已醉了很多场。

昨天继续是醉生梦死的日子，醉了还记得把叔叔的好茶带回客栈，又泡了些。

其实叔叔们都才三十来岁，只是一时玩笑，我便称他们作叔叔。小侄女很好当，比起朋友更受宠爱。

叔叔说，能做朋友的妞一定不能泡，能泡的妞一定不能做朋友。相对情人，朋友会永恒些。多少人这样清醒着？

这几天特别多的离别，其实讨厌离别。

佳宝说，这样你一定很难过吧，这么多你相谈得来的朋友，最终都会迎来离别。

有点点难过，但我已经不是小孩子，怎么会耿耿于怀？只是临别，很多人忘记了拥抱。

佳宝走之后是舒羽，告别舒羽之迎来乐乐，乐乐再一走，赵姐也走了，我有些惆怅。一连数天都在陪人，然后又一连数天都在送别。淡淡地怀念，淡淡地期待。会否，有下一次的相遇？

燕姐姐过两天也要来了。

这样的聚散太多。

在江湖，景姐有点伤感，我没有问是因为什么。

最后她没有去遇见，我跟叔叔们待了很久，最后离场只剩下我跟周叔。

人生无可安排的事太多，即使明知道自己可以更清醒些，更勇敢些，最终会被自己给打败。想不起怎么就这样子，是单纯，还是不单纯。想，终究会想到不去想。

我有些小心痛，心疼她的爱与无奈，更心怜自己的无可奈何。谁能保证不在同一个纠缠里执着痴迷？谁又曾对自己太残忍。

怎么可忍心去苛责，但心知结果不会两全，也无法周全。

就这样走着吧，直至无法走下去的一日，直到过去了的一日。

清醒时告诫自己不可这样，不可那样。

但不是时时清醒，尤其醉酒时。

放纵灵魂还是放纵身体，得来的都是无穷惆怅。到最后不相信，不肯坚持。

是么，心在哪里，人在哪里，天涯，又要不要。

宿醉 N 天，孤独很久，很长。

醉酒，用茶解。醉茶，就用酒来解。

喜欢茶的安静，却无法克制酒的疯狂。

每个人都是双面体，有一面藏着黑暗与肮脏，一面光明与希望。

我知道我已经麻木，已经不难过，悲伤与痛苦，自己才是个导体。

这个世界很疯狂，我想安静地看着，却无可抑制地参与了这种疯狂。

诺玎说我纠结于与小 K 之间的一些问题，其实我清楚，问题最终是出在我身上。

很喜欢一句话：宁恋爱 N 次，绝不滥爱一次。

但会连恋都不想恋。

若光明不能给我指引，唯有在黑暗里重生，哪怕是炼狱，终究成精。

生命不要太长，感觉不要太深。

我跟他们说：好事我也做过，坏事也不少，因此生死都无憾了。

他们说我每天都是晕的，脚步轻浮，总是摇摆。喝茶必晕，喝酒必醉。开始不停说话，不停地散发自己的忧伤和难过，只是孤独，始终如影相随。曾经的忧伤必定是很深很深的，至今掩盖不了。

娟姐说，凡是开始就会有结束，有勇气开始就要有勇气承受结束。

没有永恒我们都知道，逃不开生死别离。

所以怀念小时候，那时候还不知道这些，还想不到这样多。

其实确实动了念，未尝不会受诱惑，在金钱与梦想里选择金钱是很现实的。我却连梦想都没有选，也未选过金钱。

想要离开丽江，好好生活，好好工作，这样的念头不止一次。可每每最后却步，不敢前行。就这样被定格，就这样停止在生命里。荒废了许多人的

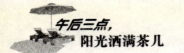
关心与疼爱，也荒废了时光。心里清楚这样的继续没有将来，走不到未来，又不想去想。对自己的怜悯，对世人的怜悯，有着孤独与寂静。

婉转间千念，到最后都终归一句随缘。我深信所有的遇见与发生都有必定的结果，是一种答案也是一种过程。对与不对，也轮不到世人评判的一天，历史会掩盖。

波波说我有一双干净的眼睛，我笑了笑，很多时候只是在文字里深沉，现实里总忘记要防人之心。

有种孤独需要深深地藏匿，有种热闹需要细细地品味。日子久了，孤独又更深了些，热闹演绎到忧伤。

藏着多少心事多少故事到腐烂也发不了芽，伤口结疤也好不了，雕刻花朵会刻画出绝望，重拾希望又看见黑暗，我的偏执一端只是别人的理所当然。所以会百炼成精，一句话，一件事，忘了天涯。

看透男女之间，还是看透世人之间，不过尔尔。

百样人

被世人遗忘或谨记，始终到不了灵魂深处，越大越孤单。

——《糖包语录》

不曾想长大后的自己会变成这个样子，以前总以为自己会平平安安，淡淡地过完一辈子，做个普通的女孩，普通的女人，嫁个普通的人，过普通的日子，一生一世就这样被磨掉。哪怕心里期盼的是一种无以言表的精彩，也不想去经历与冒险。

谁料，之后会越行越远，越远越走。

到底要成就什么，要经历什么，会被时光磨灭到一无所有，从身体到记忆，从记忆到虚无。逐渐模糊到自己也看不清，看不见。被世人遗忘或谨记，始终到不了灵魂深处，越大越孤单。

斌哥说我不入群，我何尝不知。我喜欢这样的自己，不与世人同庸，刻意保持一种若有若无的距离，会让我感觉安全，连犯错都很有底气。可是人生不是我说要怎样就怎样，我必须学着融入，生存才是王道。所以我也很努力地做另一个自己，只是这个自己不是时时刻刻都会被谨记。多少人要犯多少错，跌倒多少次，才能实践一个早就懂得的几率。

我清楚自己要怎样走，可是我会允许自己不停跌倒，不停撞到同一个地方。

对自己的愧疚，对他人的负欠，会让我不得安生于世。我学着更理所当然些，只有这样我才会觉得安乐，这份安乐只有自己满意，不与人分享。每每到这，我会想起一句话：伸手摘星未必如愿。那时候的单纯最终遗失在时光里，再也回不去了。

怎么会想到长大后会这样孤独。

怎么会想到长大后会这样艰难。

再也不想过去，再也不想将来，沉淀的结果是浑浊。

还记得一句话：万物皆空，因果不空。

脖子疼痛的时候我想起了外公与我说的一番话，那时候信誓旦旦告诉他，我不会再喝酒。可是这个信誓旦旦还是被打破了 N 久，伤身还伤心。实在愧对。淋巴炎，肿瘤，够是吓人，连外公这样淡定都不能视若无睹，跟我长谈一番。而我，到底是辜负众多。每天每天都说要停酒，不要喝，最后又是混杂着。

这样的日子过到不想过，却又如毒般入侵心里，挺纠结的。

我会爱自己多一些。

我会恨自己多一些。

觉醒

我寻找很多很多的快乐，不怕这快乐需要代价去换取。

——《糖包语录》

想起多少人，遗忘多少事，多少的过去被埋藏在内心里再也不提是否腐烂，再也不问为什么。

开始会看着天空看着任意的一件事，一个人，一个物品，莫名地发呆，莫名地悲伤，这样忧郁，这样不像自己想要的自己，朝着阳光会走到悲伤。

时常会想什么时候才是终点？能不能早些到来。但我是那样相信希望尚在，温暖仍有的人，轻易放弃不是我的本性。

开始相信错的路能走到对的尽头，只要一直坚持，只要一直奉信。

我寻找很多很多的快乐，不怕这快乐需要代价去换取，一点点去突破，由内至外。

是绝望才会如此继续寻找希望，哪怕一点点。我清楚，但凡希望总夹带心酸和快乐。

然而本质上的东西一改一变一苦。

很多时候你无法去改变别人，只能改变自己，但若连自己都不愿意改变的时候可以有什么选择？

我学着不去难过，不去埋怨，不去反省。

若是错，就让自己错到底。

我不忐忑，我不惋惜。很多事情很多决定虽是千转万念，最终还是最初的决定。我早知道结果会是一样，没料想到是现在。遇上同样的瓶颈，走不出同样的结果。想太多，不如不去想，说太多，不如不去说，做太多，不如不去做。

是么？我想要做的还有很多，想要实现的还有很多。

这很多未必需要人懂，虽然我可以做得到，但要坚信自己所选的会是对的。错也不怨恨，对也不乐喜。

总是说从重头再来，不怕，不怕。会迷茫，会不知所然。

一个好消息，刚刚听到宁蒗那边的老师说那边下雨了。我还以为雨季要很长才到，不想这样快，幸而，雨衣用上了。这算不算一个好消息呢？只是这点点的温暖又能给多少人多少希望？

朋友让我尽早把自己的事情处理好，我让他别担心，我其实有所选择，只是计划远远不如变化快。明天会发生什么，谁知道呢？

杨哥喝醉时跟我说了一句话：我不管你能为别人做多少事，但你一定要照顾好自己。

这强势的语气也让我几乎落泪，为了小感动。

是啊，那么多对我好的人，别人再怎么有负于我，都不关生活了。好好生活，好好做自己，好好地。

是聚也好，散也好，随缘。生如梦一场，醒来空感慨。

暖暖说我们三个以后相依为命，我很是感动，关于友情，远远比爱情要重要很多很多。我早就清楚。

可是我有些心疼。

心疼所有人的付出和温暖，心疼所有人以后的结局。

我始终相信每个在我面前是好的人就是好的，就算这是一种自我欺骗，但毕竟对我很好。

是么，我能做的比别人对我的绝情更绝情，而且理所当然。

但我也能做得比别人对我好得更好。

在拉市海静静地听着音乐，安静地想着一些事，没有知会客栈，没有带上手机。这样，就好。

外公说，生死都是自然规律，每个人都逃不开。

哪怕这句话让我想哭，却嬉笑了说：你还没有看见我们结婚生子，幸福生活呢！

我时常想，我们相处的日子还有很久，很远。

可是，这是侥幸，还自以为是。

这不是外公第一次住院，不是最后一次，我这样可安慰自己又能多少。

那一年，黄花满地，我许谁一生一世不离不弃。

但终究因为长大而分开，而离别。

聚，再开心，抵不过离别时的一个转身。那背影是谁的孤寂，是谁的沧海桑田，我备感怀念与痛楚。

因为快乐过，因为年轻过。

每每看见外婆的照片，由当年的黑色鬓发变成霜色，外公直直的腰成驼背，我难以想象有一天他们离我们而去的时候，我将如何走接下来的路，如何怀念过去。

会否害怕，如这一刻，如每一时。

不敢去想象，只能侥幸地活着，侥幸地笑着。

我们终究看不透生死离别，不能释然那些已经知道的结果。

哪怕十年的怀念，哪怕一辈子的不相见，只要还在，心里就多一份寄托，多一份活着的美好。

只是很多美好到最后，成为了伤怅。

我知道，能在记忆里缠绵一生的人，始终是那小时候牵过我们手的长辈们。

我曾，在漫天漫天的小绒花下说过，一辈子不会离弃，一辈子都在一起。

如今，只能在漫天漫天的相识中缅怀过去，如果，我不曾长大，如果我们不曾分开过。

多么想陪你最后一程，可我不知什么时候是你我的尽头。

多么想一起去看樱花飞舞的季节，畅游蓝色的大海，在山色之间走过彼此最幸福的日子，然而，现在终究是奢想。

会害怕来不及，那么多的来不及。

生命中，爱情可以不重要，但亲情，血肉相连的过去，怎么会舍得遗忘。

可是，不舍得，所以会害怕，那个终有一天。

其实并不喜欢写小说，虽然一直喜欢活在自己的世界里，幻想或是梦。

只是写小说时会将自己投入故事，情绪也随之大起大落。

因此在写爱若有来生的时候匆匆就结束了第一步，因为到最后的时候，为了微伊，为了辉映，泪流满面，开始写不下去，狠心不了。哪怕，这仅仅是故事。

从开始要赋予的空洞，到最后想要给的情意，都在三年的时光里面目全非，不知所以。

因此，我每每开始停顿一个故事，就代表这个故事也到了尽头，写不出突破的结局。

一开始写故事就预计着到最后让主角死亡，或悲伤结束，这算不算一种悲观？

但快乐的不快乐的都变得很淡，因为在自己的心里纠结了一番，出来只能算是沧桑荒凉的文字。

若我再写多几篇悲剧，我一定会纠结出心脏病来。

我比任何人都喜欢喜剧，喜欢在自己的文字里寄上希望，然而越贴近现实，这就越显难处。

喜欢英雄式的项羽，喜欢看透世事时的陶渊明。

唯独，两者其实都是不同形式的悲剧。

虽然时代不同，有些现实的东西终究是存在的，这些现实，又会创造出不一样的英雄。

回想，一直以来所想的跟所行走的路是背道而驰的，例如我想让自己坚决果断如一，结果发现自己是个无比的矛盾体，软弱，时常在纠结着。也因此把自己的双面体表现在文字里，让人不能明了的梦落，或是非烟，到最后忘记自己应该是哪一个样子。

悲痛时的歇斯底里，快乐时的天真单纯，安静时的柔软温暖，忧伤时的喋喋不休，其实都是我。

倘若我快乐，我会让人看不见忧伤，看不见忧虑，眼睛会笑出花朵。

倘若我悲伤，我会让人看不见灵气，看不见表情，眼睛会空出黑洞。

但假若，我连感觉都没有呢？又该如何看待自己。

我是那么敏感尖锐，又是那样任性倔强。

终究只是伤害了自己罢了，痛得躲在角落里被世界遗忘，恨得要狠狠伤

害自己。

谁又会曾料想我因果，循环轮回，又与谁有什么关系。

因此，每每这时我会想写故事，然而，又只是写到一半。

原谅我纠结，因为太投入，到最后忘记自己是谁。

一个人，一座城，这样就可以轻易将自己藏匿，不见阳光与颜色。

噩梦做到习以为常，接着发生的事变成了很平常的过程，不会再有什么可眷恋。

深爱的，深恨的，再也没有什么大重要。

理想或梦想，遥远或近之间，彻底被遗失在心里，淡淡地不去想起。

还有明天么？还有将来么？

会连想都不去想，连绝望都忘记了感觉。

这般淡淡，这般无谓。

生与死间，看透不看透，并不重要。

我总觉得心怀希望，就会藏着绝望，心有阳光，总会看见黑暗。

在纠结矛盾中会逐渐忘记自己的样子，笑也好，哭也好，没有表情也好，是我与不是我，或许连自己都不曾明晓。

早就知道人生不会如意，越是想得到什么，就越失去什么。

走不出自己的人是最可怖的，因为不知道什么时候彻底被自己弄垮，会歇斯底里，会不知所以。

只是我从来学不会绝望。

然而即使寄望中的生活是充满阳光与快乐的，也会因为某些黑暗而触发心里的阴暗，在阴暗里心也会发霉，陈旧。

伤口能雕刻花朵，连忧伤都会被包装得很美。

可是有时候我会连装都不想装。

因此暂时没有能力去温暖任何人。

这个自己是自己所讨厌的吧。

莎士比亚说，人往往因为追求更完美的自己因此把原本已经够好的自己给遗失掉。

我从来就不是个完美小孩，因此早就放弃追求完美的状态。

只是有时候我那样天真地想着伸手就能摘到星星。

梦想总是丰满得到处都显得很柔软，而现实也总是骨感得坚硬。

不破坏一段感情的最首要条则是不让这段感情过线，惺惺相惜之间谈笑天地。

很多人很多事想要保留那么一点点的温暖，却也因为时光变得不知所措。

只是，我无以为报那样的温暖。

不再问为什么不可以这样下去，不再问为什么要破坏一点点的美好，只知这结局出来，人再也不会相交。

有人想过线的时候，就注定没有将来。

没有将来而又继续想要得到什么的时候，更注定是苦果。

可笑的是人往往注重眼前所能得到的东西，而忘记自己真正需要什么。

年轻时谁曾想过不计后果的后续，是终身遗憾或后悔的将来，自以为轻狂是一种专利，什么都要亲自尝试。

多年以后，人会知道不对自己残忍，是最大的残忍。

因此要懂得隐忍，因此要懂得周全，需清楚，人有时候不仅仅是自己一个人。

只是最大的矛盾也因为不仅仅是自己一个人，然而，多数道理人都清楚

明白。

该不该，能不能，知道又如何，做不做，想不想，是另外的几回事。背道而驰，自己的选择更重要。

因此路是自己选的，要走，也必须自己一个人承担所有。痛也好，乐也好，悲喜如何，自是公道。

若想着公平些，就别去想这样的事好不好，别问自己为什么这样子，别问别人为什么那样子。对比，从来不会存在让人心里舒坦的道理。他们人好或不好，自己的日子依旧要过，依旧要活。

其实，无论是朋友，亲人，爱情，所有的关系都是相对的。

有时候人常常觉得对方应该做什么，也常常拿对方做得不对作为自己也不对的理所当然。

例如我，我会觉得我所要求的达不到时，是那些亲人们的错。

我未曾做个母亲贴心的小棉袄，却也要求母亲做我无可不能的背后。

她自是不能，我自是怨恨。

反反复复过了些年，总以为自己看开，心胸足够宽阔，一朝发现，原来自己什么都没有做过。

因此凭什么去要求，凭什么去说教，对与不对，不是她一直在为自己负责么？

哪怕我们为她做些许能力所及的事，都怨气颇多。

而细想，谁又曾为她做了多少。

除了父亲，我们这些后辈实在是没什么可抱怨的。

都是相对的，怨恨多少，遗憾就会有多少，愧疚就会有多少。

我时常在自己坏脾气之后责怪自己不应该，却想不到在事情发生前就杜绝它，多数因为心里那些难以摒除的怨气。

可是，我的怨气哪里正确过。

会莫名其妙就心情不好，想起很多人，很多事，失散终究又再聚集的种种，层层叠加，连呼吸都不顺畅。

心死情绝其实也很简单，简单到我不愿意承认，只是一个念头的因缘。

因为告诫自己不能念起，所以念起时会怨恨自己不够定力，须知明智难性定。

别太在意，别太当回事，离别时太骄傲，总是这样子的自己，无法谦卑也无法放下。

心里万个不想生事端，却总会因为一些古怪的念头导致很多事。

原谅我语言不够坚定，不够分量，不够明晰，失散不再，又能如何。

F 说，我心里藏着很多秘密，总不告诉他，他又怎知如何待我。秘密之所以是秘密，就是不能说不可说，不能公布于众的事。但我只是不想说，不想提，又何必。有时候属于自己的心事，未必能让人明白，藏着藏着，就成了习惯。

突然想起小飞虫，当年一首 After 17 让我谨记了很久，久到他自己也忘记曾给我找了这么一首歌。

其实自己很念旧，喜欢的东西会喜欢很久，讨厌的东西未必一直如此。

就如这首歌，被藏在记忆深处，连带着小飞虫那一句：你是个善良的孩子，还记得他空间里那一句，就是喜欢你。

可是这样的念旧，这样的怀念，常常会让自己泪流满面，因为当年怀念的温暖，随着时间已经失去。

失去的东西就是让人耿耿于怀。

但也只有失去的东西，才能置于阳光下不断怀念，这怀念不关爱情，那

些陪伴我走过黑暗的温暖，是我难以忘记的。

虽然梦落变了很多，虽然我再也不需要这样的温暖陪伴，因为我已不是那时候脆弱的娃娃，如今可百毒不侵。

有些惋惜当年，若勇气多一些，勇敢多一些，或许我们可以见上一面，而非在上海漫无目的后最终遗失。

我所怀念的，随着时间都改变了吧，如同依赖变成了独白，还可记得什么。

小西西打电话过来，说他想我了，说大家都想我了，问我何时回去看看他们，很感动。当初给他们留下一个电话，看来还是正确的，虽然多数人都反对这样的做法，怕生事端。

想起最近那次，因为心情极度不好，突然间就去了那里待了两天，看着他们的笑容，听者他们给我唱歌，天大的事也过去了。因此时常会有想法，抛下一切，与他们一起度日。可是人生，不是我想抛下就能全然放下。快乐是互给的，就算于他们如我。

习惯自己一个人为自己下主意，习惯不问身边人该如何选自己的路。

所以阿红问我，若一个人告诉她她所选的是错的，应该去截然相反的方向时，当如何选择。我会告诉她，走自己的路。

为人生做过很多错误的决定，亦为所误而懊悔无数次，学会坦然接受，但学不会遗忘。所以想起时会无比难过，但逐渐不记得难过是什么的样子。例如，现在的我已经裹上很多层面具。

忧伤一面，快乐一面，歇斯底里一面，轻佻一面，自重一面，任性又一面。累不累，只能说已当戏来演。

决意放开自己所选择的时候，听到不该听到的，我还微笑着。

有人抱怨有所求的应酬饭最累，却不知道我已把他当成应酬。

有所求么？

仿佛没什么求，仍旧是累，累得不想说话，不想发表意见。

我有时候沉默到都不想跟自己对话，只想让时间静止。

因此喜欢那句：愿岁月静好。

过着一种截然相反的日子，将自己变成了另外的自己，那个内向单纯再也回不来。

我内向，是从不将自己的心事跟别人说。

每天喝到将近天亮，不知酒如何喝下去，自己如何熟睡，只知道要坚持到睡那一刻，其他则会被忘记。

虽好说话，不代表为情。但多数人会将它演成暧昧，拒绝的方式很圆滑，会世故到自己都讨厌。

多想，爱恨分明。

如同我喜欢短裙长裙一样，没有中间线。

开始不停地应酬，每天应酬到自己都心虚，连生气都没有力气。那好吧，我就当游戏，谨遵游戏规则。是人是鬼都好，说说话，逗逗乐，何尝不是小乐子。

很多东西会随着时间的改变而改变，于我，如同爱情由当初的梦想变成今日的抗拒。

看得太多，伤害自己太多次，逐渐明白一场镜花如猴捞月追求不来。再美，也是一场梦的事，就连梦里，都记得要做自己。

随意轻佻，更多时候也不过是一个游戏，却没有谁玩谁，更是没有输赢，但就是一场游戏，游戏里只玩着自己，多数人不明白，多数人不清楚。

就算我说过多少次，等我有了条件要包养小白脸，不要天长地久，只愿

此时相拥。为心做一场莫祭，这种说话只是说说而已，这种游戏好玩也不想去玩。因为心越认真，就越容易被自己的认真所伤害，没人可背负这种责任，除了你自己。

可以说，未必可以做，可以想，未必可以说。

由爱变成狰狞，也许彻底的伤害才是王道，但言语再狠，已经也无法让我生气，认识久了，只怪你当初想得我太好，如今想得我太毒。那又如何，各有因果，继续骂，继续说，不会怕黑。

我说我与魔鬼有契约，朋友问是什么魔鬼。我不语，终有一天会有魔鬼索贿。

他说我是个骗子，如果没有记错，我一早就说过我不过是个骗子而已，也曾为生活骗过无数人，彼此之间只剩下利用而已。就是如此的事实，只怪你被骗，只怪你太相信自己会爱得包容，不顾一切地包容。

记不起很多人，记不起很多事，只剩下这感慨，但会连感慨，都变得很狰狞，给别人狰狞的机会。

如莫晓这个构思出来的人物，都会惹出很多事。那么，接下来，林安斯、乔末安这个原型又是谁会对号入座？我呢？我会如同夏梦笙般死去？呵呵，真好，那我想，我会连死，都轰轰烈烈，让人找不着尸骸。

给我恨意，我始终不会还你恨意，没有爱恨的资格，你让我说什么，做什么。

是你非要来看，是你非要来理会，是你非要拿我的错误来惩罚你自己，你自得其罪罢了。

实在不想继续狰狞，去面对这样陌生的彼此，很遗憾，我不能如我所想般坦然。

原来秘密这样东西即使要烂在心里，也不能跟人倾诉，你远远不知道一旦成为对方的道具，会有多狠毒。

不管因为什么，伤害已造成。

最终删除掉仅有的一些聊天记录，不给自己反击的机会，师父说过，终归要还的。

如果是事实就坦然接受，如果不是，就漠视之。

因为事实再不好再不堪，它已经是事实了。

但因为是他，我才不愿意承认原来人会变得这样恐怖。

没有爱过就没有爱过，没有喜欢过就没有喜欢过，苦苦相逼至此，我亦心寒。

我时常活在自己的构思里，走不出自己的世界，会于故事中掺渗点点真相，因为会让人对号入座，恨得用所能想象到的不堪言语狠狠地说着，骂着。久而久之，我也习惯了这般污蔑。

事实我会承认，在一开始的时候就承认过，不是么？但为什么人们总是最后才不能释怀，不能包容。

事情都过去这样久。

事情都发生这样久。

人们往往将虚实看得太过重要，却不知如何去让自己过得舒坦。

用言语换来的温暖，随着时间也会变成用言语制成利刀，让对方自己拿着这把刀刺入自己的心怀。

恨得不能再恨的时候，言语怕是不够，因此会揭露对方所有不堪，企图让更多的人也那样认为。

但我终究做不到，只能认命认输。

却始终不能在言语上认输，被揭开黑暗又能如何，被揭露不堪又能如何，

因为我当初把那当成温暖。

其实，关于我的小说，每个 A 的原型里夹带着 B 或 C 甚至更多的影子在那里，A 的故事也自然会夹带 B 或 C 甚至更多的因缘。

能写出让人耿耿于怀的文字，却始终不是我想要的惺惺相惜。

开始觉得生命只剩下一个空壳，每日沉浸在各种是是非非里，耗尽了所有力气。

但会连感慨，都显然无力。

不想计较太多让自己不快，可笑的是以为麻木的心会再度揪着，痛着。

人最可怖，可怖的是怎么都填不了的欲望，每日每日上演着的戏码，对错中评比不断。

我已经学不会去爱生活，努力朝着阳光，念叨着要快乐要简单，念，却念到了悲伤。

剩下想要完成的梦，在故事中完结自己的戏份，悲壮且痛快。

讨厌自己的绝情与柔软，这么矛盾地共处着。

亲情，爱情，友情，在一定的时候异常狰狞。

明明说不要计较那么多，因为已经发生了，可是，继续发生着。

别想太多，别想太多，又想到了悲伤。

连文字都开始薄凉，脱离当初步向温暖的脚步，这非我所想。

然而活着，真累。

看了一篇文章，有些顿然大悟的感觉。

世间上是是非非，既然已经发生，无论与我有关或是无关，是事实，就必然要有人接受，因果不断。

我缠绕的心结来来去去无非那些情字，看穿了，无非缘来缘去，早就知道执着无用，那么，我再抱怨人生，再悲痛人生，又能改变什么？我居然那么愚蠢地反复去想，这不可笑么？同样的错误犯了无数次，莫非，我还要再犯不可？接受过去，改变现在，才是当下要做的事。

好吧，停止悲伤，调整灰暗的色素，我该做些更有意义的事。

生命不会一直灰色，只是很多人让自己沉迷其中。

人生在世不过就是一场修炼，既然我自己主导了这样的局面，不能扭改历史，耿耿于怀无补于事。

因为，都已经发生了。

还因为，都过去了。

一切，该是风轻云淡了。

逆流顺上

不能被泯灭的还有良心。

——《糖包语录》

看回过去的日记，突然发现原来过去的自己真的很幼稚，无时无刻不被表象所蒙蔽，然后埋怨生活。

生活最狰狞的一面不是它的脏和乱，而是情感与情感中的纠结纷争，埋怨记恨。

处于逆境，人更容易犯这样的错，去埋怨生活，埋怨世人，总觉得这不是自己的错，这错只与别人有关。例如，没有一个富裕的家庭，所以允许自己在逆境自哀自怨。然而世事弄人，不是一朝两日的事。

最近很多人问我可否安好，无论如何问，如何说，我只会一句，挺好的。

因为想不到还会更差，因此庆幸，能站在另外的一个角度去看这些人，这些事，突然间就觉得很可怜。可怜亲情，友情，爱情，在现实之间的不堪一击，双面的狰狞。我终于不明白自己过去的狰狞是为了什么，仿佛看了一场笑话，因为别人在演，所以自己也去配合，给了身边人一个狰狞的自己。如今，不明白的是他们的狰狞。

何谓狰狞？所谓狰狞是抛开所有人的面具，说粗俗易懂的话，然后在话语中侮辱他人，也侮辱自己。这，算是一种狰狞。

我看见过无数的人抛开温情，抛开装扮，出口成章，只为让言语将一个人踩至谷底。通常，这样的话题都与性有关，在他们眼中最原始的欲望往往是不堪的，只有被包装过的欲望才会被称之为上进，例如权力，例如金钱，例如爱情。时日久了，我反而觉得，以性去侮辱别人的人，实际上心里对性有着无穷的欲望。

另外一种侮辱，其实是对自己彻底彻底地伤害。

侮辱自己的朋友，侮辱自己的爱人，侮辱自己的亲人，这算不算是彻底的伤害？当这些被现实里的种种遮盖后，只会让人记得狰狞那一面，很久很久不能释怀。作为听者，又会畅快到哪里？

如今，我已不喜欢听人说是非，也不喜欢去说别人的是非，因此往往朋友要在我面前说我认识的人的种种不是，我只会淡淡一句：关我什么事？其意，又关你什么事？我耳朵突然失了灵。

只对于亲人之间的争执，我往往不能如此释然，会觉得可怜，可怜骨血彼此怨恨，让亲情变得虚无。亦可怜自己，处于中间，左右不得，评不了对错，小时候没有人吵得过我，如今，我已经吵不过任何人。

还记得很小的时候，只要我一开声，定能让他们气得要打我，因为吵不过才要动手。我声音不大，只是说话快，从来不听别人说什么，只顾自己说完了痛快，那时候我哪里明白那点点的痛快算不了什么，真正的输家反而是自己。

如今，我再也不会吵架，只冷冷听着别人骂，别人说，或许讽刺几句。我并不想帮自己说话，如果你真的那样觉得，我不会惋惜失去一个朋友，虽然也曾努力想要挽回。

然而亲人呢？在亲人面前，我永远只能温和，最多，一点点的冷及厌烦。

别人的事再怎么轰轰烈烈，又会跟我搭几多边？

以别人之痛论自己之快，这快乐只限于嘴巴，到不了灵魂，救赎不了自己。

真要想用言语去伤害别人，就要去了解这个人的痛处，踩在痛处上，方够狠毒。

如果想要自己不再言语的争战中受伤，就不能让对方看穿痛处，即使他正踩在痛处上，忍，也要忍到内伤。

然而都不比原谅及释然来得轻松，以不变制万变，以无声胜有声。

不管如何吵架都好，没有把握不要去轻易踩别人的痛处，可以无关痛痒地发泄，但勿过分任性一心求胜。

最狠最狠的侮辱，是你在说别人如何如何不堪时，间接反映了你自己的问题。

因此，在问题中我们不能一味去追究对错，首要的是先想想自己也有没有犯过这样的错误，然后如何避免。因为追究过往，除了让人耿耿于怀之外，你能得到什么？

在爱的那面，最好只看见美好那面，就算是自欺欺人，希望都不能被泯灭。

不止双面体。

有些小可笑，小可怜，但可怜别人的人还是可怜自己的人，究竟哪个够可怜？

将习惯依赖到自然，于是便要学会失去习惯的日子。

新的习惯是我不再想起某些人，不再感动于某些人，连剩下的一点点可笑都压抑了下去。

如果当初的感动演绎到可笑，是不是这就会让彼此之间释怀些。

这个世界每个人都是疯子，总想着是别人的问题，将问题归咎于别人身上。

一直存在的问题不是早就该看穿么？然而许多人只会日日夜夜想着那些没有的事，嗯，明白，吃饱了饭没事做，所以需要多想想莫须有。

看了一本小说《第七子》，结局让我耿耿于怀，书上说即使人类可以克隆，记忆可以重置，而人类最终的救赎只会是爱。

天才疯子阿尔法，疯狂的第七子计划，将人类推入了另外一个纪元。我傻傻地想象着，如果有一天我的记忆不再是我，那么，如今发生过的一切是否又会存在？

但不曾想自己写的东西会植入别人脑海，是可笑，还是可气？问问心，居然只是感慨。

朋友说，够坚定的感情是容不入别人的，因此如果他们没有问题，又何苦来纠缠你。

我想淡淡地笑，最终却哈哈大笑起来，我是在笑我自己。

从来不曾为一个人如此疯狂上演，因此什么情爱、聚散有时早就再也通透不过。

细细想来，何必，何苦，最终要被逼疯的，只会是你自己。

再来看，再来纠结，我的生活不会再与你们又交点。

再去看，再去探究，关于小说里的事，始终不会出现在事实里。

祈求我看不穿，还是祈求我愧疚矛盾？

可惜，又跟我有什么关系。

何不，你一个风轻云淡，从此不再记得有这一号人物。

精明人的破绽，往往就在于他的精明之处，以为滴水不漏，实际上刻意为之反而不得其果。

再说，再骂，再气愤，为了虚构的东西去折磨自己，实际上是愚蠢无比。

有时候我真想更狠毒些，不过，如果这些虚构的东西能让人耿耿于怀，已经是很狠毒了的。

我会快乐么？谁又会快乐？

然而，各自有各自的因果。

有时间去闹得沸沸扬扬，不如看多点书，总比我这空间里的破文字来得精巧更有深度。

面对挑衅，我想我还是沉默好些，留个未完，却又让人耿耿于怀的结局。

随变，不是么？

够狠毒？我踩到了谁的痛处么？

都不过自虐罢了，我眼睛并未能预知先事，踩着谁都不会畅快愉悦。

别人的心情哪能由我把握。

若要这样纠缠着，不过是给我一个释怀的借口。

点滴在心，但我已经想不起。

卡耐基说：魔鬼为了破坏爱情而发明的恶毒而又定会成功的损招中，唠叨是最厉害的。它能给生活带来的只是悲剧。爱，且容忍对方。和别人相处，要学的第一件事就是，对于人家寻求快乐的特别方式不要加以干涉，不要总是要强求伴侣按着你的意思去改变。

实在别无他法，去看一本关于两性相处的书本吧，同时，也去看一本如何使得自己更优秀的书吧，莫非，真要彻夜彻夜被彼此的自卑感伪装成的优越感，折磨得面目全非才是好么？然后，再去埋怨生活，埋怨他人，又能对你们的问题做出什么贡献呢？

问题，始终存在。

关于爱情，我本身是一个被动的人。

可是我容易被收买，哪怕只是一点点的心意，会让我相信美好。

他们都说我被感情冲昏了头脑，说那样其实不明智，说一切不应该是这样子。

跟小谷他们聊着天，心里想到了其他的东西，这个旅程我背负了太多的包袱，包括要努力存活，要努力进修学习，还有失去的种种。

没有一种轻易就放开我。

当人开始有欲望的时候，随之而来的就是生活琐碎的烦累，我一向不喜欢这样的日子。

可是我决定去尝试一番，虽然结果不如我想象中的美好，为了成就另外一个世人眼中优秀到可以任性妄为的人。

这需要太多的外在内在，我何尝不知。

当有些心愿了却，我觉得没有必要再纠缠下去了，我时常就执着于一件小事上，希望人人都可领会我一番心意，不求一句谢谢，不求一句永远记得，只是，念想这个东西缠在脑海里，难以挥去，故而执着，故而一味地纠缠。

可是，当心愿已了的时候呢？

自然是该结束的都结束了。

有多淡？会逼自己到风轻云淡，不需要怜悯，不需要怀念。

喜欢林峰的记得忘记，一直听到了现在，我从来不是那种想要很多爱的人，如果确定，我愿朝暮相待，不厌倦。

小谷说，两个人的感情不能太过于依赖，这样会让另外一方很累。

事实上，感情里需要些心机，一次次去圈住要外出的心。

我学不会，我只会形成依赖。

可是一分开，我又会发现自己原来可以做很多事，很独立。

漂泊在外的几年里，黑暗也经历了不少，好人碰到了不少，我始终愿意去相信。

虽然，这一次的相信让某些东西化成了灰烬，这会儿随着风吹散了许多。

师父说过，能跟我共度一生的男子必定有宽厚的胸怀，与一般人是不同的。

经得起折腾，容得起胡闹，然后用恩慈之心化解。

有时候，我会不顾一切，毫无道理。

我至今遇不到，往往我想选择平淡的时候，故事总会朝着我一直在走的路去发展。

许诺？谁还相信？誓言？到头来不过一场空。

好吧，不是不相信了，而是，生活依旧在继续。

总不能因为这一刻的黑而放弃了白。

旧爱文字，新欢词

多年以后我们会明白，沉默只是为了不爱。

——《糖包语录》

谁人的旧爱不是别人的新欢，谁人的新欢不是别人的旧爱？

芳华霎那，轻狂不再。

随着时间失去的不仅仅是情意，还有种种执着和信仰，在死心死眼里逐渐变得不明朗。

黄泉路，忘川口，那一口孟婆汤曾喝过多少回，忘记了多少段情？一年，又与千年有什么却别。

也许不再问起当年，也许不再怀念当年，一再对比，错过了花期，又错过了秋风。

谁和谁演绎了谁的梦，仍然不悔。

一直认为真正的爱情是易碎的玻璃，即使曾晶莹剔透，甜如蜜糖，却也是容易失去的东西。

忘记了要包容要坚持，忘记了曾经对爱情那深切的期待，剩下淡淡的哀伤，自怨自怜。

执迷不悔地活在自己的世界里，被动得很无奈，却又不曾去改变。

因此逃离,会是最终解决的方式。

想起曾在小说,曾在如此心情记事里提及的一句话:多年以后我们会明白,沉默只是为了不爱。

当年的不甘心又再记起了,沉默为了不爱,我早就明白,可怜他人之时,我又想起了自己。

事事不息,也不可惜会到我。

是恐惧,还是害怕,因此只想到了现在,不去想将来。

握着手心里的风,是把握不住的命运,缓缓蹚过血液,沸腾了所有,却冷却了心。

我明白,我不明白,别要去明白。

存在却是必然的,没有善恶之分,如同爱欲情恨,长短之间掩盖不了事实。

是怜悯世人,还是同情自己?悲天悯人之间,最爱最恨不过自己。

百年,又能如何?

千年,又能如何?

失去的或许仅仅是生活,旧爱不去,新欢何来。

前路,不怕黑。

有时候我天真地相信自己听到的,看到的,可有时候我无可抑制地怀疑它。

他们说骄傲乃自卑所致,若这样,我确实很自卑,因此情愿一再以释然为借口去执着自己的骄傲,宁装一副无所谓,也不会去直接承认自己的感觉。

我们都知道强求不来,却不明白犹豫才是内心最真实的选择,任何事情都可以去体谅和原谅,不代表玉碎还期待瓦全。

爱的当然是成全自己和周全所有,如果做不到那宁愿不继续。

因此师父说我太注重结果所以错失了过程,然而往往当我不去想结果时也不会愿意去继续。

我的果敢，一直是伤害自己的利器，若不到最残忍，我永远不懂痛得多深，教训又有多深。

人前人后，谁又能看透局中，看穿自己。

甜言蜜语，不过是口腹利剑，伤人于无形中。

还可怎样去期待，也许命运给我安排的路就是如此。

是爱是恨是怨，就如同一阵风，但风吹过终究会散，只是早晚。

这过程，不怨不恨，无论错对，都不过是曾经选择的，结果如何，只有承受。

记得那时在北京夜行，看见一朵开得灿烂的向日葵，心里无端就出现一股暖流，暖得忧伤。

现在想来，当时的我是明白自己的处境的，如同一朵黑夜的向日葵。

无论对亲人，还是对朋友，永远将真实的自己藏在黑夜之中，无人的时候盛放，独赏，却朝着另一端的阳光，看不到，仅限于怀念。

我总喜欢逃离，无论是五年前还是五年后，一样不变，自我出家门起。

因此漂泊不定，因此给不了人安全感。

可我实实在在是最没有安全感的人，却骄傲得连尘埃都不如。

多少事磨掉了我的锐气，多少人磨掉了我的勇敢，会剩下什么？也许这永远是个谜。

总是会想得很多，然而我没有想的时候，事情总是很多。

还有什么可以大不了，算得了事。

矛盾的是，我有时候那么想去做一个飞蛾，扑向光明，永不回头。

然而，多数时候我情愿闭上眼睛倒退，没有人伸手出来扶我的时候，我学会了自己在黑暗中摸索，跌倒，再爬起，哭泣，然后抹干眼泪告诉世人我

活得很好。

确实很好，当心逐渐冷却，起不了波澜的时候。

所以别逼我忍到沉默，到时候我会连机会都不给自己，即使后退，也会不顾一切逃离，不需要听任何的借口和理由，也不会怀念着过去。耿耿于怀的，只是世人同等的孽根性，与自己最终想要给自己的周全。

面对生活，我所选择的任性与倔强，又能伤害到谁？

他们说曾经年少的爱情总是那样纯粹，可当时光不再之后，这也变了质感。

他们说爱情是一场瞬丽的烟火，可惜烟火再美终究落下。

而我，从不愿给自己一个借口，认为自己有能力去改变什么，花开花落，聚散别离，又有何关系。总有一天，我会学会不被伤害，不会藏匿在黑暗里舔伤。

灯笼易碎，恩宠难回

虽是悲戚薄凉的题目，心里却未必如此，虽说感慨万千。

——《糖包语录》

如果说人生给予了我太多的无奈，则此刻给了不少的安慰，我不渲染，不想炫耀，平淡反而更好。

相信一个人，相信一件事，有时候很是容易便乐了心怀。

怀念的，不怀念的，只能说一句都过去了。

师父说得对，无论过去你跟别人一起，或是将来你跟谁人一起，都不值一提，重要的是你知道现在你将会跟什么样的人一起。

我从不会放低姿态，只是清楚自己想要什么样的生活，无关太多的荣华富贵，只求唇齿依偎之间，淡淡温暖，淡淡快乐，不争不吵不记恨，然后慢慢成为习惯，虽然有时候习惯也会令我有些小忧伤。

有时候我很不现实地相信所有，包括自己能够去接受怎么样的生活。

不是为了要低到尘埃里，只是为了一份宠爱。

即使才华横溢，富贵万千，却未必能给我这份宠爱，我也未必能够在他们的清高或是傲气里委曲求全。

事实上，我在放纵一种叫作情字的灵魂，只等一个确定，或许这仅仅是

个起点，也许下一秒就结束了所有，但总得一试。

不妄自菲薄，也不狂妄，做着自己，是安静还是热闹，不过片面，多数都随风而散。

世人如此，我亦如此，遂大流未必随俗。

午后，透过散落各处的阳光，看见了旁边红色而艳的各种，没有灯火，却剩下寂静。我喜欢在最热闹时静静享受自己的孤独，在最喧哗时散发自己的忧伤，因此藏匿了真正的自己，别人看不见。

因为不喜欢生离，总会让我在几日之间就习惯一个人一件事，所以淡漠待人，却偏喜欢黏着某些人，只是转身时我永远会残忍到看不到背后，残忍到生生去扯开一片心，宁愿再次挂上淡淡的笑容，失心失肺地胡闹。

而沉默，却代替了解释和吵闹，这便是我，有时候虚伪贪欢到不顾一切。

但简单时，我如同小孩一样，只要哄一哄，骗一骗，给我一颗糖果，我会飞到天边欢畅。

多数时候，我会在天上而至地下，然后回到人间，继续淡然，继续歇斯底里，这样的自己，不曾想过要有谁全数承担，一路相随。

我知道所有的有都会变成无，所有的空都会变成实，世界是一个类似圆的东西，兜兜转转，总会有天回到起初。例如得失之间，有或没有，执着不来。可是我，有时候那么天真地想要得到一份完全的宠爱，甚至为了这份宠爱变得不是自己。

然后再次跌下谷底，学会了在角落里疗伤，学会了下次不为这样的伤而哭泣。

在无数次的失败和自伤后，终于明白，手心中握住的不过是滑过去类似于夏天的风，冬天的温热一样，在适当的时候出现，不一定是对，也不一定是错，只不过存在，也因此不会怕失去，只是痛一痛，只是以后不会这样轻易动心。

这对我也极为不易，我曾是那么害怕受伤，害怕再也没有机会站起来，骄傲地对所有我能认识的人说：我很好，我一直很好。

哪怕，说这句话时，会流下无数的血泪。

然而终究有一天我将这句话说得平常如同吃饭一样习惯，我的确很好，不是么？

例如现在。

以后，就以后再说，不轻易去怀疑什么，哪怕相信会令我再次跌倒，可未尝不好，一瞬间的定格也可以是永恒。

另外，别人的褒贬对当事者来说，实在不值一提。

逞强到一定程度，我会忘记最初的意图。

例如，在时间里失去的某些人，再也不会交替的某些人，我所谓的不忍，到最终伤了自己之余也伤了他们。只是偶尔寂寞，会问自己，这样逞强，值得不值得，为何当初不软弱些。

可是我已经习惯了展示我坚强的一面，会无数次提醒自己，我是这样勇敢，这样坚强。

哪怕这逞强没有人懂。

心，到底是柔软的。

如意时光九月记

最后的最后，我们各自陌生。

——《糖包语录》

许久不曾亦不会去承认一个人在我心里的地位，自某件事以来，我知道幸福或不幸不允许过分喧哗，因此终究在不到一年的时间里更改许多，曾以为不变的变了，以为不会再相信的又相信了，我承认我太轻易被讨好，未尝不好。

也许仅仅是在某一次，某一个人低头弯腰为我穿鞋子开始决定，走这么一条路，信任这么一个人，做一个天真且单纯的自己。今天，是新的一日，我不知道事情成败会如何，但我会以感恩的心态去继续人生，直至某天不再行下去。在此，为此事被伤害的，曾经我逞强也伤害过的，我只能赋予一句对不起，无论前路后事如何，我既已决定绝无更。不强求，也不先言弃。

流言蜚语，世人看法，于这茫茫人世不过眨眼即瞬就过的事，是非对错亦一样，如果我遇上一个人，他愿意给我十分的宠爱，不问过去，只求将来。他也许没有财，也许没有才，亦没有权，甚至不会理解我所写的东西，我所说的话，甚至没有理由让我也认同他，但他有一颗对我足够的宽容的心，我会毫不犹豫停顿下来，听一听心里是怎么说的，幸与不幸，我相信都是公平的，答案终会有。所以因此我会承认他，会继续，我有太多想对他说的，就不在文中多提，因为接下来我们还会有很长的一段路要走，很多的事要共同去面对。

轰轰烈烈，生里来死里去，NO，与这无关。没有浪漫场景，没有王子，没有公主，关于爱的定义，虽不是朝朝暮暮，却求日下夕阳。亦因此一切的形式，门槛，如同虚设，所陪伴的温暖足够。虽说为求因果的爱自私得不值一提，但同样，若连最基础的东西都无法给你的那个人，更不值一记。

因为要温暖些，因为要快乐多一点，在这一年一样是光明与黑暗俱在的一年，让希望胜于绝望，最终让我明白一个道理，无论是金钱，还是所谓感情，都不是堕落的借口，也不是漂泊的理由，心不死，谁能让自己放弃它？最终我所追求的，不过是平淡乏味却安稳的生活，我不过分追求任何人，任何事，虽然也动摇过那么一丝丝的心，不是因为对方足够优秀，也不是因为我将要求降低，更简单点说，我自己也不知道是什么理由会让我们走到一起。

好吧，不管将来如何，我会祝福自己，虽说爱是苦中作乐的事。

亦因此，想到了过去的许多，曾爱过恨过伤过念过的，如同过眼云烟，于此时此刻实在不是什么大事，我都会感谢这些成就今日的我，虽然出社会数年，虽有小聪明无数，虽曾在文字中给人看透无数，被世人出卖，被自己所伤，不足为奇，有时候我确实很好骗，怎么说就怎么信。但我深信我所有的好与不好，缺点与优点，会有那么一个人，全然接受，为我所疼而疼，为我所乐而乐，虽步于崖边，也庆幸作陪。

于此，告别梦落，告别非烟，告别与这一切曾有所关联不断、缠绵不止的人，我只是我，无关一切称呼代号，无关一切幻想虚实，存在这虚空世界，浩瀚时空，不过一粒沙尘，最多能在曾经陪伴某人一程，彼此温暖往后的岁月，足矣，无憾。于情爱，于情意，于情义，未必周全的情况下，成全自己最是

自然不过的王道。对于很多人来说,无论我做什么说什么,总能从中找到错处,有些事虽非我所愿,但这当中已经没有清白两字,当世如此,我亦想问心无愧,然而,我非这清白之人,也曾行差踏错,我唯一能无愧的,是我从未带着心机去伤害任何一个人,即使被很多人出卖亦中伤,刻意或无意之后。我甚至学不会自保,很长的一段时间足够我学会如何让自己看不到,听不到。

人不能避免在这世上坑坑洼洼之中如陷沼泽,如至悬崖,如舞刀尖,到最后体无完肤、心也不会完整的时候,让生命成为别人的笑话,演出了一场代价昂贵的戏,虽是闹剧,也只是存在的理由吧,别人的笑话或讽刺,是非成说,千万别成为了自己的悲剧,因此错的最终都要扳回来。其实我不想冷漠待人,也不想继续被误会下去,但却毫无办法。也许,于此,我只是别人眼中的一场游戏,想看着出丑或让我深受其痛的人太多,已经不重要,也不用逞强再去解释什么,要说什么,在这里已经啰嗦得更多,虽然仍旧如同小周所说,我所言的如同雾里花水中月一样,未必有所虚实,其实这文,下手时我避开了所有可能会有的锐气,跟 G 谈了约莫大半夜之后,心里被一些难以言喻的感动所溢满,亦因此不想继续以往刻薄且自以为是的风格,很抱歉,仍旧让人误会了。实在,对不起。

是啊,很多时候我的本性便是刻薄,又自以为是,肤浅得连自己都未必看得起,我时常抑制不住就要发脾气,会觉得退后一小步是委曲求全,自以为清高,实际上是因为求之不得,欲望太高。自以为才气可人,不管现实还是网络,总挂着一点嘲讽之意,觉得世人虚荣世故得很,却忘记了自己曾如何荒唐过来。求醉总有理由说无知己共饮是人生憾事,却忘记了那些给过我快意人生,酒醉江湖的人们,这些年,虽然很多事情非我所致,却因我而起,焉能清白撇得干净,但师父说,如果要用更大的代价去换取现时的片刻舒服,争得一口气，倒不如先忍一忍，直至确实能有能力的时候，再来趾高气扬不迟。师父，他总是那么理解我，不需要我多提其他。我明白，他让我忍，其实也不是真去忍，而是学会如何不为难自己，也在告诉我，我根本没有什么需要去争的去说的，来去匆匆最多一生共荣辱而已。